SANDRA DÜNSCHEDE

Friesen-
dämmerung

SANDRA DÜNSCHEDE

Friesen-
dämmerung

KRIMINALROMAN

GMEINER

Immer informiert

Spannung pur – mit unserem Newsletter informieren wir Sie
regelmäßig über Wissenswertes aus unserer Bücherwelt.

Gefällt mir!

Facebook: @Gmeiner.Verlag
Instagram: @gmeinerverlag
Twitter: @GmeinerVerlag

Besuchen Sie uns im Internet:
www.gmeiner-verlag.de

© 2023 – Gmeiner-Verlag GmbH
Im Ehnried 5, 88605 Meßkirch
Telefon 07575 / 2095-0
info@gmeiner-verlag.de
Alle Rechte vorbehalten
1. Auflage 2023

Umschlaggestaltung: U.O.R.G. Lutz Eberle, Stuttgart
unter Verwendung eines Fotos von: © Jenny Sturm / stock.adobe.com
Druck: GGP Media GmbH, Pößneck
Printed in Germany
ISBN 978-3-8392-0353-8

Für Holger

»Wenn es im Inneren eines Menschen eine dunkle Stelle gibt, beim Golf tritt sie zutage.«

Paul Gallico

1. KAPITEL

»Fore!« Wolfgang Jensen stieß den Warnruf für seinen verschlagenen Golfball nicht besonders lautstark aus. So früh am Morgen dürfte sich kaum ein anderer Spieler auf dem Platz befinden, vermutete er, nicht zuletzt, weil sein Wagen der einzige war, der auf dem Parkplatz stand, als er vor gut zwei Stunden angekommen war. Kein Wunder, denn das Wetter präsentierte sich nicht gerade von seiner besten Seite. Die Temperatur bewegte sich in den Niederungen der Gradskala und stieg von dort ähnlich langsam auf wie der Frühnebel, der noch über dem Fairway lag.

Wolfgang Jensen liebte diese Tageszeit und spielte bevorzugt, dass es hell wurde. Er genoss die Ruhe auf dem Platz, die Einsamkeit. Nichts hasste er mehr beim Golf, als am Abschlag darauf warten zu müssen, bis die Spieler vor ihm nach gefühlten hundert Schlägen endlich das Grün erreichten oder aber ein Golfer mit wesentlich besserem Handicap ihm auf der Bahn im Nacken saß. Daher fuhr er regelmäßig zum Sonnenaufgang nach Stadum auf den Golfplatz und absolvierte eine 18-Loch-Runde, ehe andere Mitglieder des Clubs die Anlage bevölkerten.

Wolfgang Jensen steckte sein Eisen in sein Golfbag und schob seinen Caddy zum Waldrand. Er suchte kurz den Ball, konnte ihn jedoch nirgends entdecken. Sollte er etwa einen Dressel* geschlagen haben? Er schaute zurück auf die Bahn, doch der graue Schleier über dem Gras machte es unmöglich, etwas auszumachen. Wolfgang droppte einen Ball und machte einen Probeschwung, ehe er erneut ausholte, um zu schlagen, als er plötzlich in der Bewegung innehielt. Was war das? Er kniff die Augen zusammen und schärfte seinen Blick Richtung Grün. Kurz vor dem Loch hatte sich der Nebel aufgelöst und er sah eine dunkle Erhebung auf der Bahn.

Lag da ein Tier? Oder war das …? Wolfgang schluckte und spürte, wie ihm trotz der frostigen Temperaturen warm wurde. Sein Shirt, das aufgrund der vorangegangenen Bewegung bereits leicht feucht war, klebte von jetzt auf gleich an seinem Körper. Er ließ seinen Schläger sinken und ging zögerlich auf den dunklen Haufen zu. Nein, das war kein Tier, wurde ihm mit jedem Schritt vorwärts bewusster. Er hatte doch nicht …? Konnte das sein? Rasch blickte er sich um, aber außer ihm war niemand auf der Bahn. Er richtete seine Augen wieder nach vorn, begann zu laufen.

»Hallo, Entschuldigung. Geht es Ihnen gut?«

Je näher er kam, desto deutlicher stachen die Konturen eines Menschen aus dem Nebel. Keuchend blieb er kurz vor dem am Boden liegenden Mann stehen. O mein

---

* Dressel: Ein nach einem Mitglied des Golf Clubs Hof Berg benannter Fehlschlag, bei dem der Ball beispielsweise von einem Baum zurückprallt und auf der Spielbahn zum Liegen kommt, von wo aus er problemlos weitergespielt werden kann.

Gott, das war doch nicht ich? Das war doch nicht mein Ball, schoss es Wolfgang durch den Kopf, als er sich neben den reglosen Körper kniete und ihn an der Schulter fassen wollte. Im letzten Moment zuckte er jedoch zurück und verlor dabei das Gleichgewicht. Die Nässe des Grases fraß sich rasch durch seine Hose, doch er fühlte sich ebenso bewegungsunfähig wie der Mann vor ihm. Er starrte auf dessen blasses Gesicht, aus dem ihm schreckgeweitete Augen entgegensprangen. Wolfgang spürte, wie ein Feuer aus seinem Magen mit einem Brennen die Speiseröhre hinaufstieg. Ihm blieb die Luft weg. Wie in einem Vakuum gefangen saß er auf dem Fairway und nur ein einziger Gedanke drehte sich wie in einer Endlosschleife in seinem Kopf: Ich habe ihn umgebracht!

2. KAPITEL

Dirk Thamsen öffnete langsam seine Augen und blinzelte. Das schemenhafte Geschöpf vor seinem Bett blieb, wo es war. Er hörte ein leises Atmen, das mit einem leichten Luftzug seinen Arm streifte. Unerwartet bildete sich eine Lichtquelle auf Höhe der Bettkante und schickte geisterhaftes Licht aufwärts in das Gesicht der Gestalt – Lotta. Dirk Thamsen seufzte.

»Hier«, sie streckte ihm sein Handy entgegen, »Mama sagt, ich soll es dir bringen. Es klingelt immerzu.«

Er nahm ihr das Telefon ab und blickte aufs Display. Schon kurz vor acht Uhr! Er fuhr aus seinem Kissen hoch, während Lotta aus dem Schlafzimmer ging. Durch die Tür drang das Geklapper von Geschirr und ein feiner Kaffeeduft lag in der Luft. Er hatte tatsächlich verschlafen. Das war ihm wie lange nicht mehr passiert? Er erinnerte sich nicht. Dirk schwang die Beine aus dem Bett und stand auf.

»Guten Morgen, Langschläfer!« Dörte begrüßte ihn mit einem Grinsen.

»Morgen«, entgegnete er und drückte ihr einen Kuss in den Nacken, während er gleichzeitig über sie hinweg nach der Kaffeekanne langte. Er brauchte unbedingt Koffein.

»Ich hätte dich ja noch schlafen lassen, aber dein Telefon hat in einer Tour geklingelt. Viel-leicht etwas Wichtiges?« Sie drehte sich zu ihm und schaute ihn an, wobei sie die Braue über dem rechten Auge nach oben zog.

Wie sie das nur machte, fragte Dirk sich. Nur die eine Braue zu bewegen. Er verzog selbst ein wenig das Gesicht, krauste die Stirn.

»Solltest du nicht erst einmal zurückrufen?«, schlug Dörte vor, da sie offensichtlich seinen Versuch, sie zu imitieren, missverstand. Kein Wunder, er beherrschte die Kunst des unabhängigen Brauenliftens nun einmal nicht – egal, wie oft er es bereits im Spiegel geübt hatte, stets hoben sich beide Haarstriche und er machte dabei ein ziemlich dümmliches Gesicht.

»Hast recht«, entgegnete Dirk und goss sich trotzdem zunächst einmal einen Becher Kaffee ein. Mit der dampfenden Tasse ließ er sich auf einen der Stühle am Frühstückstisch fallen und nahm einen ersten großen Schluck. Das war genau das, was er jetzt brauchte, dachte Dirk und spürte, wie seine müden Lebensgeister langsam ihre Glieder ausstreckten. Er trank ein weiteres Mal, ehe er sein Handy entsperrte und die Anrufliste öffnete. Sechs Anrufe in Abwesenheit. Viermal hatte seine Dienststelle versucht ihn zu erreichen, die letzten beiden Anrufe stammten von seinem Mitarbeiter Ansgar Rolfs. Dirk entschied, direkt Rolfs zurückzurufen.

»Chef«, hörte er seinen Mitarbeiter nach dem zweiten Klingeln, »gut, dass du dich meldest.«

»Was gibt's?«

»Wir haben einen Leichenfund!«

Dirk sprang von seinem Stuhl auf und war prompt hellwach. »Wo?«

»Auf dem Golfplatz in Stadum. Die Kollegen aus Leck haben uns angerufen und gebeten dazuzukommen.«

»Ja, und wie … und was …?« Dirk verließ mit schnellen Schritten die Küche und eilte zurück ins Schlafzimmer.

»Zuerst ging man von einem Unfall aus, aber der Notarzt hat dann die Dienststelle in Leck informiert und …«

»Unfall auf dem Golfplatz?«

»Ja, nein, also der Arzt meint, dass der Tote da schon länger liegen muss.«

Dirk hörte, wie eine Autotür klappte.

»Ich bin jetzt da, kommst du?«

»Mach mich sofort auf den Weg. Leite du alles Notwendige in die Wege.«

»Mach ich. Soll ich auch die Husumer …?«

»Nein, um die Kripo kümmere ich mich.« Dirk legte auf und griff sich seine Jeans und einen Pullover. Im Bad putzte er sich rasch die Zähne und sprühte etwas Deo in seine Achselhöhlen. Der Mix aus Bergamotte und Moschus hüllte ihn ein, während er in seine Sachen schlüpfte.

»Muss los«, rief er Dörte aus dem Flur zu, die gleich darauf den Kopf aus der Küche streckte.

»Ist was passiert?«

»Leichenfund«, entgegnete er und griff nach dem Autoschlüssel. Er wusste, dass es keiner weiteren Worte bedurfte, dafür waren sie lange genug ein Paar.

Er stieg in sein Auto und gab Gas. Eine Leiche auf dem Golfplatz, kein Unfall, ließ er das Telefonat Revue passieren. Gut, was sollte es auch für einen Unfall beim Golf geben?

Zusammenstoß mit einem Caddy? Wahrscheinlicher erschien es ihm, dass sich zwei Rivalen mit ihren Schlägern duelliert hatten. Aber war Golf nicht eher eine ruhige Sportart, bei der jeder gegen sich selbst spielte? Völlig in Gedanken schüttelte er den Kopf, als er auf die B 5 Richtung Klixbüll abbog. Er kannte sich in dem Sport zu wenig aus, um das beurteilen zu können. Sein Bild von Golf bestand aus Karohosen, Polohemden und Tiger Woods, der kunstvoll Bälle über eine grüne Landschaft schickte.

Er setzte den Blinker und schlug den Weg nach Leck ein. Wer trieb sich überhaupt derart früh auf dem Golfplatz herum, grübelte er weiter, als er die B 199 entlangfuhr. Mit wem hatten sie es zu tun? Und wer war der Tote? Am besten, er machte sich zunächst einmal ein eigenes Bild von der Lage, ehe er die Kollegen in Husum anrief. Die Beamten waren vermutlich um diese Zeit ohnehin noch nicht im Büro.

Wenig später bog er von der Bundesstraße in die kleinere Nebenstraße ein, die durch ein Waldstück zum Golfplatz führte. Die Gegend wirkte sehr idyllisch, das frühe Sonnenlicht drang sanft durch die Bäume und hüllte den Weg in eine friedliche Atmosphäre. Dieses Bild löste sich schnell auf, als er die Anlage erreichte. Das Blaulicht der Kollegen blitzte, etliche Leute eilten vor dem Clubgebäude hin und her. Er parkte seinen Wagen und stieg aus.

»Hier entlang«, hörte er augenblicklich die Stimme eines Kollegen, der neben dem Peterwagen stand und ihm mit einer fuchtelnden Armbewegung zu verstehen gab, er solle ihm folgen. Dirk kannte den jungen Polizisten kaum, der ein wenig kopflos auf ihn wirkte. Leichenfunde hatten sie nicht allzu häufig in ihrem Zuständigkeitsbereich, dennoch musste man gerade in solchen Situationen als Polizist Ruhe bewahren.

»Moin«, begrüßte er den anderen, der sich jedoch schon abgewandt hatte und mit großen Schritten auf das Gebäude zustürmte. Wo die Leiche wohl lag, fragte Dirk sich. Der Platz war weitläufig, schätzte er. Bestand ihm nun eine lange Wanderung über die Anlage bevor oder würde ihn jemand in einem Caddy zum Fundort kutschieren? Vielleicht der junge Kollege, der vor ihm gerade um die Ecke des Clubhauses verschwunden war? Er stieß einen kurzen Seufzer aus, ehe er dem anderen folgte. Hätte er doch seinen Kaffee ausgetrunken.

Nur wenige Schritte später sah er jedoch bereits eine Gruppe Menschen auf dem Rasen stehen – unter ihnen Ansgar Rolfs. Der junge Polizist vor ihm passierte gerade das rot-weiße Flatterband, das am Boden lag. Dirk runzelte die Stirn, als er selbst darüber hinwegstieg.

»Kommissar Thamsen ist da!« Die Köpfe der Anwesenden wurden ihm ruckartig zugewandt.

Er konnte die Blicke der anderen nicht deuten, dennoch hatte er den Eindruck, als hätte man nur auf ihn gewartet.

»Moin!« Dirk trat neben Ansgar Rolfs. Direkt vor ihnen im Gras befand sich in Mann, etwa Ende fünfzig, Anfang sechzig, schätzte Dirk, und irgendwie kam ihm das Gesicht bekannt vor, auch wenn es sich ihm leichenblass präsentierte und einen Kontrast zu dem saftig grünen Rasen bildete.

»Wissen wir, wer das ist?«

Seine Frage war eigentlich an Ansgar gerichtet, es antwortete stattdessen jedoch Stefan Lützen, der ältere der beiden Lecker Kollegen: »Johannes Petersen aus Leck, hat dort ein großes Entsorgungsunternehmen.«

Daher kannte Dirk das Gesicht. Er hatte den Mann neulich auf Bildern von Lottas Klassenausflug gesehen. Die Kinder hatten sich im Zuge eines Umweltprojektes mit dem Thema »Müll« beschäftigt und den Recyclinghof in Leck besucht. Dörte hatte ihm abends mit Lotta zusammen einige Bilder gezeigt. Auf denen war auch Johannes Petersen abgelichtet gewesen, erinnerte er sich.

»Und was ist genau passiert?«

»Kann man nicht sagen«, erklärte Stefan Lützen. »Wolfgang Jensen hat ihn vor gut einer Stunde gefunden. Hat gedacht, er habe ihn mit einem Golfball getroffen und getötet.«

»Aber?«, hakte Dirk nach, während er sich neben den Toten kniete.

»Na ja, der Notarzt meint, dass die Wunde unmöglich von einem Golfball stammen könne, weil sie viel zu groß sei. Er meint, dass da mehrmals zugeschlagen wurde, und empfiehlt uns, einen Rechtsmediziner hinzuzuziehen.«

»Und?« Dirk beugte sich weiter über den Toten und besah sich die Wunde, die auch ihm zu groß für einen Golfball erschien. Vielleicht doch ein Golfschlägerduell, blitzte es kurz in seinem Kopf auf.

»Keine Ahnung«, Stefan Lützen blickte ihn an. »Wir wissen nicht so recht, was tun, und haben gedacht, weil ihr ja schon öfter ...« Er verstummte.

Dirk erhob sich langsam. »Also, ich verständige die Spusi und einen Leichenwagen, und in der Kieler Rechtsmedizin kann ich auch schon Bescheid geben. Die Husumer Kollegen«, er nickte Stefan Lützen zu, »sind dein Job. Die informierst du.«

3. KAPITEL

Haie war an diesem Morgen mit bester Laune aufgestanden. Gut, dass er Toms Rat befolgt und gestern Abend
nach einem Glas Rotwein früh ins Bett gegangen war. Er
hatte tief und fest geschlafen und die Kopf- und Glieder-
schmerzen, die ihn seit mehreren Tagen geplagt hatten,
waren wie weggeblasen. Pfeifend hatte er das Frühstück
zubereitet und sich dabei viel Mühe gegeben. Gekochte
Eier, frisches Obst und ofenfrische Brötchen. Nach denen
langte Niklas auch gleich, nachdem er mit einem müden
»Morgen« die Küche betreten hatte, und griff dann wie
gewohnt zu dem Nutella-Glas.

»Willst du nicht ein bisschen Obst nehmen? Das ist gut
für dich. Schreibt ihr nicht heute die Mathearbeit?«

»Genau, da brauch ich Nervennahrung.« Niklas strich
daumendick die Nuss-Nugat-Creme auf eine der Hälften,
die sich auf dem ofenwarmen Brötchen verflüssigte und auf
das Frühstücksbrettchen tropfte. Schnell schleckte Niklas
sie mit der Zunge auf.

Haie merkte, wie seine gute Laune die Flucht ergreifen
wollte. Hiergeblieben, rief er ihr gedanklich zu. Heute war
so ein schöner Tag, den würde er sich nicht vermiesen lassen.

»Dann packe ich es dir für die Pause ein.« Er nahm eine Tupperdose und legte die Apfel- und Birnenspalten hinein.

»Wie lange hast du heute Schule?«

»Lang, komme erst mit dem Bus um zehn vor zwei nach Hause.« Niklas stand auf, ging mit der klecksenden Brötchenhälfte Richtung Bad und stieß dabei an der Küchentür beinahe mit seinem Vater zusammen.

»Hoppla«, kommentierte Tom den knapp entgangenen Anschlag des Nutella-Brötchens auf sein weißes Hemd und stolperte in die Küche. »Oh, ist heute ein besonderer Tag? Habe ich irgendwas vergessen?« Tom ließ den Blick über den Tisch schweifen, wandte sich dann zu Haie um. »Aber Kaffee gibt es heute keinen?«

»Kaffee?« Haie zuckte zusammen. Hatte er tatsächlich vergessen, Kaffee zu kochen? »Mach ich gleich, war noch nicht so weit.« Hastig griff er nach der Kanne und füllte sie mit Wasser.

»Kann vorkommen, ist doch nicht schlimm«, entgegnete Tom und griff nach einem Brötchen. »Ich muss heute nach Flensburg, Treffen mit einem Kunden, und was hast du Schönes vor?«

Haie konzentrierte sich darauf, das Pulver in den Filter zu schütten. Nicht dass ihm beim verspäteten Kaffeekochen noch ein Fehler unterlief. Nicht auszudenken. Wie lange trank er jeden Morgen Kaffee? Seit der Lehre? Die hatte er mit sechzehn begonnen – also seit einundsechzig Jahren. Wie hatte ihm nicht auffallen können, dass etwas fehlte? Er schüttelte den Kopf.

»Ich ruhe mich heute mal ein bisschen aus. Mache vielleicht eine Tour mit dem Fahrrad.«

Nachdem Tom und Niklas das Haus verlassen hatten, ließ Haie sich auf einen der Küchenstühle fallen. Sollte er heute wirklich einmal ein wenig ausspannen, den Tag langsam angehen? Die Schmerzen der vergangenen Tage hatten ihm anscheinend mehr zugesetzt, als er gedacht hatte. Frische Luft und ein wenig Bewegung würden ihm sicherlich guttun.

Draußen roch es nach Frühling. Es wehte ein frischer Wind, aber die Sonne schien und entlockte dem Boden erstes blühendes Leben. Auch die Bäume schlugen bereits aus, bemerkte Haie, als er sein E-Bike aus dem Fahrradschuppen holte und durch den Garten zur Steege schob.

Er hatte kein Ziel, fuhr zunächst Richtung Wehle und dann weiter hinaus in den Herrenkoog. Auf den Weiden sah er die ersten Lämmer, die Luft war erfüllt vom Rufen des Kiebitzes und dem Geschnatter der Gänse. Kurz vor der Lecker Au machte er Halt und ließ seinen Blick über den Bottschlotter See schweifen. Wellen kräuselten sich auf der dunkelblauen Wasseroberfläche, die am Horizont nur durch einen grünen Streifen vom Himmel getrennt schien. Haie atmete tief ein – ja, hier war er zu Hause.

Er stieg wieder aufs Rad und fuhr weiter nach Ockholm, hielt sich dann Richtung Langenhorn. Kurz vor dem Ort bog er nach Efkebüll ab, wählte den Weg über den Alten Außendeich wieder zurück nach Risum. Als er am Sparmarkt vorbeiradelte, bemerkte er, wie sein Magen knurrte. Jetzt eine von Helenes hausgemachten Frikadellen, schoss es Haie durch den Kopf, und er bremste abrupt. Oder lieber eine von den guten Rauchwürsten? Oder beides?

Er stellte sein Fahrrad vor dem Laden ab und betrat gedanklich beschäftigt mit der Frage nach der Wahl seines Mittagsessens den kleinen Supermarkt an der Dorfstraße. Und was sollte er dazu essen? Brot? Oder Kartoffelsalat? Haie schnappte sich einen Korb und steuerte zunächst auf die Fleischtheke zu. Dort stand Helene hinter dem Tresen und bediente eine Kundin.

»Moin«, grüßte Haie und inspizierte die Auslage.

Helene wog gerade Hackfleisch ab. »Darf's ein bisschen mehr sein?« Sie schaute Maren Nissen fragend an.

»Oh, lieber nicht, weißt du ...« Die Frau wandte den Blick zu Haie. »Bin ich schon dran?«

»Wenn Sie wollen?« Sie trat einen Schritt zur Seite.

»Wat?«, erhob Helene die Stimme. »Nee, nun mach ich erst mal deine Bestellung fertig. Das Hack liegt doch nu schon auf der Waage.«

Haie verfolgte, wie die Kundin wieder näher an die Theke rückte. »Ja, Helene«, sie räusperte sich, »ich wollte fragen, ich ... Es wäre nur kurz ...«

Helene kniff die Augen zusammen. »Willst du allwedder anschrieven?«

Haie sah, wie Maren Nissen bei Helenes Worten zusammenzuckte und schluckte.

»Nur, ich meine, ja also, bis Sönkes Lohn ...«

»Dat war letzten Monat eine Ausnahme, dat hatte ich ja wohl deutlich gesagt.«

Die Frau nickte. Einen kurzen Augenblick herrschte absolute Stille, ehe Maren Nissen ihre Tasche anhob und ohne ein weiteres Wort Richtung Ausgang ging.

»Dat gibt es echt nicht«, schimpfte Helene, während

sie das Hack von der Waage hob und energisch mit einem schmatzenden Geräusch zurück in die Schale in der Auslage klatschte. »Bin ich eine Bank, oder was?«

Haie zuckte mit den Schultern. Er hatte selbst nie viel Geld verdient, aber anschreiben lassen oder um einen Kredit bei der Bank bitten hatte er zum Glück nie müssen. Er wusste jedoch, dass im Dorf etliche Leute lebten, die finanziell nicht so gut dastanden. Arbeitsplätze waren in der Gegend rar. Das Leben auf dem Land verlief nicht immer so idyllisch, wie es sich oftmals auf den ersten Blick präsentierte. Öffentlicher Nahverkehr war so gut wie gar nicht vorhanden, daher brauchte man hier in Risum schon ein Auto, wenn nicht sogar zwei. Und wer kein Eigentum besaß, zahlte mittlerweile auch ordentlich Miete, denn die sogenannten Sylt-Flüchtlinge, wie man hier im Dorf die Leute nannte, die sich die Insel nicht mehr leisten konnten und deshalb aufs Festland zogen, hatten in den letzten Jahren die Preise in die Höhe getrieben.

Er musste an seine Exfrau Elke denken, die seit der Scheidung auch jeden Euro zweimal umdrehen musste. Er hatte ihr zwar das gemeinsame Haus überlassen, aber weil er ihr deswegen keinen Unterhalt zahlte, konnte Elke sich finanziell keine großen Sprünge leisten. Das nannte man dann wohl Altersarmut, vermutete Haie. Die gab es auch in Risum. Und soweit er wusste, arbeitete Sönke Nissen, hatte einen Job bei einer großen Firma in Leck. Wieso musste seine Frau anschreiben lassen?

»Na, hat Petersen wieder keinen Lohn gezahlt?« Meta Lorentz hatte sich beinahe lautlos von hinten an Haie angeschlichen. Völlig überrascht fuhr er herum und blickte die kleine, runzelige Frau an. Sie war der lebende Beweis, dass sehr wohl gut situierte Rentner im Dorf lebten. Hineingeboren in eine reiche Bauernfamilie, hatten Meta und ihr Mann Hof und Ländereien zu einem günstigen Zeitpunkt verkauft. Seitdem lebten sie in einem kleinen, aber sehr exklusiven Reetdachhaus an der Dorfstraße von ihrem Vermögen, über dessen Höhe in Risum schon oft spekuliert worden war. Über den genauen Betrag schwiegen Meta und ihr Mann jedoch stets.

»Wieso *wieder*?«, hakte Haie nach und wunderte sich, woher Meta davon wusste.

»Na, letzten Monat gab es auch schon Probleme«, mischte sich nun Helene ein, die wie immer über die Begebenheiten im Dorf gut informiert war. »Angeblich ein Systemfehler bei der Bank.« Die Kaufmannsfrau grinste ihn schief an und tippte sich dabei mit dem Zeigefinger an die rechte Schläfe.

»Wieso?«, warf Haie ein. »Kann doch sein, oder?«

»Das glaubst du ja wohl selbst nicht. Also, was darf's sein?« Helene schien kein Interesse zu haben, weiter über die Angelegenheit zu reden, was Haie verwunderte. Sonst konnte die Kaufmannsfrau nie genug bekommen, sich über Derartiges zu ereifern. Unermüdlich arbeitete sie daran, die Dorfbewohner auf dem Laufenden zu halten, und prüfte dabei selten den Wahrheitsgehalt ihrer Aussagen. Schon oft war Haie sauer aufgestoßen, wenn Helene Gerüchte verbreitete. Denn wenn sie aus ihren Kunden nicht genügend Informationen herausquetschen konnte, erfand sie einfach die fehlenden Teile und hatte dadurch nicht schon selten dazu beigetragen, dass aus einer Gewichtszunahme eine Schwangerschaft oder aus einem Beinbruch eine Querschnittslähmung geworden war.

Der Appetit war ihm vergangen, dennoch fühlte er sich von Helenes aufforderndem Blick genötigt, etwas zu kaufen.

»Ich nehme dann das Hack von Maren Nissen«, sagte er schließlich und musste sich ein Grinsen verkneifen, als Helene ihn argwöhnisch musterte, während sie langsam nach dem Fleisch griff.

»Hett jem all hört?« Vom Eingang drang eine atemlose Stimme zu ihnen. Gleich darauf schoss Willi Sörensen um das Regal mit Obst- und Gemüsekonserven. Sein offener Parka schlackerte um seinen Körper, die Sohlen seiner Gummistiefel quietschten über den Steinboden, als schlidderte ein Auto durch eine rutschige Kurve.

»Watt denn?«, erkundigte sich Helene sofort, die aufgrund Sörensens Auftritt sensationelle Nachrichten witterte.

»Johannes Petersen ist tot! Wolfgang Jensen hat ihn heut Morgen auf dem Golfplatz funnen. Angeblich is he umbröcht worn!«

Helenes Unterkiefer klappte herunter und aus Meta Lorentz entwich geräuschvoll Luft.

Mord, fuhr es Haie durch den Kopf. Das Wort löste bei ihm nicht nur eine Gänsehaut aus, sondern weckte sofort seinen Ermittlerinstinkt. Er war sehr gut mit Kommissar Dirk Thamsen befreundet, hatte bereits einige Male geholfen, Verbrechen in der Gegend aufzuklären. Ganz so friedlich, wie die nordfriesische Landschaft sich präsentierte, war sie nämlich nicht. In den vergangenen Jahren hatte es den einen oder anderen Mordfall gegeben, und Haie hatte mehrmals entscheidende Hinweise geliefert, um den Täter zu überführen. Einige Dorfbewohner sahen in ihm mittlerweile eine Art Hilfssheriff, deshalb war es nicht verwunderlich, dass Willi Sörensen ihn erstaunt anblickte, als Haie fragte: »Und weiß man schon was Genaueres?«

»Nee«, erwiderte Sörensen zögernd. »Hast du denn noch nicht Bescheid?«

»Bisher nicht.«.

»Woher weißt du davon?«, erkundigte sich nun Helene, die ihre Sprache wiedergefunden hatte. Sie beugte sich leicht über die Fleischtheke, sodass ihre üppige Brust über die Ablage quoll, und widmete ihre volle Aufmerksamkeit Willi Sörensen.

»Nu, Gunnar, mein Neffe, hat mich angerufen, der hilft doch hin und wieder auf dem Platz aus.«

»Und?«, wollte Helene wissen.

»Ja, was meinst du? Riesenaufregung. Petersen, tot auf dem Golfplatz. Kannst dir ja wohl vorstellen, was da los ist. Überall Polizei.«

»Ich sach ja immer, Sport ist Mord«, warf Meta Lorentz ein.

»Na, ob das wirklich am Sport lag?«, mutmaßte Helene. »Ich wiederhol noch mal: ›Angeblich ein Systemfehler bei der Bank.‹ Dass ich nicht lache!«

*

Stefan Lützen hatte mit einem gequälten Ausdruck im Gesicht genickt, aber nichts weiter auf seine Anweisung erwidert. Gut so, befand Dirk zufrieden, so hatte er das

unangenehme Gespräch mit den Husumern wenigstens
vom Hals.

»Wo ist denn dieser Wolfgang Jensen?«

»Sitzt drinnen«, antwortete Ansgar, der bereits sein
Handy herausgeholt hatte und die ersten Anrufe tätigte.
Dirk nickte ihm zu und ging hinüber zum Clubhaus, vor
dem mittlerweile eine Schar Mitglieder stand und mit
neugierigen Blicken das Geschehen am Fundort beobachtete.

»Hier gibt es nichts zu sehen. Gehen Sie nach Hause,
der Platz ist für heute gesperrt.«

»Was? Warum denn? Was ist denn mit Johannes?«, hörte
Dirk hinter sich die Leute fragen, setzte seinen Weg jedoch
fort, ohne zu antworten. Anders als sonst konnte er das
Interesse der Leute ein Stück weit verstehen. Viele von
ihnen sahen in dem Club vermutlich ein zweites Zuhause,
Johannes Petersen war einer von ihnen. Natürlich wollten sie wissen, was geschehen war.

Thamsen würde sich vom Manager eine Liste geben
lassen und die Leute befragen. Zum jetzigen Zeitpunkt,
wo sie selbst so wenig über den Fall wussten, mussten
alle Ermittlungsansätze genutzt werden. Wolfgang Jensen
saß im Restaurant des Clubgebäudes an einem der Tische
und stierte in ein Glas Wasser. Als er Dirks Schritte hörte,
blickte er auf.

»Herr Jensen? Dirk Thamsen, Polizei Niebüll.«

Jensen erhob sich, und sofort stach Dirk die Kleidung
des Mannes ins Auge. So unscharf war sein Bild von Golfern wohl doch nicht. Jensen trug eine braun-beige Karo-
hose. Thamsens Mundwinkel zuckten leicht nach oben.

»Sie haben also Johannes Petersen gefunden?«

Jensen ließ sich langsam zurück auf den Stuhl sinken und nickte dabei. Dirk trat an den Tisch, schob einen der Stühle mit einem scharrenden Geräusch zurück und nahm Platz.

»Können Sie mir bitte ganz genau erzählen, wann und wie Sie den Toten aufgefunden haben? Jedes Detail, an das Sie sich erinnern, ist wichtig.«

Wieder nickte Jensen, blieb aber weiterhin stumm. Von draußen hörte Dirk Stimmen. Sicherlich waren die Mitglieder seiner Aufforderung nicht gefolgt, sondern befanden sich nach wie vor hinter dem Gebäude und unterhielten sich über den Leichenfund.

»Also?«, hakte Dirk nach.

»Ja, es ist …« Wolfgang Jensen räusperte sich, trank einen Schluck aus seinem Wasserglas. »Wissen Sie, ich habe noch nie einen Toten gesehen, es ist …«

Dirk verstand, was der Mann zum Ausdruck bringen wollte. Er erinnerte sich gut an seine erste Leiche und das Gefühl, das ihn damals erfasst hatte. Es war zwar bereits etliche Jahre her, aber den Schauer spürte er immer noch, der ihm damals über seinen Rücken gelaufen war, als er in das bleiche Gesicht geblickt hatte und der starre Blick der Toten bei ihm eine Atemlosigkeit ausgelöst hatte. Mittlerweile fühlte er sich meist nicht mehr derart gelähmt vom Anblick eines toten Menschen, aber ein Leichenfund war dennoch nicht zur Routine für ihn geworden. Der Tod war und blieb ein Ausnahmezustand, dem er sich jedes Mal aufs Neue stellen musste.

»Ja, das kann einen sehr mitnehmen«, brachte er sein

Verständnis zum Ausdruck. »Wann haben Sie ihn gefunden?« Er versuchte zunächst, einen Zugang zu Jensen herzustellen, mit der seiner Ansicht nach einfacheren seiner beiden Fragen. Mit Erfolg.

»So gegen sieben, vielleicht etwas früher, so genau kann ich das nicht sagen, hab nicht auf die Uhr geschaut.«

»Sieben Uhr? Sie sind immer so früh auf dem Golfplatz?«

»Ja, fast jeden Morgen. Für mich die perfekte Zeit.«

»Und Sie waren der Einzige auf dem Platz?«

»Ich glaube schon. Jedenfalls habe ich niemanden gesehen.«

»War irgendetwas anders als sonst?«

Jensen schaute ihn mit einem verständnislosen Blick an. »Die Leiche?«, entgegnete er zaghaft.

»Natürlich.« Dirk nickte zustimmend. »Aber gab es zusätzlich etwas, das Ihnen aufgefallen ist? War da vielleicht ein Auto auf dem Parkplatz oder …?« Dirk überlegte, was Wolfgang Jensen aufgefallen sein könnte.

»Nein, mir ist nichts aufgefallen. Alles war wie immer, außer …« Nun war es Jensen, der stockte.

Dirk hielt den Atem an, spürte, wie seine Muskeln sich anspannten. »Ja?«

»Der Schrank von Oke stand offen.«

»Oke? Welcher Schrank?«

»Oke Reuters. Ja, es war sein Schrank.« Jensen schaute ihn plötzlich mit festem Blick an. »Wir haben im Nebengebäude Bag-Schränke, die der Club vermietet, damit man nicht jedes Mal seine komplette Ausrüstung hin und her schleppen muss.«

Zur Abwechslung war es nun Dirk, der nickte. »Und Sie sind sich sicher, dass es sein Schrank war?«

»Ja doch!« Jensens Starre hatte sich gelöst. »Oke Reuters' Schrank stand offen.«

4. KAPITEL

Haie hatte mit den Neuigkeiten im Gepäck den Sparmarkt verlassen. Vor der Tür hatte er überlegt, was er tun sollte. Dirk anrufen und sich nach dem Leichenfund erkundigen? Sein Freund hatte sicherlich alle Hände voll zu tun und wäre nicht sonderlich erfreut, wenn er störte. Er könnte auch nach Stadum zum Golfplatz radeln, aber das käme aufs Gleiche raus, hatte er befunden.

Schlauer wäre es, wenn er sich im Dorf schon mal umhörte, hatte er beschlossen und Maren Nissen als erste Anlaufstelle ausgewählt. Nicht zuletzt, weil ihr Haus fast auf seinem Heimweg lag, nur ein Stück weiter Richtung Maasbüll. Maren und Sönke Nissen wohnten, soweit er sich erinnerte, in Spätland. Er stoppte sein Fahrrad vor dem Haus, stieg ab und schob es den buckeligen Plattenweg zum Eingang hinauf.

Maren Nissen öffnete, kurz nachdem er geklingelt hatte. Haie sah ihr an, wie überrascht sie über seinen Besuch war. Sie hatten eigentlich so gut wie nichts miteinander zu tun. Die Redewendung »Guten Tag und guten Weg« beschrieb ihr Verhältnis treffend. Maren und Sönke Nissen waren nicht nur jünger als er, sondern auch kinderlos, sodass sich auch keine Verbindung über Niklas zu der Familie ergab.

»Hier, ich habe gedacht …« Haie hielt ihr die Tüte mit dem Hackfleisch hin. Er hatte dazu noch Nudeln und Tomatensoße gekauft.

Maren Nissen starrte stumm auf die ihr entgegengereichte Plastiktasche, griff wie in Zeitlupe danach. »Danke«, flüsterte sie.

»Nicht dafür«, entgegnete Haie. »Tut mir leid, dass es mit Sönkes Arbeit so schlecht läuft, und nun wird es sicherlich nicht einfacher.«

»Wieso?«

»Hast du es noch nicht mitbekommen? Johannes Petersen ist tot, wahrscheinlich ermordet.«

Haie beobachtete, wie aus Maren Nissens Gesicht sämtliche Farbe wich, als hätte man den Stöpsel einer gefüllten Badewanne gezogen. Ihre Unterlippe begann zu zittern, sie fasste sich mit der freien Hand an den Hals. »O mein Gott!« Sie drehte sich um und ließ Haie vor der geöffneten Haustür stehen.

»Maren?« Haie verlagerte sein Gewicht auf das rechte Bein und streckte seinen Hals vor, da die Tür sich mit einem leicht quietschenden Geräusch langsam zu schließen drohte. Maren Nissen verschwand am Ende des Flurs um die Ecke. Haie kratzte sich am Kopf. Sollte er einfach hineingehen?

Er schob die Tür wieder auf, wobei die Scharniere geradezu nach Öl kreischten. Haie verzog das Gesicht, während er sich die Schuhe am Vorleger abputzte und anschließend in den Flur trat.

»Maren? Hallo?«

Er folgte dem Gang, warf einen Blick ins Wohnzimmer, das sehr aufgeräumt wirkte, und nahm am Ende die Tür rechts. Maren Nissen stand in der Küche. Sie hatte die Tüte mit den Lebensmitteln auf den Küchentisch gelegt und hielt ihr Handy am Ohr. Als sie Haie entdeckte, fuhr sie herum. Aus ihrem Blick sprang ihm Angst entgegen.

»Er geht nicht dran«, sie schaute aufs Display, »nur die Mailbox. Er wird doch nicht ...?«

»Du meinst ...?« Er hielt die Luft an.

Maren Nissen zuckte mit den Schultern. »Sönke war gestern Abend so wütend, als ich ihm erzählt hab, dass wieder kein Lohn überwiesen worden ist. Er hat gesagt, dass er sich Petersen vorknöpfen will.«

Haie musste schlucken. Ihm war plötzlich sehr warm. »Meinst du etwa, Sönke könnte etwas mit dem Tod von Petersen zu tun haben?« Er wusste, welch unglaubliche Frage er stellte. Sönke war Marens Mann. Konnte sie sich von dem Menschen, mit dem sie Tisch und Bett teilte, eine solch ungeheuerliche Tat vorstellen?

Haie selbst hatte die Erfahrung gemacht, dass man den Partner nur bis zu einem gewissen Grad wirklich kannte, egal, wie lange man zusammenlebte. Man konnte sich noch so nahe stehen, es blieb immer ein Punkt, an dem kein Platz für den anderen war. Da war nur Raum für die eigene Person, für die eigenen Befindlichkeiten.

Hatte Sönke Nissen diesen Punkt erreicht und Johannes Petersen ermordet? Hatte seine Wut die Oberhand gewonnen? War aus ihm herausgebrochen, was er vielleicht seit einiger Zeit unter großer Anstrengung versucht hatte zurückzudrängen? Scham, Demütigung, Hilflosigkeit? Gefühle steuerten viele Handlungen – führten auch zu Mord.

Maren Nissen drückte die Wahlwiederholung. »Geh ran, geh ran, geh ran!« Ein verzweifelter Seufzer folgte.

Haie sah, dass sie zitterte.

»Ich fahre in die Firma!« Maren Nissen rannte aus der Küche, griff nach dem Autoschlüssel, der auf dem kleinen Sideboard im Flur lag.

»Warte«, rief Haie, »ich komme mit.«

Maren Nissen erwiderte nichts, wirkte abwesend, wie in einer Gedankenspirale gefangen. Er sprang keuchend auf den Beifahrersitz, ehe sie Gas gab und mit durchdrehenden Reifen von der Auffahrt schoss. Haies Blick wanderte zur Seite und im selben Augenblick fragte er sich, ob es eine gute Idee war, dass er hier neben Maren Nissen saß. Bekam sie von ihrer Umwelt überhaupt etwas mit? An die Geschwindigkeitsbegrenzung im Dorf hielt sie sich jedenfalls nicht. Verschwommen huschten die Häuser entlang der Dorfstraße an der Seitenscheibe vorbei.

Haie tastete nach seinem Telefon, fingerte es aus seiner Jackentasche und wählte Dirks Nummer.

»Haie, momentan ist wirklich ganz schlecht«, meldete sich sein Freund.

»Nee, Dirk, es ist ganz wichtig. Ich fahre gerade mit Maren Nissen in die Firma von Johannes Petersen. Sie glaubt, ihr Mann habe etwas mit dem Mord zu tun.« Haie bemerkte, wie Maren Nissen neben ihm zusammenzuckte, als er aussprach, was vermutlich in ihrem Kopf vor sich ging.

»Was? Nee, also …« Er hörte, wie Dirk seufzte. »Gut, wir treffen uns da, aber du unternimmst nichts, bis ich vor Ort bin.«

»Soll ich nicht …?

»Nein, Haie, warte auf mich. Verstanden?«

*

Dirk Thamsen beendete das Telefonat. Er betrat das an das Clubhaus angrenzende Gebäude und sah, wie ein Kollege von der Spurensicherung von einem offen stehenden Bag-Schrank zurücktrat.

»Auf den ersten Blick erscheint mir der Inhalt normal für solch ein Schließfach.« Er drehte sich zu dem Golfbag um, einer Ballröhre und einer Tasche, in der sich Schuhe und Regenzeug befanden. »Außer das hier vielleicht.« Er reichte ihm einen Spurensicherungsbeutel. Dirk strich das Plastik glatt, um den Inhalt besser betrachten zu können.

»Ein Schuldschein?«

Der Kollege im weißen Overall wog den Kopf. »Steht auf jeden Fall Petersens Name drauf.«

Das schon, dachte Dirk bei sich, aber wer bewahrte so etwas in einem Schrank voller Golfschläger auf? »Okay, ich muss los.« Er reichte den Schuldschein zurück. »Schickt ihr den Bericht an mich?«

Der weiße Schutzanzug raschelte, als sein Kollege nickte.

Der Leichenwagen fuhr gerade vor, als Dirk die Halle verließ. Er hob die Hand zum Gruß, deutete dann hinüber zur Fundstelle, wo Ansgar Rolfs ebenfalls das Eintreffen des ortsansässigen Bestatters bemerkt hatte. Dirk winkte ihm zu, deutete mit Daumen und kleinem Finger einen Telefonhörer an, den er zum Ohr führte, und drehte sich dann um. Er wusste, Ansgar verstand, dass er etwas Wichtiges zu erledigen hatte. Ihr gutes Verhältnis zueinander basierte auf Vertrauen, das mit den Jahren ihrer Zusammenarbeit gewachsen war. Selten hatte Dirk einen solch engagierten Mitarbeiter erlebt, was nicht hieß, dass die Polizisten in Niebüll und Umgebung lustlos ihre Arbeit erledigten, aber Ansgar Rolfs brannte für das, was er tat, und erinnerte Dirk daran, dass auch in ihm einst dieses Feuer gelodert hatte. Je mehr Dienstjahre jedoch ins Land zogen, desto kleiner wurde die Flamme, und manchmal hatte er den Eindruck, als wäre das Feuer erloschen und nur noch etwas Glut vorhanden. Dann brauchte es einen Funken, damit es neu entflammte, und nicht selten sprang dieser von Ansgar Rolfs auf ihn über – oder von Haie Ketelsen, den Dirk vor dem Eingang der Entsorgungsfirma von Johannes Petersen erblickte, als er auf das Gelände fuhr.

Der Freund stand neben einem Wagen, den Dirk nicht kannte, und wechselte permanent von einem Fuß auf den anderen. Seine Wangen glühten wie zwei rote Apfelbacken. Er konnte kaum glauben, dass Haie sich an seine Anweisung gehalten und nichts unternommen hatte. Wurde sein Freund auf seine alten Tage etwa vernünftig?

»Komm schnell, Maren ist schon drin!«, hörte er ihn rufen, als er den Motor abgestellt und die Fahrertür geöffnet hatte.

»Welche Maren?« Seine Frage blieb unbeantwortet, da Haie sich schon umgedreht hatte und zum Eingang eilte.

Dirk entfuhr ein Seufzer und er folgte dem Freund. Bereits an der Tür hörte er laute Stimmen.

»Komm!«, trieb Haie ihn mit einer zusätzlichen Handbewegung an. Das Geschrei drang aus einem der Räume, die sich links und rechts eines langen Ganges befanden. Als Dirk durch die geöffnete Tür trat, sah er zwei Frauen. Die eine saß in leicht geduckter Haltung hinter einem Schreibtisch, während die andere sich wie unter Schmerzen vor ihr aufbäumte.

»Ich muss zu Sönke, wo ist er?«

Der Blick der Mitarbeiterin wanderte zu ihm, die andere Frau wandte sich um. Für einen kurzen Moment herrschte Stille.

»Sie sind doch von der Polizei?« Sie kam auf ihn zu.

»Das ist Kommissar Thamsen, Maren«, mischte sich Haie ein. »Erzähl ihm von deiner Vermutung.«

»Also, ich...« Maren Nissen verstummte.

»Was ist mit Ihrem Mann? Warum müssen Sie ihn so dringend sprechen? Was ist passiert?« Dirk versuchte, seine Stimme möglichst ruhig klingen zu lassen, verspürte aber in seiner Magengegend ein aufgeregtes Kribbeln. Sollte sein Freund dem Mörder von Johannes Petersen wirklich so schnell auf die Spur gekommen sein?

»Maren, nun sach schon, Sönke war wütend auf Petersen und hat gedroht, ihn umzubringen, oder?«

Maren Nissen nickte.

»Und jetzt, wo er tot ist, glauben Sie ...?«

»Was?«, entfuhr es der Mitarbeiterin. Die schrille Stimme klingelte in Dirks Ohren. »Johannes ist tot?« Er sah, wie die Unterlippe der Frau bebte. »Und Sönke hat ihn umgebracht?« Sie sprang auf und stürzte auf Maren Nissen zu. Dirk gelang es gerade noch, nach dem Arm der Frau zu schnappen und sie zurückzuhalten. Das lief hier völlig aus dem Ruder, und Haie, der wie versteinert im Türrahmen stand und die Situation beobachtete, war ihm keine große Hilfe. Hätte er nur Ansgar mitgenommen oder zumindest den jungen Kollegen aus Leck, dachte Dirk, während er die Mitarbeiterin zurück hinter den Schreibtisch schob.

»Haie, du fährst mit Maren Nissen nach Hause.«

»Ja, aber ...«

»Bitte, Haie, tu, was ich sag!«

»Ja, aber Sönke, ich muss zu ihm«, heulte Maren Nissen auf.

»Was, zu deinem Mörder?«, krakeelte die Sekretärin und versuchte erneut, sich an Dirk vorbeizudrängen.

»Um Ihren Mann kümmere ich mich, versprochen. Und nun gehen Sie!« Aus dem Augenwinkel sah er, wie Haie Maren Nissen mit sich aus dem Raum zog.

Die Mitarbeiterin stemmte sich gegen ihn. Sie war kräftig, Dirk packte sie an den Schultern, zwang sie, ihm ins Gesicht zu schauen.

»Und Sie sagen mir jetzt, wo ich Sönke Nissen finde.«

Das Blitzen in ihren Augen verwandelte sich in ein Tränenmeer, die Spannung verließ ihren Körper und sie sank wie eine Marionette, deren Fäden man durchtrennt hatte, auf ihren Stuhl zurück.

»Der ist auf Tour, fährt heute die Gelbe Tonne in Achtrup.«

Die Entfernung zwischen Leck und Achtrup betrug nur wenige Kilometer. Auf der Fahrt rief Dirk Ansgar an.

»Wie weit seid ihr?«

»So gut wie fertig, der Leichenwagen ist vor wenigen Minuten Richtung Kiel aufgebrochen.«

»Okay, kannst du zu Petersens Firma fahren?« Er brachte Ansgar kurz auf den neuesten Stand.

»Und du meinst, dieser Sönke Nissen ist unser Mann?«

»Ich weiß es nicht, aber möglich wäre es. Auf jeden Fall ist es nicht gut, wenn die Mitarbeiter in Petersens Firma zu viel allein darüber diskutieren. Gerüchte und Spekulationen helfen uns nicht weiter. Ich will nicht, dass die sich da hochschaukeln.«

Auf dem Entsorgungshof hatte er zwar einen Mitarbeiter gebeten, seine Kollegin zu beruhigen und dafür zu sorgen, dass der Mord an Johannes Petersen nicht die Runde machte, aber er traute dem Mann nicht.

»Besser, du nimmst das in die Hand.«

»Geht klar«, entgegnete Ansgar Rolfs und legte auf.

Dirk passierte das Ortsschild und erblickte rechter Hand das Wahrzeichen Achtrups – Jenny, die Mühle. Er hielt am Straßenrand nach den Gelben Tonnen Ausschau. Wo hatte bereits eine Abholung stattgefunden? Wenn er dieser Spur folgte, musste er über kurz oder lang auf den Müllwagen stoßen. Er fuhr durch mehrere Wohnstraßen, an deren Rändern vereinzelt die gelben Behälter standen. Hier lag die Leerung anscheinend eine Zeit lang zurück und einige Anwohner hatten ihre Mülltonnen bereits wieder von der Straße näher an ihre Häuser gebracht. Es war mittlerweile Mittagszeit, daher ging Dirk davon aus, dass die Abfuhr im Ort so gut wie erledigt war, oder wann fing ein Müllmann an zu arbeiten? Er erinnerte sich, schon öfters in den Morgenstunden vom klappernden Geräusch der Müllabfuhr geweckt worden zu sein – also nahm er einen frühen Arbeitsbeginn an, einen sehr frühen, denn er selbst war kein Langschläfer.

Er folgte der Lecker Straße und bog schließlich Richtung Ladelund ab. Auch hier erschienen ihm die Tonnen schon geleert worden zu sein, aber der Zeitpunkt konnte seiner Einschätzung nach noch nicht so lange zurückliegen. Anders als in dem Wohngebiet gab es hier nur wenige Lücken in der Reihe der Gelben Tonnen, die sich am Straßenrand einer Kette gleich entlangzog.

Thamsen fuhr langsam weiter. So einen Müllwagen konnte man wohl kaum übersehen, dachte Dirk und war dennoch ein wenig überrascht, als er wie aus dem Nichts plötzlich vor ihm auftauchte. Dirk blinzelte. Das Gefährt bewegte sich gar nicht, stand geparkt in der Straße vor den Achtruper Stuben. Von den Fahrern weit und breit keine Spur. Ob die Mittagspause machten, fragte Dirk sich und stoppte ebenfalls. Er blickte nach links und rechts, dann zum Eingang des Landgasthofes. Sein Magen knurrte leise, er verspürte ein leichtes Hungergefühl, das sich augenblicklich verstärkte, als er aus dem Wagen stieg und der Geruch von Gebratenem zu ihm herüberzog. Während er über knirschenden Kies zum Eingang hinüberging, wurde der Duft intensiver. Dirk schnupperte. Kotelett oder Schnitzel? Das Wasser lief ihm im Mund zusammen.

Im Vorraum hörte er gedämpft Stimmen aus der Gaststube.

»Moin«, grüßte er in den Raum, als er eintrat. Hinterm Tresen lächelte ihm eine Bedienung zu. Auf der Bank am Tisch links neben der Tür saßen die beiden Mitarbeiter des Entsorgungsunternehmens. Dirk erkannte sie an den Arbeitsjacken, die sie scheinbar achtlos auf einen Stuhl geworfen hatten.

»Dirk Thamsen, Polizei Niebüll. Ich suche Sönke Nissen.«

Seine Ansage ließ einen der beiden Männer zusammenzucken.

»Herr Nissen?« Er trat ein Stück näher auf den Mann zu, dessen Adamsapfel über dem Kragen eines karierten Flanellhemdes wild auf und ab hüpfte. »Ich würde mich gerne ein wenig mit Ihnen auf der Dienststelle in Niebüll unterhalten. Kommen Sie bitte mit?«

»Na«, lachte der Kollege auf, »was hast du ausgefressen?«

Sönke Nissens Miene verfinsterte sich. »Das wüsste ich auch gerne«, entgegnete er und verschränkte seine muskulösen Oberarme vor der Brust.

»Das würde ich lieber mit Ihnen allein besprechen«, entgegnete Dirk. Er sah, wie ein Schatten über Nissens Gesicht huschte und sein linkes Augenlid zu zucken begann. Der kühle Auftritt ihm gegenüber war nur ein Schutzschild, eine Rolle, die der andere ihm vorspielte. So cool, wie er tat, war er nicht, das erkannte Dirk nicht nur aufgrund seiner jahrelangen Erfahrungen. Wie vielen Menschen hatte er schon gegenübergesessen, sie befragt, verhört, beobachtet? Er wusste es nicht. Aber die Reaktionen ähnelten sich, und diese übertriebene Coolness, wie

Sönke Nissen sie gerade an den Tag legte, verriet ihm, dass dieser Mann etwas zu verbergen versuchte.

Dirk fragte sich, ob Nissen wusste, dass sein Chef ermordet worden war. Sollte er ihn damit konfrontieren? Er blickte sich im Gastraum um, in dem noch ein weiterer Tisch besetzt war. Er wollte nicht, dass der Mord an Petersen zu schnell zu weite Kreise zog, aber wie er die Menschen hier in der Gegend kannte, hatte sich die Neuigkeit ohnehin schon wie ein Lauffeuer verbreitet.

»Ihr Chef ist heute Morgen tot aufgefunden worden, und wir haben ein paar Fragen an Sie.«

»Nur an mich?« Sönke Nissen stieß seinen Kollegen in die Seite. »Petersen war auch Andreas' Chef. Wieso haben Sie keine Fragen an ihn?«

Der Angesprochene öffnete den Mund, schloss ihn wieder. Dirk hatte das Gefühl, als träten seine Augen ein Stück aus den bleichen Höhlen heraus, während er ihn anstarrte. Ganz offensichtlich hatte er noch nichts von Petersens Tod gehört.

Dirk hätte nun natürlich erwidern können, dass auch der Kollege befragt werden würde, dieser ihm aber im Gegensatz zu Sönke Nissen aufgrund der Betroffenheit wenig verdächtig erschien und auch keine Ehefrau hatte, die ihn im Zusammenhang mit dem Mord an Johannes Petersen schwer belastete. Das würde ihn in dieser Situation allerdings nicht weiterbringen. Er wollte mit Nissen allein sprechen, und zwar möglichst unbefangen.

»Also, wenn Sie dann bitte mitkommen wollen?«

Ohne weitere Widerworte erhob sich Sönke Nissen und griff nach seiner Arbeitsjacke. Der wusste ganz genau, warum er hier war und nur mit ihm sprechen wollte, beurteilte Dirk die Reaktion und bereute, allein nach Sönke Nissen gesucht zu haben. Was, wenn Nissen versuchte, ihn während der Fahrt zu überwältigen und zu flüchten? Aber wenn er ihm Handschellen anlegte ... Nein, er musste das Risiko eingehen.

5. KAPITEL

Ansgar Rolfs hatte sich von den Mitarbeitern der Spurensicherung und den Lecker Kollegen verabschiedet und fuhr nun über die B 199 Richtung Leck. Er klappte die Sonnenblende herunter. Was für ein herrliches Wetter, dachte er und verspürte deutlich den Kontrast, den der strahlend blaue Himmel zu dem grausamen Verbrechen an Johannes Petersen bildete.

Seit Ansgar in die Niebüller Polizeidienststelle versetzt worden war, hatte es bereits mehrere Mordfälle in ihrem Zuständigkeitsbereich gegeben; obwohl, zuständig waren sie genau genommen nicht; denn Kapitalverbrechen fielen in den Aufgabenbereich der Kripo. Die Beamten aus Husum ließen sich jedoch nur selten hier blicken, wälzten die Arbeit nur zu gern auf sie ab. Schon so manches Mal hatte er überlegt, zur Kripo zu wechseln, aber bisher hatte er sich nicht dazu entschließen können.

Der Mord an Johannes Petersen stellte eine weitere Herausforderung dar. Für Ansgar gab es keine Routine, jeder Fall gestaltete sich anders und war einzigartig – auch dieser. Wer hatte Petersen umgebracht, und warum?

Der Tote war Mitglied im Golfclub gewesen. War der

Täter deswegen dort zu finden? Oder in Petersens Firma? Hatte dieser Sönke Nissen etwas mit Petersens Tod zu tun? Möglich, aber Dirk Thamsen hatte nicht gesagt, warum der Mann laut seiner Ehefrau gedroht hatte, seinen Chef zu ermorden. War er entlassen worden? Hatte er seine Drohung überhaupt in die Tat umgesetzt oder war der Täter eher im familiären Umfeld zu suchen? Ihm fiel ein, dass bisher keiner die Familie des Opfers informiert hatte. Hatte Petersen Angehörige? War er verheiratet gewesen? Er wählte die Nummer der Dienststelle und bat seinen Kollegen Bernd Albrecht, die entsprechenden Informationen zu besorgen. Er würde später mit Thamsen abstimmen, wer von ihnen diese unangenehme und dennoch so wichtige Aufgabe übernehmen würde, denn als er auf den Hof der Entsorgungsfirma einbog, sah er, wie viel dringender erforderlich seine Anwesenheit zunächst hier war.

Vor dem Eingang stand eine Gruppe Männer, eingehüllt in Zigarettenrauch, die wild diskutierend mit ihren Armen wirbelten.

Ansgar stieg aus, und das Zuschlagen seiner Wagentür ließ die Leute augenblicklich verstummen.

»Ansgar Rolfs, Polizei Niebüll. Ich …«

»Stimmt es, dass Petersen ermordet wurde? Hat Sönke was damit zu tun? Wann ist das passiert?«, stürmten Fragen, wie aus einer Maschinenpistole abgefeuert, auf ihn ein.

»Entschuldigung, momentan kann ich Ihnen keine Auskünfte geben, außer dass Ihr Chef heute Morgen leider tot auf Hof Berg aufgefunden wurde. Ich möchte Sie bitten, an Ihre Arbeit zu gehen. Ich komme später einzeln auf Sie zu.« Ansgar ging zum Eingang, spürte dabei die Neugierde der Männer im Nacken und warf einen Blick über die Schulter. Die Menge löste sich widerwillig auf.

Für ihre Arbeit war es ungeheuer wichtig, dass vor einer Befragung nicht zu viel über den Fall gesprochen wurde. Nicht selten wurden dadurch Aussagen verfälscht, weil Erinnerungen durch Eindrücke anderer beeinflusst waren.

Er betrat das Gebäude und folgte einem schluchzenden Geräusch, das ihn in ein Büro führte, in dem eine Frau weinend hinter einem Schreibtisch saß. Die Wimperntusche lief in schmalen schwarzen Linien ihre Wangen hinab und hinterließ ein kurioses Muster. Neben ihr hockte ein Mann, der ihr gerade ein Taschentuch reichte.

»Guten Tag, Ansgar Rolfs, ich hätte ein paar Fragen, Frau …?«

»Weiß«, brachte die Frau zwischen zwei Schluchzern hervor und schnäuzte sich in das ihr gereichte Taschentuch, das sie anschließend in der Hand zusammenpresste. »Katrin Weiß.«

»Ich würde gerne allein mit Ihnen sprechen.« Er schaute auf den danebensitzenden Mann, der sich nur zögernd erhob, nicht aus Sorge um seine Kollegin, das sah Ansgar sofort, sondern aus Angst, etwas zu verpassen.

»Zu Ihnen komme ich anschließend«, sagte er daher und wartete, bis der andere das Büro verlassen hatte, ehe er sich einen Stuhl an den Schreibtisch zog und setzte. »Frau Weiß, Sie haben gehört, dass Ihr Chef heute Morgen tot auf dem Golfplatz gefunden wurde?«

»Ja.«

»Uns fehlt noch die Bestätigung aus der Rechtsmedizin, aber die Auffindesituation legt den Verdacht eines Gewaltverbrechens nahe.« Er räusperte sich. »Können Sie sich vorstellen, wer das getan haben könnte? Gab es Probleme in der Firma? Mit Mitarbeitern oder Konkurrenzunternehmen?«

Katrin Weiß schüttelte wortlos den gesenkten Kopf. In den Händen knetete sie das Taschentuch. Ansgar fragte sich, ob es ihm in diesem Zustand überhaupt möglich sein würde, etwas aus der Frau herauszubekommen. Er blickte sich um. Der Raum wirkte düster. Ein riesiger Rhododendron verwehrte dem Sonnenlicht Einlass. An den Wänden stapelten sich in schiefen Regalen Aktenordner und ließen den ohnehin schon kleinen Raum erdrückend wirken. Er holte Luft.

»Wie war Ihr Verhältnis zu Herrn Petersen?«

Katrin Weiß schreckte sichtlich auf. »Wie meinen Sie das? Er war mein Chef.«

Ansgar hörte das leichte Beben in der Stimme der Mitarbeiterin. »Natürlich, aber wie kamen Sie miteinander aus? Was war Herr Petersen für ein Mensch? Gab es Streit? Hatte er Feinde?«

»Johannes … Herr Petersen war ein feiner Mensch, er war …« Katrin Weiß schluchzte auf, knetete weiter das Taschentuch in ihren Händen.

Ansgar verwunderte die heftige Reaktion der Frau. Der Tod eines Nahestehenden war zweifelsfrei schockierend, aber wie nahe hatte Katrin Weiß ihrem Chef gestanden?

»Wie lange arbeiten Sie für Herrn Petersen?«

»Seit gut einem Vierteljahr.«

Ansgar musterte die Frau. Ihre Trauer erschien ihm glaubhaft, sie weinte um Petersen, obwohl sie keine gemeinsame jahrelange Vergangenheit verband. Vermutlich gab es eine weitere Beziehung zwischen den beiden, vielleicht hatten sie eine Affäre gehabt. Er würde diese Frage in seinen Gesprächen mit den anderen Mitarbeitern wie beiläufig aufwerfen. Wenn der Chef mit seiner Sekretärin ein Verhältnis gehabt hatte, war das sicherlich nicht unbemerkt geblieben. Zumindest für Gerede hätte ein Techtelmechtel zwischen den beiden mit Sicherheit gesorgt, und auch wenn Ansgar sonst nicht gerade viel für Gerüchte übrighatte, in diesem Fall könnten sie sich als hilfreich erweisen, denn Katrin Weiß würde ihm nicht gestehen, die Geliebte von Johannes Petersen gewesen zu sein – jedenfalls nicht in diesem Zustand. Er erhob sich.

»Gut, das war es erst einmal. Halten Sie sich aber bitte zur Verfügung, falls wir weitere Fragen haben.«

*

»Kann ich dich denn wirklich allein lassen?« Haie stand neben seinem Fahrrad und blickte zu Maren Nissen. Mit zittrigen Fingern versuchte sie die Haustür aufzuschließen.

»Lieb gemeint, aber ich bin jetzt lieber allein.«

»Gut, aber melde dich, falls etwas sein sollte.« Er hörte selbst, wie unsinnig seine Worte klangen. Es war bereits etwas vorgefallen, das die Welt von Maren Nissen aus den Angeln gehoben hatte. Was sollte noch geschehen?

Maren Nissen nickte, ehe sie im Haus verschwand. Während der Rückfahrt hatten sie so gut wie nicht miteinander geredet. Haie hatte anfangs versucht, ein Gespräch in Gang zu bringen, um Maren ein wenig abzulenken, doch dann hatte er bemerkt, wie viel Mühe sie gehabt hatte, sich auf die Straße zu konzentrieren, und hatte geschwiegen. Er wollte schließlich nicht in einem der tiefen Gräben landen, die sich seitlich am Schnapsweg entlangzogen. Haie schob sein Fahrrad die Auffahrt hinunter und blickte dabei zum Haus zurück. Ein Schauer lief ihm über den Rücken, als sich die Frage in seine Gedanken schlich, ob hier ein Mörder wohnte. In der Vergangenheit hatte er schon manches Mal die Erfahrung gemacht, wie wenig man oftmals vom anderen wusste, selbst wenn man glaubte, sich gut zu kennen.

Seine Exfrau Elke blieb für ihn das beste Beispiel. Jahrelang hatte er mit ihr zusammengelebt, hatte Tisch und Bett, ja sein Leben mit ihr geteilt, ihr vertraut. Er hatte immer gedacht, sie hätten keine Geheimnisse voreinander, nur um am Ende die schmerzliche Erkenntnis zu gewinnen, dass dem nicht so war. Es war schlichtweg nicht möglich, den anderen bis in den hintersten Winkel seiner Seele zu kennen, daher verstand er gut, was Maren Nissen gerade durchmachte.

An der Straße blieb er eine Weile stehen, schaute nach rechts und links, dann zur Auffahrt zurück. Vielleicht hatte auch Maren Nissen ihn belogen. Wollte sie wirklich allein sein oder ihn einfach nur loswerden? Als sich jedoch auch nach mehreren Minuten bei den Nissens nichts tat, schwang er sich auf sein E-Bike und machte sich auf den Heimweg.

Am Rabeneck bog er in die Steege ein und fuhr bis zur

Garteneinfahrt. Dort stieg er ab und schob sein Rad den Weg hinauf zum Haus.

»Moin!«

Haie zuckte zusammen. Er hatte seinen Nachbarn gar nicht bemerkt, der sich zwischen den Büschen befand und das erste Unkraut des Jahres jätete.

»Moin!«

»Na, auf Patrouille gewesen, Herr Ketelsen?«

Haie runzelte die Stirn und musterte Armin Winter. Der Mann stand breitbeinig zwischen zwei Haselnusssträuchern. Woher wusste er von Haies Status als Hilfssheriff im Dorf? Hatte er ihm davon erzählt?

Armin Winter wohnte noch nicht lange nebenan. Bis vor ein paar Monaten hatte dort Tatjana Lieberknecht gelebt, die unter tragischen Umständen ums Leben gekommen war. Eine Zeit lang hatte das Haus leer gestanden und Haie Tag für Tag an den Tod der jungen Frau erinnert, den er vielleicht hätte verhindern können. Wenn er nur hartnäckiger gewesen wäre, darauf bestanden hätte, dass man nach ihr suchte, dann … Aber alle Wenns machten Tatjana Lieberknecht nicht wieder lebendig, und Haie war froh gewesen, als Armin Winter mit seiner Familie neben ihnen eingezogen war. Zumindest erinnerte ihn seitdem nicht das leer stehende Haus an sein Versagen, wenngleich ihn seine Gedanken nach wie vor mit Vorwürfen quälten.

»Nee, hab das gute Wetter ausgenutzt. Fahrradtour.« Er wies auf sein E-Bike.

Armin Winter schaute ihn weiterhin schweigend an und erzeugte in ihm das Gefühl, als erwartete er weitere Details. Haie verspürte ein Grummeln in der Magengegend.

»Muss rein, Niklas kommt glieks to huus.«

Armin Winter nickte und bückte sich wieder, um Löwenzahn zu zupfen.

Haie ging weiter, glaubte aber den Blick des anderen im Nacken zu spüren. Wusste Armin Winter bereits etwas von dem Mord an Johannes Petersen? Risum war ein kleiner Ort, solche Neuigkeiten verbreiteten sich in der Regel wie ein Lauffeuer. Warum hatte er ihn nicht direkt darauf angesprochen? Seine Beziehungen zur Polizei schienen ihm bekannt zu sein. Haie hingegen kannte den neuen Nachbarn kaum. Aber selbst wenn er Armin Winters Lebensgeschichte in- und auswendig herunterbeten könnte, bliebe ihm dennoch verborgen, was in dessen Kopf vor sich ging. Nur waren es gerade die Gedanken von Armin Winter, die Haie in diesem Moment am meisten interessierten.

6. KAPITEL

»So, Herr Nissen, nehmen Sie bitte Platz.« Dirk wies auf den Stuhl vor seinem Schreibtisch.

Die Fahrt zur Dienststelle war ohne Zwischenfälle verlaufen und auch jetzt wirkte Sönke Nissen handzahm, als er sich setzte. Ob der Mann wirklich der Mörder von Johannes Petersen war und die Tat gleich gestehen würde? Sollte der Fall so schnell gelöst sein? Das wäre Premiere, dachte Dirk und ließ sich ebenfalls am Schreibtisch nieder. Er griff zu der Wasserflasche, die neben seinem Bildschirm stand, und füllte zwei Gläser, von denen er eines vor Sönke Nissen hinstellte, der stumm die aufsteigenden Bläschen betrachtete.

»Herr Nissen, wie Sie wissen, ist Ihr Chef heute Morgen tot aufgefunden worden.«

Sönke Nissen blickte weiterhin schweigend auf die perlende Flüssigkeit in seinem Glas.

»Haben Sie etwas mit dem Tod zu tun?«

»Was? Ich? Nein!« Sönke Nissen sprang von dem Stuhl auf, der hinter ihm polternd zu Boden fiel. »Ich habe Johannes Petersen nicht umgebracht.«

»Aber gedroht damit haben Sie schon, oder?«

»Ja, aber das haben doch alle.«

»Alle?«

»Na ja, Petersen hat diesen Monat keinen Lohn bezahlt.«
Sönke Nissen hob den Stuhl auf und setzte sich wieder.
Gierig trank er nun von dem Wasser.

»Natürlich war ich wütend. Wissen Sie, wie das ist,
wenn man nicht weiß, wie man seine Rechnungen zahlen
soll, wenn man der Frau sagen muss, dass kein Geld zum
Einkaufen da ist?«

Dirk musste sich eingestehen, nicht zu wissen, wie das
war. Nach dem Abitur war er direkt zur Polizei gegangen und nach dem Abschluss der Ausbildung verbeamtet
worden. Sein Verdienst ging regelmäßig jeden Monat auf
seinem Konto ein, inklusive Zuschläge und Zulagen. Es
war kein Vermögen, das er verdiente, aber er konnte mit
seiner Familie gut davon leben. Ausgeblieben war sein
Gehalt noch nie. Das Land war, was das anging, pünktlich wie ein Schweizer Uhrwerk.

»Ich kann natürlich Ihre Wut verstehen, aber das recht-
fertigt keinen Mord.«

»Mord?« Erneut fuhr Sönke Nissen auf. »Ich habe
Petersen nicht umgebracht. Das müssen Sie mir glauben.
Bitte, ich bin kein Mörder!«

»Was ich glaube, ist erst einmal nicht relevant. Fakt ist,
dass Ihre Frau …«

»Maren? Was hat sie damit zu tun? Ist sie etwa der Meinung …?«

Das war eine gute Frage, stellte Dirk fest. Sie war keine
Zeugin, dennoch hatte sie Sönke Nissen mit ihrer Äußerung, er könne seine Drohung, Petersen umzubringen,

wahr gemacht haben, belastet. Obwohl, überlegte er, hatte sie das wirklich gesagt oder war es nicht vielmehr eine Interpretation von Haie? War der Freund wieder einmal über das Ziel hinausgeschossen?

Dirk seufzte innerlich. Zum jetzigen Zeitpunkt hatte er nicht einmal den Obduktionsbericht oder die Auswertung der Spurensicherung.

»Einen Moment bitte.«

Dirk stand auf und verließ das Büro. Er ging den Gang einige Male auf und ab, der Linoleumboden quietschte leise unter den Sohlen seiner Schuhe. Was konnte er tun? Den Mann weiter festhalten aufgrund einer vagen Äußerung? Wahrscheinlich würde die Frau bei einer Befragung die Aussage zurückziehen, zumindest relativieren. Er hatte einfach nichts in der Hand, er würde Sönke Nissen laufen lassen müssen. Dirk straffte die Schultern und ging zurück zu seinem Büro. Er holte tief Luft, ehe er die Klinke hinabdrückte, die Tür öffnete und erstarrte. Sönke Nissen hatte den Gürtel seiner Hose um den Hals gelegt und am Fenstergriff befestigt.

*

»Gut, vielen Dank. Das war's dann zunächst.« Ansgar Rolfs verließ den Sozialraum, in dem er die Mitarbeiter der Entsorgungsfirma einzeln befragt hatte. Ein paar Ermittlungsansätze hatte er aus den Gesprächen gewinnen können, aber es war auch deutlich geworden, dass beinahe jeder Angestellte im Grunde genommen ein Motiv gehabt hatte, Johannes Petersen umzubringen. Keiner aus der Belegschaft hatte diesen Monat Geld für seine Arbeit erhalten, dementsprechend aufgeheizt war die Stimmung, zumal es nicht das erste Mal gewesen war, dass Petersen keinen Lohn gezahlt hatte.

Andreas Westermann hatte angedeutet, er könne sich vorstellen, dass Sönke Nissen etwas mit dem Mord zu tun habe, da der Kollege sehr aufbrausend sein konnte und wegen eines recht hohen Kredites finanziell wohl extrem unter Druck stand. Ansgar hatte die Aussage in sein Merkbuch notiert, sich dabei allerdings gefragt, ob Sönke Nissen wirklich derart wenig Weitsicht besaß. Der Tod von Johannes Petersen verbesserte Nissens Situation in keinerlei Weise, ganz im Gegenteil.

Die anderen Mitarbeiter hatten sich bei der Befragung eher bedeckt gehalten, auch bei seinen Fragen zu dem Verhältnis zwischen Katrin Weiß und Johannes Petersen. Der Chef und die Sekretärin hätten eng zusammengearbeitet, was den Befragten verständlich erschien, da sie die rechte Hand von Johannes Petersen gewesen war. Außerdem hatten die Männer selten im Büro zu tun und konnten nicht sagen, ob die Beziehung der beiden über das berufliche Maß hinausgegangen war.

Ansgar seufzte und fragte sich, ob der Täter überhaupt in der Firma des Opfers zu finden war. Die finanzielle Lage des Unternehmens legte einen Verdacht nahe, dennoch hatten sie einen wichtigen Aspekt bisher vernachlässigt – das private Umfeld.

Bei Mord, Totschlag und Tötung auf Verlangen lag bei über der Hälfte der Fälle eine Opfer-Täter-Beziehung im privaten Umfeld vor. Die Leiche war auf dem Golfplatz entdeckt worden – im Fall von Johannes Petersen also im Privatbereich. Ansgar hatte zwar Filme gesehen, in denen Firmenbosse ihre Geschäfte auf dem Golfplatz zwischen zwei Abschlägen verhandelten, aber er war sich nicht sicher, ob das in Nordfriesland der Realität entsprach.

Vernachlässigen durfte er diesen Punkt trotzdem nicht, doch zum jetzigen Zeitpunkt ging die Befragung der Familie vor. Er wählte die Nummer der Dienststelle.

»Bernd, hast du etwas über die Angehörigen von Johannes Petersen herausgefunden?«

»Was? Wie? Familie?«, hörte Ansgar seinen Kollegen stammeln. »Nee, wir haben hier einen Notfall, ich …«

»Notfall, was ist passiert?«

»Sönke Nissen hat einen Suizidversuch unternommen, der Notarzt ist gerade da. Am besten, du kommst her!«

Ansgar spürte, wie ihm der Schweiß aus allen Poren schoss. Der Verdächtige hatte versucht sich umzubringen. Wie und wo, und war es ihm geglückt? Seine Gedanken fuhren Achterbahn, und als er in der Lage war, eine seiner Fragen zu formulieren, bemerkte er, dass Bernd Albrecht bereits aufgelegt hatte. Er stürzte zu seinem Wagen und sprang hinein. Mit quietschenden Reifen fuhr er vom Hof und raste, ohne sich an irgendeine Geschwindigkeitsbegrenzung zu halten, aus Leck heraus. War der Selbstmordversuch ein Schuldeingeständnis? Hatte Andreas Westermann seinen Kollegen richtig eingeschätzt?

Ansgar fuhr wie durch einen Tunnel. Die Landschaft rechts und links der Seitenfenster zog wie eine Wand vorbei. In wenigen Minuten hatte er den Ortseingang von Niebüll erreicht und nur einen Moment später bog er auf den Parkplatz der Dienststelle ein.

Ansgar sah den Notarztwagen vor dem Eingang stehen und hastete ins Gebäude hinein. Im Gang befanden sich etliche Kollegen, und er hörte Stimmen aus Thamsens Büro.

»Was ist los?« In seinen Ohren summte es, er sah Bernd Albrecht, wie er die Lippen bewegte, verstand aber nicht, was er sagte. Dirk Thamsen trat aus dem Raum, sein Gesicht glich dem einer gekalkten Wand. Ansgar drängelte sich durch die Menge im Flur, erhaschte einen Blick über Dirks Schulter. Sönke Nissen lag am Boden, der Notarzt kniete regungslos neben ihm. Wieso machte der nichts, fragte Ansgar sich. Wieso reanimierte er oder stabilisierte er ihn nicht?

»Ist er …?«, fragte er mit zittriger Stimme und sah, wie Dirk die Augen niederschlug und nickte.

*

Haie hörte das Klappen der Haustür, gleich darauf das Gepolter von Niklas' Schulranzen, den er unter die Garderobe warf.

»Bin zu Hause!«, rief Niklas, während er die Küchentür aufriss.

»Oh, Pizza?«

»Ja, ausnahmsweise.«

»Ist was passiert?« Haie achtete sehr auf die Ernährung des Jungen, und Fertiggerichte kamen so gut wie nie auf den Tisch. Heute hatte er es allerdings nicht geschafft, frisch zu kochen, und eine Tiefkühlpizza in den Backofen geschoben.

»Nein, es ist ... ich habe ...«, druckste er herum. Er wollte Niklas nicht mit dem Mord an Johannes Petersen konfrontieren. Verbrechen machten Kindern Angst, und Niklas besonders.

Seine Mutter war gewaltsam aus dem Leben gerissen worden. Zwar war Niklas noch ein Säugling gewesen, als Marlene bei einem Anschlag ums Leben gekommen war, aber als er älter geworden war, hatte er Fragen gestellt. Fragen nach dem Wie und dem Warum. Haie hatte versucht, das grausame Verbrechen möglichst neutral darzustellen, aber der Junge war nicht dumm, und Haie wusste, dass Niklas im Grunde genommen, trotz seiner recht blumigen Erklärungen, die Grausamkeit des Geschehens erfasst hatte. Die Grundfeste seiner jungen Welt waren früh erschüttert worden, hatten Risse bekommen, die noch einmal an Tiefe gewonnen hatten, als er die Leiche von Tatjana Lieberknecht in einem verlassenen Haus entdeckt hatte. Seitdem war er bei einer Jugendpsychologin in Behandlung, und Haie wollte die Fortschritte der letzten Monate nicht gefährden.

»Ich war unterwegs und habe es nicht geschafft einzukaufen«, rechtfertigte Haie das Fertiggericht und stellte Niklas den Pizzateller vor die Nase. Der Junge gab sich nur zu gern mit Haies Erklärung zufrieden und machte sich über das Essen her.

»Und, gibt es in der Schule was Neues?«

»Mmpf, nöö«, antwortete Niklas zwischen zwei Bissen. »Frau Sörensen hat die Themen für die Projektwoche vorgestellt. Ich glaube, ich mache den Schnupperkurs auf dem Golfplatz.«

»Waas«, entfuhr es Haie, »ihr geht auf den Golfplatz?«

Niklas hielt im Kauen inne. »Ist nicht teuer, die Schule sponsert den größten Teil, und ich habe keine Lust auf so ein Umweltprojekt, wo wir durch die Gegend latschen und Müll einsammeln.«

»Aber das wäre doch besser, als Golfbälle über ein Feld zu schlagen.«

»Wieso?«

»Na, es ist wichtig, etwas für die Umwelt zu tun.«

»Aber du sagst doch immer, Bewegung ist wichtig. Außerdem will Ole da auch mitmachen.«

Haie verstand, dass es für die Jungs wesentlich interessanter war, einen Golfschläger zu schwingen, als alte Flaschen und Plastikmüll vom Wegesrand aufzuklauben. Und natürlich wollte man in dem Alter etwas mit seinen Freunden zusammen machen, aber auf dem Golfplatz würde Niklas hautnah mit dem Mordfall in Berührung kommen.

»Gibt es denn keine anderen Kurse?«

»Nichts Interessantes.«

»Woher willst du das wissen, wenn du es nicht einmal ausprobierst?«

Niklas stopfte sich das letzte Stück Pizza in den Mund und erinnerte Haie an einen schmatzenden Hamster.

»Gibt es nichts mit Tieren, du willst doch immer etwas mit Tieren machen?«

»Reiten, aber da wollen nur Mädchen mitmachen. Nee, ich möchte Golf ausprobieren.«

»Aber das ist nichts, was du für die Gemeinschaft tust. Erfüllt der Kurs überhaupt die Anforderungen eines Schulprojektes?«

»Welchen Zweck? Reiten ist auch nichts für die Gemeinschaft.«

»Na, was Pädagogisches. Außerdem sind Pferde Lebewesen.«

»Golfer leben auch!«

Nicht immer, dachte Haie und seufzte. Je älter sein Patenkind wurde, desto anstrengender empfand er die Diskussionen. Er fühlte sich dem nicht gewachsen. Nicht nach dem aufregenden Vormittag.

»Golf ist was für reiche Leute.«

»Gut, ich möchte reich werden, besser, ich fange schon mal an, Golf zu lernen.« Niklas lehnte sich im Küchenstuhl zurück und blitzte Haie herausfordernd an.

»Aber …«

»Mannomann.« Tom trat unvermittelt in die Küche. Er war mit Einkaufstaschen beladen, die er stöhnend auf die Arbeitsplatte hievte. »Im Supermarkt war die Hölle los. An der Kasse ging gar nichts, weil Helene wieder einmal tratschen musste.«

»Niklas, musst du nicht Hausaufgaben machen?«

Der Junge blickte auf. Er konnte ja nicht wissen, dass Haie ahnte, worüber man sich im Sparmarkt unterhielt.

»Papa, hast du was dagegen, wenn ich in der Projektwoche Golf spiele?«

»Golf?« Tom blickte auf. »Laut Helene ist da gerade jemand umgebracht worden.«

Haie sah, wie Niklas von einem Moment auf den anderen zu Stein wurde. »Die Hausaufgaben, Niklas!« Er stupste ihn an und warf zeitgleich Tom einen mahnenden Blick zu. Der war jedoch mit dem Inhalt der Einkaufstaschen beschäftigt.

»Und nun hat angeblich jemand versucht, sich umzubringen, weil er der Mörder ist«, redete er unbedacht weiter, während er die Einkäufe ausräumte.

Haie spürte, wie sein Herz in seiner Brust rumpelte. »Was, Sönke Nissen hat versucht sich umzubringen?«, presste er atemlos hervor.

Tom hielt in der Bewegung inne und drehte sich zu ihm. »Du kennst den? Dann ist das doch nicht nur Gerede?«

In Haies Kopf drehten sich die Gedanken. Hatte Sönke Nissen wirklich Johannes Petersen ermordet und sich deswegen das Leben genommen? Wie und wo? Er musste dringend Dirk anrufen, aber dann fiel sein Blick erneut auf Niklas, der nach wie vor starr auf dem Stuhl hockte.

»So, du gehst jetzt erst einmal Hausaufgaben machen, über die Projektwoche reden wir später.« Er griff Niklas unter die Arme und bugsierte ihn in sein Zimmer. Als er zurückkam, fing er Toms fragenden Blick auf. »Es hat einen Mord auf dem Golfplatz gegeben. Ich habe Dirk zum Mörder geführt und …«

»Du hast dich wieder in polizeiliche Ermittlungen eingemischt?« Er zog die Augenbraue hoch.

»Ja, Maren Nissen vermutete, ihr Mann …«

»Und du hast wieder deine Schlüsse gezogen. Haie, du weißt, was falsche Vermutungen anrichten können.«

»Ja, aber Dirk …«

»Der hat vermutlich jetzt noch mehr Arbeit und Ärger am Bein.«

*

Der Leichenwagen war gerade vom Gelände der Polizei-dienststelle gefahren, und Dirk ging zusammen mit Ansgar zurück ins Gebäude. Die Stimmung, die ihnen im Inneren entgegenschlug, brannte förmlich auf der Haut.

»Meinst du, der Selbstmord ist als Schuldeingeständ-nis zu werten?«, fragte Ansgar, als sie sich in der Gemein-schaftsküche einen Kaffee holten.

»Ich weiß es nicht. Ich kann das gar nicht einordnen«, gab Dirk zu. Er fragte sich, ob er den Verdächtigen viel-leicht zu hart angegangen war. »Er hat immer wieder gesagt, er sei es nicht gewesen.«

»Na ja, aber der Suizid sagt etwas anderes, oder?«

Dirk blickte in seinen Becher. Die schwarze Flüssigkeit wirkte wie ein dunkles Loch auf ihn. Undurchdringlich, wie der aktuelle Fall, bei dem die Wahrheit ähnlich wie der Boden der Kaffeetasse nicht sichtbar war.

»Komm, lass uns zusammensetzen und die nächsten Schritte besprechen«, forderte er Ansgar auf.

Sie gingen über den Flur, auf dem eine gespenstische Ruhe herrschte. Dirk empfand die Stille als beunruhigend nach dem Tumult, der noch vor wenigen Augenblicken in der Dienststelle geherrscht hatte.

Beim Betreten seines Büros stellten sich die Härchen auf seinen Armen auf. Das Bild des am Fensterrahmen bau-melnden Sönke Nissen hatte sich tief in sein Gedächtnis gebrannt. Er ließ sich auf seinen Stuhl fallen und starrte auf Ansgar, der sich ihm gegenüber niedergelassen hatte, dort, wo kurz zuvor der Verdächtige gesessen hatte. Er trank einen Schluck Kaffee und zuckte zusammen, als das Telefon klingelte. Das Geräusch schmerzte in seinen Ohren, daher griff er rasch zum Hörer.

»Thamsen?«

»Sagt mal, was ist denn bei euch los?«, stürmte Lorenz Meister von der Kripo in Husum ohne jegliche Begrüßung auf ihn ein. Der hatte ihm gerade noch gefehlt, stöhnte Dirk innerlich auf und rollte mit den Augen. An Ansgars Miene erkannte er, dass der wusste, um wen es sich bei dem Anrufer handelte.

»Ja, bisschen viel Aufregung für solch einen Tag. Ich weiß nicht, ob …«

»Ich gratuliere«, fuhr Meister dazwischen. »So schnell habt ihr bisher ja noch keinen Fall gelöst.«

»Nun, also eigentlich«, gab Dirk zu bedenken, »steht ja gar nicht fest, ob Sönke Nissen …«

»Papperlapapp, dass der sich umgebracht hat, ist ja wohl Beweis genug. Also, ich erwarte euren Bericht und dann schließen wir den Fall.«

»Ja, aber … Hallo?«

Meister hatte bereits aufgelegt. Dirk betrachtete mit gerunzelter Stirn das Telefon.

»Und?«, durchbrach Ansgar sein Erstaunen. »Was sagt er?«

»Er sieht den Fall als erledigt an.« Dirk ließ den Hörer langsam zurück auf die Gabel sinken.

»Und du?«

»Ich weiß nicht, das erscheint mir alles zu dünn.« Er blickte in Ansgars leuchtende Augen und erkannte, dass auch er von der schnellen Lösung nicht überzeugt schien. Es wäre schön, wenn dieses scheußliche Verbrechen derart schnell enträtselt wäre, aber der Wunsch nach einer schnellen Aufklärung durfte sie nicht nachlässig werden lassen, nicht blind machen für die Wahrheit, die sich für Dirk nach wie vor auf dem Boden des Kaffeebechers befand. Er nahm einen großen Schluck.

»Wir sollten die Angehörigen informieren«, schlug er vor, nachdem sich der bittere Geschmack in seinem Mund ausgebreitet hatte.

»Ich denke auch. Wie teilen wir uns auf?«

7. KAPITEL

Gut zwanzig Minuten später saß Dirk in seinem Wagen und fuhr Richtung Klixbüll. Die Sonne stand bereits tief am Himmel, er klappte den Blendschutz hinunter. Der Tag erschien ihm wie im Flug vergangen, als hätte jemand auf die Vorspultaste gedrückt, denn eigentlich gehörte das Informieren der Angehörigen zu einer ihrer ersten Aufgaben bei einem Leichenfund.

Er bog in die kleine Wohnstraße ein, in der laut ihren Angaben Johannes Petersen zusammen mit seiner Frau gemeldet war. Dirk stoppte an der Adresse, stellte den Motor ab und blickte zu dem Haus mit der Nummer drei, das friedlich im Abendlicht dalag, während sich sein Bewohner kalt und steif in einer Kühlkammer der Kieler Rechtsmedizin befand. Wie trügerisch die Welt doch oftmals daherkam, dachte Dirk und stieg langsam aus. Es fiel ihm nie leicht, Todesnachrichten zu überbringen. Der Schmerz der Angehörigen lähmte ihn oftmals, er fand selten passende Worte, fragte sich, ob es sie überhaupt gab. Was konnte man sagen, wenn der Ehemann, die Ehefrau oder gar das Kind gewaltsam aus dem Leben gerissen worden war? Er wusste es schlichtweg nicht – selbst nach all den Jahren nicht, und auch jetzt nicht, da der Fall geklärt schien. Sönke Nissens Suizid – sofern er der Täter war – wog in keinerlei Weise den Tod von Johannes Petersen auf.

Normalerweise standen sie beim Besuch der Angehörigen ganz am Anfang der Ermittlungen, nun schien der Fall bereits gelöst. Änderte das etwas an der Situation, an der Wut, der Trauer oder der Verzweiflung der Hinterbliebenen?

In seinem Magen rumorte es. Dirk wusste nicht, ob der Grund dafür, seine spärliche Nahrungsaufnahme war, oder ob etwas anderes dieses Bauchgrimmen verursachte.

Er drückte den kleinen Klingelknopf neben dem Namensschild der Petersens. Die Türglocke schrillte wie eine Sirene, sodass er schnell den Finger zurückzog. Kurz darauf hörte er Schritte, straffte die Schultern und war einen Moment sprachlos, als ein Mann die Tür öffnete, der dem Opfer wie aus dem Gesicht geschnitten ähnelte.

»Ähm, ja, Thamsen. Moin. Ich wollte zu Frau Petersen.«

»Na, das wurde wohl auch Zeit«, entgegnete der Mann, ohne sich vorzustellen. Unhöflich, aber erklärlich, denn eine Verwandtschaft war augenscheinlich nicht von der Hand zu weisen, urteilte Dirk und trat ein. Er folgte dem anderen den Flur entlang, an dessen Ende sich ein geräumiges Wohnzimmer mit einer großen Glasfront auftat. Rechter Hand befand sich eine beige Sofalandschaft, auf der eine Frau mit einem farblich abgestimmten Plaid zugedeckt lag.

Auf einem kleinen Beistelltisch im Kolonialstil stand eine Kleenexbox, neben der sich bereits Dutzende zerknüllte Tücher türmten. Dirk nahm leichten Alkoholgeruch wahr und entdeckte ein Glas mit brauner Flüssigkeit, das kaum aus dem Zellstoffberg herausragte. Wahrscheinlich Whiskey, tippte er.

»Frau Petersen?« Er schaute auf die zierliche Gestalt, war sich unsicher, ob er sich zu ihr setzen sollte. Hatte sie seine Anwesenheit überhaupt bemerkt?

»Frau Petersen?«

Die Angesprochene drehte ihm den Kopf zu, ihr Blick wirkte glasig.

»Mein Beileid, Frau Petersen.«

Sie nickte kaum wahrnehmbar.

»Wir hätten Sie früher aufsuchen wollen, aber die Ereignisse haben sich in den letzten Stunden überschlagen.«

»Der Hund hat sich umgebracht, stimmt's?«

Dirk wandte sich ruckartig um. Woher wusste der Mann von Sönke Nissens Selbstmord? Wie schnell hatte sich die Nachricht über den Suizid verbreitet? Es erstaunte ihn immer wieder, wie schnell sich gewisse Dinge in der Gegend herumsprachen. War das eine Besonderheit dieses Landstrichs, seiner Bewohner, oder konnte man dieses Phänomen auch anderswo beobachten? Kaum ereignete sich etwas, das aus dem normalen alltäglichen Rahmen fiel, holten anscheinend einige Leute ihre Buschtrommeln hervor und verbreiteten die Neuigkeiten des Tages. Er musste zugeben, dass ein Mord ein außergewöhnliches Ereignis war, dennoch blieb ihm unerklärlich, wie solche Nachrichten so schnell die Runde machen konnten.

»Ja, leider ist es zu einem bedauerlichen Zwischenfall bei einem Verhör gekommen.«

»Bedauerlich?« Der Mann verzog das Gesicht zu einer höhnischen Grimasse.

»Entschuldigung, in welcher Verbindung stehen Sie zu Johannes Petersen?«

»Das ist mein Schwager, Johannes' Bruder«, mischte sich unerwartet die Witwe ein. »Er hat mir … ist bei mir … Ich habe ja sonst niemanden mehr«, schluchzte sie laut auf.

Dirk betrachtete die blasse Frau, deren Gesicht alt und verhärmt auf ihn wirkte, als hätte sie auch sonst in ihrem Leben nicht viel zu lachen. Eine traurige Gestalt. Er zog einen Polsterhocker näher an das Sofa und setzte sich.

»Wir ermitteln noch und abschließend können wir nicht sagen, ob Sönke Nissen Ihren Mann ermordet hat.«

»Wer soll es denn sonst gewesen sein?«, schnaubte der Bruder lauthals dazwischen. »Das ist ja wohl ganz offensichtlich, dass der das war!«

»Nun, gestanden hat er den Mord nicht.«

»Und dass er sich umgebracht hat, ist kein Geständnis?«

»Es legt den Verdacht nahe, aber ein Beweis für den Mord ist es nicht.«

Auch wenn die Kripo es so sah, fügte Dirk gedanklich hinzu. Ihn überzeugte Nissens Selbstmord nicht von dessen Schuld. In seinen Ohren klang immer wieder die Frage »Wissen Sie, wie das ist, wenn man nicht weiß, wie man seine Rechnungen zahlen soll, wenn man der Frau sagen muss, dass kein Geld zum Einkaufen da ist?« nach. Die finanzielle Notlage war für ihn ebenso ein Beweggrund für Nissens Entschluss, seinem Leben ein Ende zu setzen.

Wenn er eins in seiner Laufbahn als Polizist gelernt hatte, dann, dass man sich nie von voreiligen Annahmen beeinflussen lassen durfte. Objektivität war für ihn der Schlüssel zur Wahrheit.

»Frau Petersen, wussten Sie, dass Ihr Mann finanzielle Probleme hatte, dass er seine Angestellten nicht bezahlen konnte?«

»Woher soll Sabine das wissen? Sie hat mit der Firma nichts zu tun.«

»Und Sie?« Dirk fixierte den Bruder, doch von dessen Miene war nichts abzulesen.

»In das Leben meines Bruders habe ich mich nicht eingemischt.«

»Hatten Sie Streit?« Dirk sah, wie der Adamsapfel des Mannes über dem Hemdkragen auf und ab hüpfte.

»Nee, es hat nur jeder sein Ding gemacht. Wir waren zu verschieden, als dass wir gute Freunde hätten sein können.«

»Aber um seine Frau haben Sie sich dennoch sofort gekümmert.«

»Familie bleibt Familie, das ist ja ein Notfall, da hält man zusammen.«

Dirk wandte sich der Witwe zu. »Ihnen fällt niemand ein, der Ihrem Mann etwas antun wollte, der ihn bedroht hat, mit dem es Streit gab? Vielleicht im Golfclub? Sind Sie auch Mitglied dort?«

Sie presste die Lippen aufeinander, schüttelte lediglich den Kopf.

»Und Sie?«

»Ich, nein, um Gottes willen, das ist nicht meine Welt«, stieß der Bruder hervor.

»Was ist denn Ihre Welt?«

»Ich bin bodenständig. Landwirt. Mit Golf habe ich nichts am Hut.«

*

Ansgar Rolfs fuhr vom alten Außendeich in die Dorfstraße, um kurz darauf nach Spätland abzubiegen. Er überbrachte ebenso ungern wie Dirk Thamsen Todesbotschaften, aber in diesem Fall empfand er diese Aufgabe als besonders belastend. Warum hatte er dieser Aufteilung auch zugestimmt? Sicherlich würde Frau Nissen Fragen stellen, die er nicht beantworten konnte. Er war beim Verhör nicht dabei gewesen und auch nicht, als Sönke Nissen am Fensterrahmen hängend gefunden wurde. Natürlich hatte das den Vorteil, dass er weniger emotional betroffen war. Er hatte in Thamsens Gesichtsausdruck die Vorwürfe, die sein Chef sich machte, ablesen können.

Nur, wenn er der Witwe nichts zu den Ereignissen sagen, keine ihrer Fragen beantworten konnte, war es möglich, dass sie jegliche Kooperation mit ihnen verweigerte. Dabei brauchten sie dringend weitere Auskünfte, um herauszufinden, ob Sönke Nissen Johannes Petersen ermordet hatte oder ob dessen Mörder noch frei herumlief.

Er stoppte auf dem Grünstreifen vor dem kleinen Backsteinhaus, das alt, aber gepflegt wirkte, und stieg aus. Im Haus gegenüber nahm er eine Bewegung an einem der Fenster wahr. Ganz sicher hatte sich Sönke Nissens Selbstmord bereits herumgesprochen, da gab es für Ansgar keine Zweifel. Er spürte das Stechen der neugierigen Blicke geradezu körperlich im Nacken, als er zum Haus der Nissens hinaufging und klingelte. Das scheppernde Geräusch einer altersschwachen Türglocke ertönte, danach folgte Stille. Ansgar spitzte die Ohren, doch im Haus tat sich nichts. Er klingelte erneut und blickte dabei zum Nachbarhaus, wo aus dieser Entfernung nun deutlich ein dunkler Schatten hinter der Gardine am Fenster zu erkennen war.

Ansgar fragte sich, wieso die Leute nicht den Mut hatten, sich zu zeigen. Ob ihnen nicht bewusst war, dass man sie trotz Gardine sehen konnte? Er schüttelte den Kopf. Vielleicht sollte er rübergehen und fragen, ob Maren Nissen weggefahren war. Das hätten die Nachbarn gewiss mitbekommen, doch gerade, als er sich dazu entschloss, es wirklich zu tun, hörte er ein Quietschen und sah Haie Ketelsen mit dem E-Bike auf der Auffahrt.

»Oh«, entfuhr es dem Rentner, der Ansgar durch die Freundschaft zu Dirk bekannt war. »Was wollen Sie denn hier?«, fragte er, obwohl er sich denken konnte, dass der Amateurdetektiv sich wieder einmal in ihre Ermittlungen einmischte. Ansgar hatte eine geteilte Meinung zu den Einsätzen des Rentners. Zum einen war er alt und kein Profi, seine gut gemeinte Hilfestellung behinderte oftmals die polizeilichen Ermittlungen. Außerdem brachte Haie Ketelsen sich hin und wieder selbst in Gefahr, denn wie in diesem Fall hatten sie es in der Gegend eben nicht nur mit kleinen Delikten wie Einbrüchen, Laden- oder Autodiebstählen zu tun. Es waren ausgerechnet Mordfälle, die den älteren Mann anzogen wie das Licht die Motten.

Thamsen hatte ihm einmal erklärt, dass es etwas mit dem Anschlag zu tun habe, bei dem Marlene Meissner ums Leben gekommen war. Haie Ketelsen war gut mit ihr befreundet gewesen. Ansgar hatte allerdings gehört, dass der Rentner sich bereits früher in Ermittlungen eingemischt hatte. Was für manch einen Fall durchaus von Vorteil gewesen war, denn niemand kannte sich in der Gegend so gut aus wie Haie Ketelsen. Für Ansgar war er das Urgestein Risums, und er verstand, dass der Mann sich für sein Dorf verantwortlich fühlte.

»Ich wollte zu Maren, hatte ihr vorhin angeboten, dass sie sich melden soll, wenn etwas los sein sollte.«

»Und sie hat sich bei Ihnen gemeldet?«

»Nee, aber es ist ja etwas passiert.«

Ansgar nickte.

»Und irgendwie habe ich ein komisches Gefühl«, fügte Haie an.

»Ich auch.«

»Ist sie denn zu Hause?«

»Keine Ahnung, ich habe geklingelt, es macht jedoch niemand auf.«

»Ihr Auto steht hier.« Haie Ketelsen wies auf einen alten Fiat, der unter dem Carport neben dem Haus parkte.

Ansgar drückte nochmals den Klingelknopf. Wieder ertönte das scheppernde Geräusch im Inneren.

Ansgars Blick wanderte erneut hinüber auf die andere Straßenseite, während er im Augenwinkel sah, wie Haie Ketelsen um die Hausecke bog. Er würde jetzt da rübergehen. Mit entschiedenen Schritten querte er die Straße und steuerte auf das Nachbarhaus zu, bemerkte dabei, wie der dunkle Fleck hinter der Gardine heller wurde und schließlich ganz verschwand, als er den Eingang erreichte. Energisch drückte er den messingfarbenen Knopf neben dem gleichfarbigen Namensschild. Kurz darauf wurde die Tür einen Spaltbreit geöffnet und der Kopf einer älteren Frau streckte sich ihm entgegen. Muffiger Geruch drang zu ihm, den er schon unzählige Male in Wohnungen älterer Menschen gerochen hatte. Zu stark geheizt, zu wenig gelüftet.

»Moin. Frau Jepsen?«

»Ja?«

»Rolfs, Polizei Niebüll. Können Sie mir sagen, ob Frau Nissen zu Hause ist?«

»Mit der hab ich nichts zu tun!«

Ansgar runzelte die Stirn. »Sie sind doch Nachbarn.«

»Schon, aber mit der Frau eines Mörders will ich nichts zu tun haben.«

»Moment mal, es ist gar nicht bewiesen, dass …« Ansgar brach den Satz ab, da er an der verkniffenen Miene seines Gegenübers erkannte, dass hier jede Erklärung zwecklos war. Die Frau hatte sich bereits ihr Urteil gebildet und würde keinen Millimeter davon abweichen. Er kannte solche Leute zuhauf. Stur wie ein Esel. Wie er solche Einstellungen hasste.

»Also, haben Sie gesehen, ob sie weggegangen ist oder nicht? Sie hängen doch den ganzen Tag da hinter dem Fenster rum, oder?«

Die Frau errötete nicht einmal. »Na, mit solch einem Mörderpack nebenan muss man auf der Hut sein!«

Ansgar stöhnte laut. »Jetzt hören Sie mal gut …«

»Hallo, Herr Ansgar, schnell!«

Er wandte sich um und sah Haie Ketelsen auf der Auffahrt der Nissens wild mit den Armen fuchteln. Augenblicklich spürte er, wie ihm der Schweiß aus sämtlichen

Poren schoss. Im Eiltempo rannte er hinüber zu den Nissens und folgte Haie Ketelsen um das Haus herum.

Der Garten war klein und wurde von einer Terrassenfläche dominiert, die an eine große Fensterfront anschloss. Haie Ketelsen stand direkt davor und deutete in das Innere des Hauses.

Ansgar trat neben ihn, rückte mit dem Gesicht nah an die Scheibe und formte mit den Händen einen Sichtschutz, um die Lichtverhältnisse zwischen drinnen und draußen auszugleichen. Er spürte das kalte Glas, das durch seinen Atem leicht beschlug. Schnell wischte er mit dem Ärmel seiner Jacke über die Scheibe und spähte erneut hindurch. Auf einer Couch, die sich an der gegenüberliegenden Wand befand, lag eine Frau.

»Das ist Maren«, hörte er Haie aufgeregt stammeln. »Sie wird doch nicht …?«

Ansgar klopfte gegen das Fenster, doch die Frau zeigte keinerlei Reaktion. So fest konnte man doch nicht schlafen. Er drehte sich um und sah einen großen Stein, der sich zwischen einigen anderen vermutlich als Dekoration auf der gepflasterten Veranda befand. Schnell hob er ihn auf, prüfte das Gewicht, ehe er ihn gegen die Scheibe warf.

Das Zerbersten des Glases klang in der angespannten Stille ohrenbetäubend. Er zog den Ärmel seiner Jacke über die Hand und stieß damit die verbliebenen Reste der Scheibe aus dem Rahmen.

Maren Nissen bewegte sich immer noch nicht, oder täuschte er sich? Hatte sie nicht gerade noch Richtung Decke geblickt?

Mit wenigen Schritten war er am Sofa und nahm sofort den starken Alkoholgeruch wahr. Er blickte sich um. Auf dem Boden entdeckte er mehrere Schnapsflaschen – alle leer. Er scannte die weitere Umgebung – Boden, Couchtisch, Sofa. Keine Tablettenschachteln oder Blister, er atmete kurz auf, obwohl er wusste, dass ihr Fehlen keine Sicherheit brachte.

»Frau Nissen! Hallo?« Ansgar schlug der Frau leicht rechts und links ins Gesicht. »Hören Sie mich? Aufwachen!«

»Puh«, hörte er neben sich Haie Ketelsen schnaufen. »Die ist stockbesoffen.«

»Hoffentlich nur das.« Ansgar zückte das Telefon und wählte den Notruf.

8. KAPITEL

Dirk war nach dem Besuch der Angehörigen des Opfers zurück nach Niebüll in die Dienststelle gefahren. Er hatte mit den Lecker Beamten telefoniert und in der Stimme von Stefan Lützen Erleichterung vernommen. Er war froh, dass die Kripo den Fall als erledigt betrachtete. In gewisser Weise konnte er den Kollegen verstehen, wenn in seinem Bauch nicht dieses brennende Gefühl sein Unwesen getrieben hätte. Wie ein Überschuss an Magensäure, der sich in die Schleimhaut fraß. War es nur eine körperliche Reaktion auf den Stress? Ein Zeichen, dass er den Tag über zu wenig gegessen hatte? Dirk bezweifelte das. Er hatte Dr. Becker in Kiel angerufen und ihn gebeten, ihm die Ergebnisse der Obduktion mitzuteilen, sobald diese vorlagen.

»Ja, aber ist denn das noch nötig?«, hatte der gefragt. »Ich habe gehört, der Täter habe sich selbst umgebracht und damit sei der Fall geklärt.«

Jeder außer Dirk schien über den schnellen Ermittlungserfolg erleichtert zu sein. Er verstand den Rechtsmediziner, eine Obduktion bedeutete viel Arbeit. Vielleicht hätte er es ähnlich gesehen, wenn sich nicht ständig das Bild des strangulierten Sönke Nissen vor sein inneres Auge geschoben hätte. Diese eingebrannte Erinnerung mit dem Untertitel »Habe ich vorschnell geurteilt?«.

»Ich bin mir nicht sicher, ob Sönke Nissen der Mörder war.«

»Aber die Husumer schon?«

»Die waren nicht einmal hier.«

»Verstehe.« Eine Pause war entstanden, in der Dirk nur das angestrengte Atmen des Rechtsmediziners gehört hatte.

»Gut, genehmigt und eingeplant war die Obduktion ohnehin. Ich melde mich, sobald ich etwas sagen kann.«

»Danke.«

Nach dem Telefonat hatte er eine Weile bewegungslos dagesessen und aus dem Fenster gestarrt. Es war ein langer Tag gewesen. Er musste Kräfte sammeln, noch war es nicht vorbei, hatte er gedacht und den Computer heruntergefahren und das Licht gelöscht.

Auf dem Heimweg hatte er einen Abstecher ins Krankenhaus gemacht. Ansgar hatte ihn angerufen und mitgeteilt, dass Maren Nissen eingeliefert worden war, doch als er das Foyer betreten hatte, war Ansgar ihm entgegengekommen und hatte Entwarnung gegeben. Sönke Nissens Frau hatte versucht, ihren Schmerz in Alkohol zu ertränken, nun musste sie erst einmal ihren Rausch ausschlafen.

Als er am nächsten Morgen die Tür zu seinem Büro öffnete, klingelte das Telefon. Es war Dr. Becker.

»Haben Sie eine Nachtschicht eingelegt?«

»So ungefähr«, entgegnete der Rechtsmediziner. »Sagen wir, der Fall hat mich beschäftigt, in zweierlei Weise.«

Dirk nickte, obwohl er wusste, dass Dr. Becker ihn nicht sehen konnte. Es war ein Reflex, da es ihm ähnlich ergangen war. Die Erlebnisse des gestrigen Tages hatten ihn einfach nicht zur Ruhe kommen lassen. Unruhig hatte er sich in seinem Bett hin und her gewälzt, bis Dörte neben ihm gezischt hatte, er möge ins Wohnzimmer auf die Couch umziehen.

»Und was haben Ihre Untersuchungen ergeben?«

»Nun, eine natürliche Todesursache hatte ja bereits der Notarzt nach einer ersten Leichenschau so gut wie ausgeschlossen. Und da hat der Kollege recht behalten.«

»Also Fremdeinwirkung?«

»Allerdings. Die Wunde befindet sich oberhalb der sogenannten Hutkrempe. Der Mann wurde demnach erschlagen.«

»Kann man sagen, womit?«

»Die Verletzung ist unter Einwirkung stumpfer Gewalt entstanden – also nicht mit einem schneidenden oder scharfkantigen Gegenstand. Womit genau, kann ich nicht sagen, aber da der Fundort der Leiche ein Golfplatz war ...«

»Sie meinen, er könnte mit einem Golfschläger erschlagen worden sein?«

»Liegt nahe, oder? Haben Sie denn etwas gefunden? Ich denke, es handelt sich nicht um ein Eisen oder ein Wedge, eher ein Hybrid.«

Dirk runzelte die Stirn. Er hatte keine Ahnung, wovon der Mediziner sprach. »Spielen Sie Golf?«

»Gelegentlich, wenn ich Zeit habe. Also, ich an Ihrer Stelle würde nach einer Mischung aus Holz und Eisen suchen, also einem sogenannten Hybrid. Die Schlagfläche ist ähnlich groß wie bei einem Eisen, dafür ist die Sohle deutlich flacher und die Hohlkonstruktion mit einer gewissen Tiefe erinnert an ein Holz.«

»Aha, und wer benutzt solche Schläger?«

»Hybride sind eine relativ junge Erfindung im Golf. Für viele Hobbygolfer und Amateure mit höherem Handicap bieten sie etliche Vorteile.«

»Also eher ein Anfänger?«

»Nicht unbedingt. Auch alte Hasen nutzen Hybride. Für einen Golfer ist es wichtig, eine sinnvolle Mischung zwischen verschiedenen Schlägertypen zu finden. Daher kann man das nicht am Handicap festmachen, wer welchen Schläger benutzt.«

»Gut, aber bei der Suche nach der Tatwaffe sollte ich die Augen nach einem dieser Hybrid-Schläger offen halten?«

»Das könnte ratsam sein. Ich wünsche Ihnen viel Glück dabei, und den Bericht sende ich, sobald er fertig ist.«

»Danke.« Dirk legte auf und seufzte leise. Er würde sich stärker mit der Materie beschäftigen müssen, als ihm lieb war. Eisen, Holz, Handicap – ihm schwirrte der Kopf. Und das war erst der Anfang. Da sie im familiären Umfeld bisher keinen konkreten Ermittlungsansatz gefunden hatten, mussten sie den Golfplatz stärker unter die Lupe nehmen. Die Befragung der Mitglieder, und dann war da noch der Schuldschein, den der Kollege von der Spurensicherung im Schrank von diesem Reuters entdeckt hatte.

Er erhob sich stöhnend und ging in die Küche, um noch einen Kaffee zu trinken, ehe er mit den Kollegen in Kiel telefonieren und anschließend Richtung Stadum aufbrechen würde. Auf dem Flur traf er Ansgar.

»Und, was Neues von Maren Nissen?«

»Noch nicht, aber ich wollte mich gleich auf den Weg ins Krankenhaus machen.«

»Gut, ich fahre auf den Golfplatz. Dr. Becker hält es für sehr wahrscheinlich, dass Petersen mit einem Golfschläger erschlagen wurde.«

»Meinst du, Sönke Nissen hat Golf gespielt?«

Ähnlich wie er selbst, erkannte Dirk, sah Ansgar in der vermeintlichen Tatwaffe einen Hinweis auf Nissens Unschuld.

»Eher nicht, aber um jemanden mit einem Golfschläger zu erschlagen, muss man kein Golfer sein. Frag trotzdem die Witwe, ob ihr Mann Golfspieler war.«

*

Ansgar holte seine Jacke und verließ die Dienststelle. Vor dem Eingang zog er den Reißverschluss bis unters Kinn hoch, denn obwohl die Sonne schien, lagen die Temperaturen knapp über dem Nullpunkt.

Die kurze Strecke zum Krankenhaus legte er zu Fuß zurück und sah bereits im Näherkommen ein Treiben vor dem Hauptzugang der Klinik wie vor einem Bienenstock.

Ansgar hatte noch nie im Krankenhaus gelegen, konnte sich aber vorstellen, dass es kein angenehmer Aufenthaltsort war. Umgeben von lauter Kranken – wie sollte man da gesund werden, fragte er sich.

Er bahnte sich einen Weg durch das Gewusel, trat an

den Informationsschalter und erkundigte sich nach der Zimmernummer von Maren Nissen. Anschließend nahm er die Treppen hinauf in das angegebene Stockwerk. Stimmen hallten durch das Treppenhaus, doch es begegnete ihm niemand.

Als er die Tür zur Station aufstieß, schwappte ihm sofort der typische Krankenhausgeruch entgegen. Automatisch atmete er flacher. Er hatte mal gehört, dass das Krankenhaus als Einrichtung vor mehr als zweitausend Jahren erfunden worden war. Seitdem hatte sich wahrscheinlich beinahe alles verändert, aber der Geruch nach Krankheit und Tod, nach Urin und Körperausdünstungen sämtlicher Art war vermutlich noch der gleiche wie vor Tausenden von Jahren, mutmaßte er.

Auf dem Gang geisterten ein paar Leute im Morgenmantel umher. Pflegepersonal sah er keines auf dem Weg zu Maren Nissens Zimmer. Er klopfte kurz, ehe er den Griff hinunterdrückte und die Tür langsam öffnete. Sein Blick fiel zuerst auf eine bleiche alte Frau, die in dem Bett gleich neben dem Eingang lag und deren Gesichtsfarbe sich kaum von der Bettwäsche abhob. Er trat leise in den Raum, da sie zu schlafen schien.

»Moin!« Am Fenster stand Haie Ketelsen, von Maren Nissen hingegen keine Spur. Ansgar blickte sich suchend um.

»Maren ist kurz auf Toilette.«

»Gut, und was machen Sie hier?«, fragte Ansgar, obwohl er sich denken konnte, was den Rentner ins Krankenhaus getrieben hatte.

»Ich …«

Das Geräusch einer Wasserspülung unterbrach Haie Ketelsen. Es klang, als rauschten die Niagarafälle durch das Abflussrohr im Badezimmer, dessen Tür sich unter dem Getöse öffnete.

Maren Nissen trat heraus und Ansgar sah, wie sie bei seinem Anblick errötete. Sie trug nur ein Krankenhaushemd, huschte an ihm vorbei, legte sich ins Bett und zog die Decke bis unter ihre Nasenspitze.

»Hallo, Frau Nissen, geht es Ihnen besser?«

Die Frau nickte stumm.

»Schön, kann ich Ihnen ein paar Fragen stellen?«

Ein erneutes Nicken war die Antwort.

»Gut.« Ansgar trat einen Schritt näher an das Bett heran und bemerkte den leicht säuerlichen Geruch, der von Maren Nissen ausging. »Das mit Ihrem Mann, tut mir sehr leid.« Er räusperte sich und warf einen Blick hinüber zu der alten Frau, die nach wie vor zu schlafen schien. »Nun, also Ihr Mann hatte ausgesagt, nichts mit dem Mord an Johannes Petersen zu tun zu haben, aber Sie ...«

Ein Schluchzen entfuhr Maren Nissens Kehle. »Ich bin schuld. Ich habe ihn verraten, mich getäuscht. Aber doch nur ...«

»Frau Nissen, es ist nicht Ihre Schuld.« Ansgar trat noch näher an das Bett heran. Er verstand die Verzweiflung der Frau, schließlich hatte sie mit ihrer Behauptung den Stein quasi erst ins Rollen gebracht. Aber dass Sönke Nissen seinem Leben in Thamsens Büro ein Ende gesetzt hatte, war allein seine Entscheidung gewesen. Damit hatte keiner rechnen können. Wer konnte schon in das Innerste eines Menschen schauen? Niemand hatte ahnen können, wie verzweifelt Sönke Nissen sich gefühlt hatte. Maren Nissen war vermutlich nicht einmal das gesamte Ausmaß der finanziellen Lage bekannt. Ihre Beschuldigung hatte das Fass wahrscheinlich zum Überlaufen gebracht, aber dennoch war es nicht ihre Schuld.

Er legte seine Hand auf ihren Arm, spürte das Beben ihres Körpers unter der Decke.

»Doch! Wie konnte ich nur annehmen …? Sönke hätte doch nie …«

»Frau Nissen, ich verstehe Ihre Verzweiflung. Das nimmt Sie alles sehr mit, aber können Sie mir denn sagen, wo Ihr Mann in der Nacht von Sonntag auf Montag war?«

Sie hatten zwar noch nicht den genauen Todeszeitpunkt, doch bereits der Notfallarzt hatte vermutet, dass Johannes Petersen einige Stunden tot gewesen sein musste, ehe er gefunden wurde. »Natürlich zu Hause, bei mir – er hätte gar kein Geld gehabt, sich herumzutreiben.«

»Und stand Ihr Mann in irgendeiner Verbindung zum Golfplatz?«

»Was?« Sie riss die Augen auf. »Wir sind pleite, glauben Sie, da geht mein Mann Golf spielen?«

Ansgar schüttelte den Kopf.

»Beruhig dich, Maren, der Polizist macht nur seine Arbeit.« Haie Ketelsen trat von der anderen Seite an das Bett heran. Er tätschelte die Schulter von Maren Nissen, die sich unter der Berührung langsam beruhigte.

Es war gut, dass er hier war, musste Ansgar sich eingestehen. Er nickte dem Rentner leicht zu.

Maren Nissen schnäuzte sich. »Bitte, Sie müssen mir

glauben, Sönke war es nicht. Finden Sie den wahren Täter, stellen Sie das richtig.«

Ansgar erinnerte sich an die Reaktion der Nachbarin, welche die Nissens als Mörderpack bezeichnet hatte. Er wusste, dass man Angehörigen nie derartige Versprechen geben durfte, auch wenn er der Frau gerne versichern würde, dass er an Nissens Unschuld glaubte und nicht ruhen würde, ehe der wahre Mörder gefasst war. Nur konnte er das nicht sagen – anders als Haie Ketelsen, der an seiner Stelle antwortete: »Klar, Maren, wir kümmern uns darum!«

*

Bevor Dirk sich auf den Weg nach Stadum zum Golfplatz machte, rief er die Kieler Kollegen an.

»Der Täter hat sich doch selbst umgebracht, daher hat die Kripo den Fall für abgeschlossen erklärt, oder?« Der Leiter der Spurensicherung klang erstaunt über seinen Anruf.

»Noch nicht ganz. Für den Abschlussbericht brauche ich noch einige Angaben. Habt ihr denn etwas sichergestellt?«

»Ja, wir haben ein paar Golfschläger beschlagnahmt, aber die liegen hier noch zur Untersuchung. Eigentlich wollte ich veranlassen, dass die nun zurückgehen, aber wenn du noch Angaben benötigst …«

»War denn unter den Golfschlägern auch ein Hybrid?«

»Ich meine ja.«

Dirk war überrascht, dass der Kollege wusste, wovon er sprach. Anscheinend spielten mehr Leute Golf, als er vermutete, oder tat der Leiter der Spurensicherung nur so, als würde er sich auskennen? »Okay, dann bitte vorerst nur diesen untersuchen. Und habt ihr sonst noch etwas?«

»Etliche Spuren, aber das könnte dauern, wenn da noch etwas benötigt wird. Hast du eine Ahnung, wie viele Leute auf dem Golfplatz rumlaufen?«

Noch nicht, dachte Dirk. »Gut, dann nehmt euch zumindest den Hybrid-Schläger vor. Und falls ich weitere Angaben für den Bericht brauche, dann melde ich mich.« Als er den Arm ausstreckte, um den Hörer aufzulegen, bemerkte er, dass sich seine Achselhöhlen in wahre Feuchtgebiete verwandelt hatten. Wenn die Husumer von seinen Ermittlungen erführen, wäre die Hölle los, wurde ihm bewusst. Aber er würde nicht noch einmal leichtfertig einen Fall abschließen und weitere Menschenleben riskieren. Diesen Fehler hatte er einmal begangen – ein zweites Mal passierte ihm das nicht. Energisch stand er auf, griff seine Jacke, die er über den Stuhl gehängt hatte, seinen Autoschlüssel und verließ das Büro.

»Bin auf dem Golfplatz!«, rief er den Kollegen von der Bereitschaft zu, ehe er die Tür aufstieß und ins Freie trat.

Er stieg in seinen Wagen und startete den Motor. Bevor er den Rückwärtsgang einlegte, wanderte sein Blick zum Fenster seines Büros. Von hier aus war nicht zu ahnen, welches Drama sich dahinter abgespielt hatte. Ein Schauer lief ihm über den Rücken, als ihn die Erinnerung an den gestrigen Tag einholte. Er atmete dreimal tief durch, drehte das Radio auf volle Lautstärke und gab Gas.

Als er durch Leck fuhr, registrierte er das Treiben auf der Hauptstraße. Die Menschen schlenderten durch den

Ort, fuhren zum Einkaufen, die Welt drehte sich weiter. Nichts deutete darauf hin, dass sich vor Kurzem in der Gegend ein schreckliches Verbrechen ereignet hatte.

Die Idylle täuschte. Das Böse machte nicht vor den Toren Nordfrieslands Halt. Morde gab es nicht nur im Fernsehen, sondern manchmal direkt vor der eigenen Haustür – oder wie im Fall von Johannes Petersen auf dem Golfplatz um die Ecke. Das hatten zumindest die Mitglieder des Clubs realisiert, denn der Parkplatz war bis in den letzten Winkel belegt. Dirk stellte seinen Wagen kurzerhand auf einem Grünstreifen am Wegesrand ab.

»Na, dann mal los«, murmelte er, als er ausstieg und auf den Eingang zuging. Schon beim Betreten des Gebäudes nahm er die Unruhe wahr, die durch wild durcheinanderredende Stimmen verursacht wurde.

»Können wir uns hier denn noch sicher fühlen?«, schlug ihm ein aufgeregter Ruf entgegen, als er den überfüllten Gastronomiebereich betrat, in dem er gestern noch allein mit Wolfgang Jensen über dessen grausige Entdeckung gesprochen hatte.

»Moin«, machte er sich bemerkbar und sofort verstummte die Menge. »Wer ist hier zuständig?«

Ein schmächtiger Mann in Jeans und langärmligem Polohemd hob zögernd den Arm. »Rainer Lorentzen, ich bin der Geschäftsführer.«

»Und Sie haben eine Mitgliederversammlung einberufen?« Dirk ließ seinen Blick über die Anwesenden schweifen und entdeckte einige bekannte Gesichter. Seinen Zahnarzt, Dr. Stümke, die Inhaberin der Tankstelle an der B 5, Frau Boysen, und einen ehemaligen Schulfreund seines Sohnes Timo. Es schienen im Club verschiedene Alters- und Sozialschichten vertreten zu sein. Golf befand sich auf dem Weg zum Breitensport, vermutete Dirk.

»Ich muss unsere Mitglieder über die aktuellen Vorfälle informieren. Petersens Tod betrifft uns alle!«

»Mich nicht!«, war plötzlich ein Ruf zu vernehmen, der erneut Unruhe in den Raum brachte.

Köpfe schnellten herum, Stühle schabten über den Boden, Gemurmel setzte ein.

»Okay, könnte ich dann allein mit Ihnen sprechen?« Dirk versuchte in der Menge denjenigen ausfindig zu machen, der sich unerwartet zu Wort gemeldet hatte.

Ein Mann, Dirk schätzte ihn auf Mitte sechzig, erhob sich, und als er sich seinen Weg durch die anderen Mitglieder bahnte, erkannte Dirk sofort, dass es sich um einen ehemaligen Soldaten handeln musste.

»Kommen Sie bitte.« Mit einer Armbewegung deutete er dem Mann, den Raum mit ihm zu verlassen. Kaum hatte Dirk sich umgewandt, hörte er bereits, wie aufgeregtes Tuscheln einsetzte. Bis zu seiner Rückkehr würde eine ähnliche Lautstärke herrschen wie bei seiner Ankunft. Er schüttelte leicht den Kopf.

Der Mann wartete draußen vor der Eingangstür auf ihn.

»Das ist eine gewagte Behauptung, dass der Tod von Johannes Petersen Sie nicht betrifft«, kommentierte Dirk den Zwischenruf. »Nennen Sie mir bitte Ihren Namen.«

»Konrad Reimer, und so wie Sie es vermutlich aufgefasst haben, habe ich es nicht gemeint.«

»So, wie dann?«

»Das mit dem Mord an Petersen finde ich natürlich schlimm. Gruselige Vorstellung, dass den jemand einfach so abgemurkst hat. Aber weshalb viele der Mitglieder so aufgeregt sind, hat einen anderen Grund.«

»Welchen?«

»Geld.«

Dirk runzelte die Stirn und dachte an die drohende Pleite von Petersens Firma. Als Sponsor konnte er sich ihn eigentlich nicht vorstellen, aber das musste nichts heißen. Es gab Leute, die trotz finanzieller Probleme auftraten, als hätten sie einen Dukatenscheißer im Keller.

»Sie meinen, er hat den Club finanziell unterstützt und ...« Dirk brach den Satz ab, als er Konrad Reimers Kopfschütteln sah.

»Der hatte doch gar kein Geld, um sich hier einzubringen. Habe mich eh gefragt, wie er den Mitgliedsbeitrag bezahlt hat.«

»Ist der so hoch?«

»Nein, nicht wirklich, aber darum geht es ja nicht. Petersen hat sich von einigen Mitgliedern Geld geliehen.«

»Und darüber Schuldscheine ausgestellt?«

»Sie wissen davon?« Konrad Reimers Augen weiteten sich.

»Wir haben einen der Schuldscheine sichergestellt.«

»Ach so, na ja, ist eh ein offenes Geheimnis.«

»Aber Sie haben Petersen nichts geliehen?«

»Nein, um Gottes willen, obwohl er mehr als einmal gefragt hat.«

»Glauben Sie denn, dass sein Tod in Zusammenhang mit den Schuldscheinen stehen könnte?«

»Hören Sie, ich will niemanden verdächtigen. Alles, was ich weiß, ist, dass einige Gläubiger nicht gut auf Petersen zu sprechen waren.«

9. KAPITEL

Haie beugte sich weit über sein E-Bike und steckte den Schlüssel ins Schloss. Mit fahrigen Bewegungen ruckelte er an der Fahrradsicherung und fluchte dabei leise vor sich hin. Ansgar Rolfs hatte ihn wie einen kleinen, dummen Schuljungen gescholten, nachdem sie sich von Maren Nissen verabschiedet und gemeinsam das Krankenzimmer verlassen hatten. Wie er der Frau habe zusichern können, den Mörder von Johannes Petersen zu finden. Es sei überhaupt nicht bewiesen, dass Sönke Nissen nicht der Täter sei.

»Was haben Sie sich dabei gedacht? Und was heißt hier ›Wir kümmern uns darum!‹? Sie sind doch gar kein Polizist.«

Haie hatte es die Sprache verschlagen, was nicht sehr oft vorkam, aber der Kommissar hatte ihn wie einen stümperhaften Laien dastehen lassen, dabei waren die entscheidenden Hinweise in den letzten Fällen von ihm gekommen. Ohne ihn wären die letzten Morde in der Gegend doch gar nicht aufgeklärt worden. Wie oft hatte er Indizien geliefert, ja sogar den Lockvogel gespielt? Haie hatte seine Unterlippe vorgeschoben und Rolfs Tirade schweigend über sich ergehen lassen.

Gut, musste er sich eingestehen, bei Sönke Nissen hatte er sich vielleicht getäuscht und vorschnell gehandelt. Aber auch ein erfahrener Ermittler, und als solch einen sah er sich, machte nun einmal Fehler. Kein Grund, ihn quasi gleich vom Dienst zu suspendieren.

Klack. Endlich sprang das Schloss auf und Haie zog sein Rad aus dem metallenen Ständer. Er würde mit Dirk darüber sprechen. So ließ er sich nicht behandeln. Es hatte schließlich so ausgesehen, als hätte Sönke Nissen etwas mit dem Mord an Johannes Petersen zu tun. Selbst seine Frau hatte es vermutet. Sie hatte überhaupt erst den Verdacht geweckt. Wie hätte er ahnen können, dass die Sachlage sich von heut auf morgen derart wenden würde? Und der Selbstmord allein entlastete Sönke Nissen schließlich nicht. Wenngleich Haie sich eingestehen musste, zu wenig über den Fall zu wissen, um sich ein Urteil bilden zu können. Ihm hatte Maren Nissen einfach nur leidgetan. Jeder im Dorf würde sie nach dem, was geschehen war, meiden. Und die Leute würden nicht aufhören, sich regelrecht das Maul zu zerreißen. Er hatte einfach zeigen wollen, dass er sie anders sah. Sie war nicht schuld an dem, was ihr Mann getan hatte – ganz egal, ob er Johannes Petersen umgebracht hatte oder nicht.

Er schwang sich auf sein Fahrrad und schaltete auf die höchste Stufe. Er wollte so schnell wie möglich nach Hause und mit Dirk telefonieren, daher wählte er den Weg über die Dorfstraße, die gleich hinter der B 5 lag. Zügig radelte er durch Klockries, erreichte Lindholm, querte erneut die B 5, ehe ihn die heruntergelassenen Schranken am Bahnübergang Lindholm ausbremsten. Er blickte über die Absperrung hinüber zu dem roten Backsteingebäude, in dem sich früher die Post befunden hatte. Mensch, fiel Haie ein, er wollte ja noch Brot besorgen.

Etwas ungelenk wendete er mit seinem Fahrrad und fuhr zurück zur Bäckerpost.

Der Geruch von frischem Brot empfing Haie beim Betreten des Ladens. Er legte seine Hand auf den Bauch, während er in der Auslage Rosinenbrötchen, Nussecken, Obstkuchen und eine nordfriesische Spezialität inspizierte.

»Ein halbes Roggenvollkornbrot und ein Stück von der leckeren Friesentorte.«

Die Verkäuferin nickte und nahm eines der Kastenbrote hinter sich aus dem Regal. »Ist ganz frisch und neuerdings garantiert zu hundert Prozent mit Ökostrom hergestellt.«

»Ökostrom? Etwa aus Windkraft?« Haie hatte ein eher gespaltenes Verhältnis zu den Windparks, die mittlerweile in der Gegend wie Pilze aus dem Boden schossen. Der freie Blick auf einen schier unendlichen Horizont wurde immer öfter durch eine Armee von Windrädern behindert.

»Auch, aber soweit ich es verstanden habe, wird der Strom zusätzlich aus Solarfeldern bezogen.«

»Solarfelder?« Haie drehte sich um und beugte sich leicht vor, um durch das Schaufenster nach draußen zu blicken. »Hier?«

Die Verkäuferin nickte. »Melf Petersen hat doch etliche seiner Felder verpachtet, und da sollen nun Solarmodule aufgestellt werden. Schrecklich, was mit seinem Bruder passiert ist. Gut, dass der Mörder sich selbst gerichtet hat. Is wohl besser so.«

»Vorausgesetzt, er war es auch.«

»Na, der Selbstmord spricht ja wohl für sich.«

Haie wog den Kopf hin und her.

»Etwa nicht? Weißt du Genaueres?« Die Verkäuferin legte das Messer, mit dem sie das Brot halbiert hatte, zur Seite und blickte ihn fragend an. Haie schwieg. Noch mal wollte er sich nicht zu weit aus dem Fenster lehnen.

»Du meinst, der Mörder ist noch nicht gefasst? Wie schrecklich. Da ist man sich ja seines Lebens nicht mehr sicher.«

»Ein Motiv wird der Täter schon gehabt haben. Glaube nicht, dass er eine nette Brotverkäuferin im Visier hat.« Haie versuchte zu lächeln, obwohl ihm der Gedanke, dass ein Mörder frei in der Gegend herumlief, ganz und gar nicht behagte. Die Frau hinterm Tresen griff zur Friesentorte und schnitt ein gigantisches Stück ab, das kaum auf die Pappunterlage passte.

»Warst du denn schon auf dem Golfplatz?«

»Noch nicht, aber ich bin quasi auf dem Weg dahin.«

*

Wie erwartet war der Geräuschpegel während seines Gesprächs mit Konrad Reimer auf das vorherige Maß angestiegen. Trotzdem waren die Stimmen sofort verstummt, als er den Raum betreten hatte. Er hatte an den Gesichtern ablesen können, dass die Mitglieder sich fragten, was Reimer ihm erzählt hatte und vor allem, wo er abgeblieben war. Konrad Reimer hatte verständlicherweise lieber das Weite gesucht. Vermutlich hatte er geahnt, wie seine

Golfkollegen reagieren würden, denn Dirk hatte nicht nur Neugierde in den Blicken der Anwesenden gesehen, sondern auch Verärgerung wahrgenommen, die ihm wie ein schneidender Wind um die Ohren gepfiffen hatte, insbesondere als er angemerkt hatte, dass er mit allen Anwesenden einzeln sprechen wolle.

»Was? Wieso? Was haben wir getan?«

»Reine Routine«, hatte er geantwortet.

Bereits während des Gesprächs mit Reimer war Dirk klar geworden, dass er die Befragungen nicht allein würde bewältigen können. Daher hatte er Ansgar Rolfs angerufen und ihn gebeten, ihn bei dieser Aufgabe zu unterstützen.

Er müsste jeden Moment auftauchen, dachte Dirk und wandte sich an den Geschäftsführer des Clubs: »Vorher würde ich mir gerne noch einmal die Räume mit den Bag-Schränken und den Fundort der Leiche ansehen.«

Die Wahrscheinlichkeit, auf unentdeckte Spuren zu stoßen, stufte Dirk zwar als äußerst gering ein, dennoch wollte er sich ein genaues Bild von den Örtlichkeiten machen, um den möglichen Tathergang zu rekonstruieren.

Rainer Lorentzen nickte ihm zu und wandte sich an einen Mann, der an einem der vorderen Tische saß. Auf der linken Seite seiner Fleecejacke prangte das Emblem des Clubs.

»Du sorgst dafür, dass das hier nicht aus dem Ruder läuft«, wies er den Mann an, ehe er Dirk aufforderte, ihm zu folgen.

Nach wenigen Schritten hatten sie den Raum mit den Schränken erreicht.

»Oh, gestern waren wir nur drüben in der Halle«, wunderte Dirk sich.

»Dies ist ein zweiter Raum, soweit ich weiß, ging es bei den Untersuchungen vorrangig um den Schrank von Oke Reuters, und der befindet sich drüben im Nebengebäude.«

»Das heißt, meine Kollegen haben diesen Raum nicht untersucht?«

Lorentzen zuckte mit den Schultern. »Was weiß ich, die sind hier überall herumgewuselt, aber ob die auch hier drin waren, keine Ahnung.«

Er könnte nachfragen, überlegte Dirk, aber wenn der Raum nicht gesichert worden war, würde er die Spurensicherung sowieso kein weiteres Mal anfordern können, nicht bei der aktuellen Sachlage.

»Okay, vorerst betritt niemand diesen Ort.«

»Was? Wie stellen Sie sich das vor? Unsere Mitglieder brauchen ihre Ausrüstung, wenn sie spielen wollen.«

»Dann spielen sie eben nicht.«

Dirk konnte ohnehin nicht verstehen, wie die Leute einfach so zur Tagesordnung übergingen. Gut, vermutlich waren nicht alle Mitglieder mit Johannes Petersen befreundet gewesen. Vielleicht hatten einige ihn überhaupt nicht gekannt, aber immerhin war er einer von ihnen gewesen und hatte gestern erst tot auf dem Golfplatz gelegen. Da spielte man doch nicht einen Tag später seine Runde, als wäre nichts gewesen.

»Fällt Ihnen denn auf den ersten Blick etwas auf?«, erkundigte er sich bei dem Geschäftsführer und beobachtete, wie Lorentzen die Reihen abschritt und die Schränke inspizierte.

»Also so auf den ersten Blick nicht.«

»Gut, dann brauche ich eine Liste der Schrankbesitzer. Mit ihnen will ich als Erstes sprechen.«

Dirks Stimme klang selbst in seinen Ohren harsch, aber er durfte keinerlei Unsicherheit zeigen, ansonsten käme Lorentzen womöglich auf die Idee, die Ermittlungen zu hinterfragen. Nissens Selbstmord hatte sich unter Garantie bis in den Club herumgesprochen. Ein Anruf des Geschäftsführers bei der Kripo, ja selbst bei den Lecker Kollegen wäre fatal.

»Okay, während Sie die Liste vorbereiten, schaue ich mir noch einmal den Fundort der Leiche an.«

Mit festen Schritten trat er ins Freie. Loch neun lag gleich neben dem Clubhaus.

Wahrscheinlich hat der Täter Petersen im Bag-Raum erschlagen und dann rüber auf das Grün geschafft, vermutete Dirk, als er auf die leicht vor sich hin schwingende Fahne blickte, die das Loch markierte. Die Frage war nur, warum? Er hätte ihn doch einfach im Raum liegen lassen können, denn ein Versteck war die Rasenfläche wenige Meter hinter dem Clubhaus nun wirklich nicht. Wieso hatte Wolfgang Jensen den Toten nicht entdeckt, als er vor dem Spiel seine Ausrüstung geholt hatte? Hatte Petersen da noch nicht auf dem Grün gelegen? Er zückte sein Merkbuch und notierte sich die Fragen, die durch seinen Kopf zogen, ehe er zu Loch neun ging.

Auf dem Rasen waren eine Menge Reifenspuren zu erkennen. Bestimmt von diesen Wagen, die die Golfer nutzten, um ihre Schläger nicht tragen zu müssen, vermutete Dirk. Ob die Kollegen von der Spusi sich überhaupt die Mühe gemacht hatten, die Spuren zu sichern? Was aber, wenn der Täter solch einen Wagen benutzt hatte, um die Leiche zu transportieren? Erneut holte er sein Merkbuch aus der Jackentasche und machte sich Notizen.

»Huhu, Dirk!«

Er drehte sich um und sah Haie Ketelsen mit seinem Fahrrad um die Ecke des Clubhauses biegen. Ein Seufzer entfuhr ihm, obwohl er sich insgeheim gefragt hatte, wann der Freund hier auftauchen würde.

»Moin! Was machst du denn hier?«

Haie lehnte das Rad an die Hauswand und kam auf ihn zu. »Wollte mir den Platz mal anschauen. Niklas will in der Projektwoche einen Golfkurs hier belegen.«

»Ach wirklich?« Dirk versuchte, am Gesichtsausdruck des Freundes den Wahrheitsgehalt des Gesagten zu prüfen.

»Wirklich. Das mit Sönke Nissen tut mir übrigens wahnsinnig leid. Ich …« Haie senkte seinen Blick und trat von einem Fuß auf den anderen. Dirk sah dem Freund an, wie sehr ihn der Selbstmord belastete, dabei war es nicht seine Schuld. Wenn einer voreilig gehandelt hatte, dann er, Haie hatte lediglich helfen wollen.

»Damit konnte keiner rechnen.«

»Ja, aber …«

»Lass uns lieber schauen, wie wir den wahren Täter finden können.« Dirk klopfte Haie auf die Schulter.

»Du meinst also, Sönke Nissen hat Johannes Petersen nicht umgebracht?«

Dirk wog seinen Kopf hin und her. »Beweisen kann ich natürlich noch nichts, aber irgendwie …« Er wusste nicht, wie er die Gefühle, die in ihm tobten, in Worte fassen sollte, und war froh, als er Ansgar Rolfs um die Hausecke biegen sah. An dem Gesicht seines Mitarbeiters konnte er ablesen, dass er über die Anwesenheit von Haie Ketelsen wenig begeistert war, was er bei der Begrüßung zum Ausdruck brachte.

»Herr Ketelsen. Was machen Sie denn schon wieder hier?«

»Haie wollte sich über den Platz informieren, weil sein Patensohn einen Kurs hier machen will«, kam Dirk dem Freund zu Hilfe. »Ich denke aber, dass der Golfplatz momentan kein Ort ist, der dem Jungen guttut.« Er fasste Haie am Arm, schob ihn mit sanftem Druck in die Richtung seines E-Bikes und zischte ihm dabei zu: »Lass uns unsere Arbeit machen. Du kannst momentan nicht helfen.«

*

Haie ging nur widerwillig zu seinem Fahrrad, drehte sich dabei immer wieder zu den beiden um. Dirk und Ansgar Rolfs sprachen kurz miteinander, ehe sie zum Hintereingang des Gebäudes gingen. Er nahm sein E-Bike und wollte sich in den Sattel schwingen, als sich plötzlich seine Blase meldete. Bis nach Hause würde er es nicht schaffen.

Er hatte verstanden, dass Dirk ihn bei den Ermittlungen auf dem Golfplatz nicht dabeihaben wollte, aber einen Toilettengang konnte er ihm nicht verwehren. Zielstrebig schob er sein Rad zur Vorderseite des Hauses, trat den Fahrradständer hinunter und ging auf den Eingang zu. Aus dem Gastronomiebereich hörte er Dirks Stimme.

»Also, meine Damen und Herren, wir möchten gerne mit jedem von Ihnen einzeln sprechen.«

Haie hielt in der Bewegung inne. Nur zu gern hätte er erfahren, was Dirk und Rolfs vorhatten. Hatten sie im Golfclub Hinweise entdeckt? War der Mörder unter den Mitgliedern zu finden? Er steuerte auf einen Aushang zu. Vielleicht hatte er Glück und konnte weitere Gesprächsfetzen aufschnappen.

An der Tafel gab es mehrere Anschläge, die Haie inspizierte, während er die Ohren spitzte. Turnierankündigungen, Angebote zu Trainerstunden und … Sein Blick blieb an einem Zettel hängen.

Der Schnupperkurs ist der klassische Weg, um in den Golfsport zu starten. In unseren Schnupperkursen wird Ihnen ein erster Einblick in dieses schöne Spiel gewährt. Freuen Sie sich auf eine neue Erfahrung, die Sie begeistern wird. Buchen Sie jetzt!

Aus dem Gastraum war nichts zu hören, daher trat er näher an die Tür heran, die genau in diesem Moment von innen geöffnet wurde.

»Hoppla«, entgegnete ein junger Mann und schaute ihn misstrauisch an.

»Ich such die Toiletten.«

»Da drüben.« Der andere wies in die entgegengesetzte Richtung. Haie hatte das Gefühl, als durchbohrte der Blick des Mannes ihn. Er nickte schnell und schlug den gewiesenen Weg ein.

Die Erleichterung, die er verspürte, beruhte nicht nur auf dem nachlassenden Harndrang. Er seufzte leise. Das war ja gerade noch mal gut gegangen, dachte er, als er sich die Hände wusch. Vorsichtig stieß er die Tür auf und stolperte dabei direkt in Dirk hinein, der mit einem älteren Herrn im Schlepptau gerade in einen anderen Raum nebenan verschwinden wollte. Der Freund sagte nichts, aber an seinem Gesichtsausdruck erkannte Haie, dass es war besser, sich sofort aus dem Staub zu machen. Schnell verließ er das Clubhaus und schwang sich auf sein Fahrrad.

Dirk war also nicht überzeugt von Sönke Nissens Schuld. Wer aber konnte dann für Petersens Tod verantwortlich sein? Jemand aus dem Golfclub? Und was hatte er gemeint, als er sagte, beweisen könne er noch nichts? Gab es Spuren? Etwas, das darauf hinwies, dass der Mörder unter den Golfern zu finden war?

Ihm fiel der Schnupperkurs ein. Für Niklas war der Golfplatz momentan nicht der richtige Ort, aber er könnte … überlegte er, während er die B 199 Richtung Leck nahm.

Er hatte schon einmal undercover ermittelt. Und solch ein Schnupperkurs bot vielleicht die Gelegenheit, sich im Club ein wenig umzuhören. Dirk musste davon ja nichts erfahren.

Er fuhr durch Leck und schlug am Ortsende den Weg zur Bahn ein. Der Wind wehte von vorn, und trotz der elektrischen Unterstützung geriet Haie ins Schwitzen. Er beugte sich weit über den Lenker, um der steifen Brise zu trotzen, und während er weiter kräftig in die Pedale trat, reifte die Idee weiter in ihm. Er würde helfen, den wahren Mörder von Johannes Petersen zu finden. Das war er Maren Nissen schuldig.

Als er zu Hause ankam, sah er Armin Winter schon wieder bei der Gartenarbeit. Er stand auf einer wackeligen

Holzleiter, die an einen Baum gelehnt war, und dünnte mit einer Schere das Astwerk aus.

»Moin!«, rief er seinem Nachbarn zu, der sich abrupt zu ihm umwandte und dabei reichlich ins Wanken geriet. Für einen kurzen Moment sah es so aus, als verlöre der Mann das Gleichgewicht auf der instabilen Leiter, ehe er Halt an einem Ast fand. Haie beobachtete Winters Akrobatik, während er sein Rad abstellte.

»Na, bist ja ordentlich am Frühjahrsputz im Garten, was? Müsste ich auch bei.« Er schaute auf die wildwuchernden Büsche, die den Durchgang zum Hofplatz wie eine Dornröschenhecke umgaben.

»Na, dann mal los. Der Fall ist ja abgeschlossen. Hast ja nu Zeit«, erwiderte Armin Winter und stieg mit unsicheren Tritten die Leiter hinunter.

»Nicht so ganz. Da gibt es noch einige Ungereimtheiten.«

»Echt?« Sein Nachbar hatte wieder festen Boden unter den Füßen und kam auf ihn zu. »War's doch einer von den anderen?«

Haie horchte auf. »Welche anderen? Wen meinst du?«

»Soll wohl mehrere Leute gegeben haben, die Petersen mit Mord gedroht haben.«

»Was? Wer?« Haie spürte, wie der Boden sich leicht zu drehen begann, er stützte sich auf sein Fahrrad und sah Armin Winter leicht die Arme heben.

»Ich hab das nur gehört. Will da niemanden reinreißen.«

»Aber woher weißt du davon? Wer erzählt so etwas?«

»Nicht nur du hast deine Informanten.« Winter grinste ihn an, und Haie fragte sich, ob das eine Retourkutsche für sein gestriges Verhalten war. Wusste sein Nachbar wirklich etwas über weitere Morddrohungen oder wollte er sich nur wichtigmachen?

»Wenn du etwas weißt, musst du das der Polizei melden, ansonsten machst du dich strafbar.«

Das Grinsen verschwand schlagartig aus Winters Gesicht. »Also, ich, äh, nee.«

»Was denn nun?« Haie fixierte den Mann mit seinem Blick. Er traute sich immer noch nicht, das Fahrrad loszulassen.

»Also angeblich sind da Drohungen in der Firma eingegangen.«

»Und weswegen?«

Armin Winter zuckte mit den Schultern. »Woher soll ich wissen, warum den jemand aufm Kieker gehabt hat? Jedenfalls arbeitet meine Nichte da im Büro, und die hat erzählt, dass der Petersen Morddrohungen bekommen hat.«

»Und woher weiß sie das? Sind die etwa per Post gekommen?« In Haies Gedanken setzten sich einzelne Zeitungsschnipsel zu einem Drohbrief zusammen. Er sah das Bild exakt vor sich – ein weißes Stück Papier, auf dem schwarze Buchstaben prangten, an deren Rändern Klebereste hafteten. *Petersen du Sau – jetzt bist du dran!* Oder: *Nimm dich in Acht, Petersen. Der Sensenmann geht um.* Er war gedanklich in dieses Bild eingetaucht, das jedoch bei Winters Antwort zerbröselte wie eine Sandburg, die zu lange in der sengenden Hitze gethront hatte.

»Nee, per Mail. Petersen hat ihr wohl davon erzählt.«

»Aber der Polizei nicht, oder was?«

»Ach, die hat das als Scherz abgetan, hat Katrin gesagt. Die Absender waren wohl auch irgendwelche Mailadressen von Disneyfiguren.«

Haie zog die Augenbrauen in die Höhe. Er wusste nicht recht, was er von dem Gehörten halten sollte. Hatte es diese Drohungen wirklich gegeben oder hatte Winter sich das nur ausgedacht? Und wenn nicht er, dann vielleicht seine Nichte. Es konnte sicherlich nicht schaden, die Frau einmal genauer unter die Lupe zu nehmen. Er erinnerte sich an die Mitarbeiterin, die sich die Augen aus dem Kopf geheult hatte, nachdem sie von Petersens Tod erfahren hatte. War das Winters Nichte? Stimmte das, was sein Nachbar ihm gerade erzählt hatte?

Haie musterte Winter, während er versuchte, den Wahrheitsgehalt des eben Gehörten festzustellen. Er hatte neulich in dem Buch, das Tom ihm zu Weihnachten geschenkt hatte, etwas über die Körpersprache von Lügnern gelesen. Suchte Winter einen Fluchtweg? Huschten seine Augen rasch hin und her? Nicht wirklich, musste Haie feststellen und senkte den Blick. Die Fußspitzen, sofern man bei diesen klobigen Gartenclogs überhaupt von Spitzen sprechen konnte, zeigten auf Haie. Kein Indiz für eine Lüge.

Ein wenig abgewandt stand Winter dennoch zu ihm. Aber war das tatsächlich ein Indiz dafür, dass Winter dieser unangenehmen Situation des Lügens entkommen wollte?

Möglicherweise hatte er ein Geräusch gehört oder – Haie schnupperte kurz, ehe er die Nase rümpfte – er konnte schlichtweg Haies Schweißgeruch nicht ertragen. Am besten, er stattete der Nichte mal selbst einen Besuch ab, dachte Haie. Aber das musste bis morgen warten, denn jetzt musste er erst einmal duschen. Er nickte Winter leicht zu, der überrascht, aber auch erleichtert über das Gesprächsende schien, nahm sein Fahrrad und schob es zum Haus hinauf, wobei er die unangenehmen Geruchsschwaden wie Verfolger in seiner Nase spürte.

10. KAPITEL

»Herr Reuters, Sie haben Johannes Petersen also Geld geliehen?« Dirk konnte dem leicht untersetzten Mann deutlich ansehen, wie unangenehm ihm die Situation war. Gleich einem Stehaufmännchen schwankte er vor ihm auf dem Stuhl hin und her und wrang dabei seine Hände ineinander.

»Ja, ein Mal, aber einen Teil hat er mir bereits zurückgegeben.«

»Und wie viel schuldete er Ihnen noch?«

»Fünfzigtausend Euro.«

Dirk entfuhr ein leiser Pfiff. Reuters war nicht nur das dritte Mitglied des Golfclubs, das er befragte und das Petersen Geld geliehen hatte, sondern in seinem Schrank hatten die Kollegen der Spurensicherung den Schuldschein gefunden.

Die anderen hatten zwar nicht so hohe Beträge genannt, aber wenn die Quote konstant blieb, kam da ein ganz schönes Sümmchen zusammen, das Petersen seinen Vereinskollegen aus den Rippen geleiert hatte, dachte Dirk und überlegte, wofür Petersen das ganze Geld gebraucht hatte.

Wieso war die Firma in solch eine Schieflage geraten? Die Preise für die Abfallentsorgung waren in den letzten Jahren stetig gestiegen; an Einnahmen konnte es Petersen nicht gemangelt haben, nicht bei der Menge an Müll, die in der Vergangenheit stark zugenommen hatte. Immer mehr Lebensmittel waren mehrfach verpackt, selbst eine harmlose Gurke wurde heutzutage mit einer Plastikumhüllung verkauft. Und dann der zunehmende Onlinehandel, der geradezu eine Flut von Verpackungsmüll in die Abfallcontainer schwemmte. Was war der Auslöser für Petersens Pleite? Steigende Löhne, erhöhte Energiekosten?

Dirk notierte die Frage in sein Merkbuch, das vor ihm auf dem Tisch lag und in dem er bereits die Namen und Summen der anderen Gläubiger notiert hatte. Er bemerkte, wie sein Gegenüber versuchte, einen Blick auf seine Notizen zu werfen, und zog das Buch näher an sich heran.

»Und wann haben Sie Petersen das letzte Mal gesehen?«

»Oh, das ist lange her. Also vielleicht vor einem Monat?«

»In den letzten Tagen also nicht?«

»Da haben wir nur telefoniert.«

Dirk horchte auf und musterte den Mann, der vor ihm saß. Reuters Augenlider zuckten leicht. »Hat er Sie angerufen?«

»Nein, ich war es, der ihn kontaktierte.«

»Wieso?«

»Ich wollte mein Geld zurück.«

»Und wie hat Petersen reagiert?«

Reuters seufzte und lehnte sich zurück. Die Stuhllehne knarzte ein wenig unter seinem Gewicht. Dirk nahm nicht nur das ächzende Geräusch wahr, sondern auch die veränderte Körperhaltung des Mannes. War die Gelassenheit, die Reuters plötzlich an den Tag legte, echt oder versuchte er ihn zu täuschen?

»Zunächst hat er versucht, mich hinzuhalten. Aber als ich auf die Rückzahlung bestanden habe, weil ich mir ein neues Auto kaufen will, ist er aggressiv geworden.«

»Wie hat sich das geäußert?«

Reuters krauste die Stirn, als verstünde er die Frage nicht.

»Ich meine die Aggressivität«, fügte Dirk daher hinzu, obwohl er sich nicht sicher war, ob der Mann ihm diese Verständnislosigkeit nur vorspielte. Begriffsstutzig war er ihm bisher nicht erschienen.

»Beschimpft hat er mich. Ich hätte ja wohl ein Auto, ich solle lieber helfen, Arbeitsplätze in der Region zu sichern, anstatt mir eine neue Bonzenkarre zu gönnen.«

Reuters setzte sich wieder gerade auf. An seinem Hals konnte Dirk kleine rote Flecken ausmachen, er sah, wie sie immer größer wurden und sich schließlich zu einem Flächenbrand ausbreiteten.

»Dabei lebte der selbst, als gäbe es kein Morgen. Fuhr einen Sportschlitten und ließ am Wochenende die Korken knallen.«

»Er feierte Partys?«

»Und was für welche. Hat mich einmal mitgenommen. Nach Hamburg in so einen exklusiven Club. Ich kann Ihnen sagen ... da ging es ab.«

»Was ging da ab?«

»Na, Alkohol und Koks in rauen Mengen und so ein paar Frauen hatte der angeheuert.« Reuters verschränkte die Arme vor der Brust. »Ich sag nur Bunga Bunga.«

Dirk hob die Augenbrauen. Unweigerlich erschienen Schlagzeilen von den Sex-Partys des italienischen Ministerpräsidenten Silvio Berlusconi vor seinem inneren Auge.

»Wusste seine Frau davon?«

»Nee, glaube ich nicht, obwohl er die seit Jahren betrügt. Selbst hier im Golfclub hat er die Finger nicht von den Frauen lassen können. Kam nicht bei jeder gut an.«

»Und Frau Petersen, spielt die Golf?« Dirk witterte ein neues Motiv. Was, wenn Petersens Frau die Eskapaden ihres Mannes nicht mehr hatte ertragen können?

»Die ist völlig talentbefreit. Hat es mal mit einem Schnupperkurs probiert, aber da war nichts zu machen. Die hat nicht einmal den Ball getroffen, glaube ich.« Über Reuters Gesicht huschte ein Grinsen, ehe er wieder ernst wurde. »Aber der Melf, sein Bruder, der war bei diesen Partys immer dabei. Der ist genauso schlimm wie Johannes. Liegt wahrscheinlich in den Genen.«

Dirk rief sich den Eindruck, den er von dem Bruder des Opfers gewonnen hatte, in Erinnerung. Melf Petersen hatte gesagt, er sei Landwirt, hatte sich selbst als bodenständig bezeichnet. Passte das zu dem, was Reuters über ihn aussagte? »Verdient man denn als Landwirt so viel Geld?«

Reuters zuckte mit den Schultern. »Subventionen. Und neuerdings verpachtet er seine Felder an eine Solarfirma. Damit lässt sich vermutlich mehr Kohle scheffeln als mit dem konventionellen Anbau von Getreide.«

»Hat er seinem Bruder denn auch Kredit gewährt?«

»Woher soll ich das wissen?« Reuters rutschte auf dem Stuhl nach vorn und beugte sich zu Dirk. »Aber vorstellen kann ich es mir. Vielleicht hat auch er sein Geld zurück-

gefordert, ich weiß ja nicht, ob der sich in diesen Solar-
park erst einkaufen musste. Jedenfalls hatte ich den Eindruck, als wäre Johannes auf Melf in letzter Zeit nicht gut
zu sprechen gewesen.«

»Na ja, vielleicht beruhte das auf Gegenseitigkeit. Sie
waren auch nicht gut auf Johannes zu sprechen, oder?«
Dirk musterte den Mann, der bei seinen Worten zurück-
gezuckt war und nun die Arme hob.

»War nur ein Gedanke, ich will da niemandem etwas
anhängen.«

Aber womöglich von sich ablenken, dachte Dirk. »Ihr
Schrank stand offen, als man Petersen fand. Sie waren
wirklich nicht auf dem Golfplatz gestern?«

Oke Reuters schüttelte den Kopf. »Das muss Zufall
gewesen sein. Wahrscheinlich hatte ich nicht richtig abgeschlossen.«

»Gut, danke. Das war es dann erst einmal.« Er nickte
Reuters leicht zu und sah, wie dieser geradezu von seinem Stuhl aufsprang und fluchtartig den Raum verließ.
Der hatte es ganz schön eilig, stellte er fest, obwohl er
aus Erfahrung wusste, dass viele Leute eine Befragung
als unangenehm empfanden. Daher war sein Verhalten
nicht ungewöhnlich. Trotzdem fragte sich Dirk, wie er die
Aussagen einordnen sollte. Geld spielte im Ranking der
Mordmotive eine wichtige Rolle. Reuters war zwar nicht
das einzige Vereinsmitglied, das Petersen Geld geliehen
hatte, aber die Summe von fünfzigtausend Euro stach im
Vergleich zu den anderen Geldgebern deutlich heraus. Er
kreiste in seinen Notizen den Betrag und Reuters Namen
ein. Darunter schrieb er: »Melf und Sabine Petersen noch-

mals befragen«. Dann steckte er den Stift ein, klappte das Buch zu und verließ das Büro.

*

Nach der Dusche fühlte Haie sich wie neugeboren. Die Ermittlungen hatten ihn mehr angestrengt, als er sich eingestehen mochte. Er war eben doch kein Jungspund mehr. Um das festzustellen, brauchte es nicht viel, ein Blick in den Spiegel genügte, um sich zu fragen, wo die Zeit geblieben war. Die Jahre schienen wie im Schnelldurchlauf an ihm vorübergezogen zu sein.

»Aber zum alten Eisen gehöre ich noch lange nicht!«, konterte er seinem Spiegelbild.

Er wischte sich den restlichen Rasierschaum aus dem Gesicht und schlüpfte in eine frische Jeans und den neuen Pullover, zu dem Niklas ihn auf ihrer letzten Einkaufstour überredet hatte. »Abercrombie« stand in großen Lettern auf der Brust geschrieben.

Tom hatte zwar leicht geschmunzelt, als Haie ihm das Kleidungsstück präsentiert hatte, aber Niklas hatte betont, dass solche Sweatshirts total hip seien. Haie hatte zwar nicht so ganz verstanden, was genau sein Patensohn damit gemeint hatte, aber sich zeitgemäß zu kleiden konnte in Haies Augen nicht verkehrt sein.

Ebenso wie eine gesunde Ernährung. Zum Mittagessen bereitete er daher einen Gemüseauflauf zu. Während er die Möhren schälte und schnippelte, überlegte er, wie er weiter helfen konnte, den Mordfall aufzuklären. Dirk hatte ihm zwar zu verstehen gegeben, dass er sich aus den Ermittlungen raushalten sollte, aber das hatte er sicher nur gesagt, weil Ansgar Rolfs dabei gewesen war. Offiziell durfte er ihn nicht um Mithilfe bitten, im Grunde genommen noch nicht einmal mit ihm über den Fall sprechen, aber ohne seine Hilfe würde er den Mörder nicht überführen können. So viel war klar. Er würde Dirk am Abend anrufen und von den Drohungen erzählen, die Petersen erhalten hatte. Obwohl die Nachrichten ein Scherz gewesen sein könnten, überlegte Haie. Wer verschickte Mordabsichten und tarnte sich dabei als Donald Duck oder Micky Maus? Besser, er machte sich selbst zunächst ein Bild von den Mitteilungen und stattete Winters Nichte einen Besuch ab. Er wollte nicht noch einmal voreilig handeln.

»Oh, Gemüseauflauf«, hörte er Niklas' wenig begeisterte Stimme kurz darauf hinter sich und zuckte zusammen. Er hatte den Jungen gar nicht nach Hause kommen hören.

»Ja, heute mal was Gesundes«, entgegnete er und sah, wie Niklas in sein Zimmer verschwinden wollte. »Gibt es was Neues wegen der Projektwoche?«

»Hm.« Niklas betrat nur zögernd die Küche. »Der Golfkurs muss abgesagt werden.«

Haie schaute in Niklas' Gesicht und wusste auch ohne zu fragen, dass er den Grund für die Absage kannte.

»Ist ja nicht schlimm. Da gab es ja noch eine Menge anderer toller Projekte.« Haie versuchte, seiner Stimme eine gewisse Leichtigkeit zu verleihen, doch ein Kratzen im Hals ließ seine Worte gepresst klingen.

»Und was?«

»Reiten?«

»Nee, auf keinen Fall, dann doch lieber das Umweltprojekt.«

»Habe ich gerade Umweltprojekt gehört? Wolltest du
nicht Golf spielen?« Tom trat aus seinem Arbeitszimmer.

»Wir können dann jetzt essen«, fuhr Haie dazwischen.
»Niklas, deckst du den Tisch?«

»Was gibt's denn?« Tom folgte Niklas in die Küche und
ging vor dem Backofen in die Knie. »Oh, Gemüseauflauf«,
kommentierte er seine Entdeckung und schaute demonstrativ auf seine Uhr. »Ich denke, es dauert zu lange, bis das
Essen fertig ist. Wir müssen gleich los nach Flensburg.«

Den Termin bei der Psychologin hatte Haie ganz vergessen, vermutete aber, dass die Sprechstunde Tom sehr
gelegen kam. Was seine Essgewohnheiten betraf, stand er
seinem Sohn in nichts nach und würde wahrscheinlich auf
dem Weg bei einem Fast-Food-Restaurant halten.

»Ja gut«, er schaltete den Backofen aus, »dann essen
wir den Auflauf morgen. Niklas, machst du dich fertig?«

Der Junge trottete in sein Zimmer, und Haie wartete,
bis er außer Hörweite war.

»Dirk? Du hast mit ihm gesprochen? Wann und wo?«

Haie wusste, dass Tom es nicht guthieß, wenn er sich
in polizeiliche Ermittlungen einmischte. Früher war das
anders gewesen, aber seit Marlenes Tod wollte er mit Mord
und Totschlag nicht mehr konfrontiert werden. Haie verstand das in gewisser Weise, aber sie lebten nun einmal
nicht auf der Insel der Glückseligen. Die Welt um sie
herum war nicht frei von Verbrechen, sosehr er sich das
auch wünschte, und im Gegensatz zu Tom konnte er die
Ereignisse in ihrer Umgebung nicht einfach ausblenden.

»Ich habe ihn auf dem Golfplatz getroffen«, gab er deshalb zu.

»Was? Hast du dich etwa wieder eingemischt?«

»Nee, ich wollte mich dort nur umsehen. Wegen Niklas, weil er doch unbedingt in der Projektwoche Golf spielen wollte.«

An Toms Gesichtsausdruck erkannte Haie, dass der Freund ihm nicht glaubte. Doch das war ihm egal. Er nickte, verschwieg aber sein Vorhaben, einen Schnupperkurs buchen zu wollen, um so mehr über den Golfclub und seine Mitglieder zu erfahren, und war froh, dass Tom nicht weiter nachhakte. Doch kaum hatten Tom und Niklas das Haus verlassen, suchte er im Telefonbuch die Nummer des Golfplatzes heraus. Es dauerte eine Weile, bis jemand abnahm.

»Ketelsen, moin. Ich wollte den Schnupperkurs bei Ihnen buchen.«

»Schnupperkurs, ähm, ja, also ... Moment.« Er hörte, wie sein Gesprächspartner in irgendwelchen Papieren blätterte.

»Ja, wir haben für den nächsten Kurs noch einen Platz frei.«

»Okay, wann fängt der an?«

»Morgen um elf Uhr.«

»Gut, da bin ich dabei.«

*

Ansgar und Dirk waren nach den Befragungen in die Dienststelle gefahren und hatten sich zusammengesetzt, um die Ergebnisse auszuwerten. Petersen hatte sich bei mehreren Vereinskollegen Geld geliehen und aufaddiert ergab sich ein ziemlich hoher Betrag.

»Im Grunde genommen scheint jeder der Gläubiger ein Motiv gehabt zu haben, Petersen umzubringen, aber Reuters sticht mit seinen fünfzigtausend Euro deutlich heraus«, bemerkte Ansgar.

»Wohl wahr. Zumal ja auch sein Mietschrank an dem Morgen offen stand. Und sein Verhalten war seltsam, oder hat sich bei dir jemand derart negativ über Petersen geäußert?«

Ansgar schüttelte den Kopf. »Klar war den meisten die Befragung unangenehm, trotzdem hatte ich eher das Gefühl, als wollten die Leute helfen, den Mörder zu finden.«

»Reuters war also der Einzige, der schlecht über den Toten gesprochen hat«, stellte Dirk fest, während er in seinem Merkbuch blätterte. »Aber vielleicht war er auch der Einzige im Verein, der von diesen Partys gewusst hat. Er, Melf Petersen und vielleicht die Frau. Ich denke, wir sollten mit dem Bruder und der Witwe sprechen.«

»Okay, wer übernimmt wen?«

»Lass uns die Befragungen zusammen machen. Bad Cop?« Dirk sah Ansgar fragend an.

»Gut, dann los.«

Eine halbe Stunde später parkte Dirk seinen Wagen vor dem Haus der Petersens in Klixbüll. In den umliegenden Gärten war niemand zu sehen, trotzdem hatte Dirk das Gefühl, als würden sie beobachtet, während sie zur Haustür gingen und klingelten.

Sabine Petersen öffnete die Tür, sie trug eine schwarze Stoffhose und eine dunkle Bluse. Ihre Haare hatte sie zu einem strengen Zopf zusammengebunden.

»Wir haben noch ein paar Fragen an Sie«, erklärte Dirk und hoffte, dass die Witwe allein zu Hause war.

»Bitte.«

Dirk ging durch den Flur ins Wohnzimmer, wo er nach einem ersten Blick in den Raum erleichtert aufatmete. Von Melf Petersen keine Spur. Das waren gute Voraussetzungen.

Ansgar ließ sich unaufgefordert auf das Sofa fallen, während Dirk neben Sabine Petersen stand und wartete, bis sie ihm einen Platz anbot.

»Unser Beileid noch mal«, begann er das Gespräch. »Wir haben ein paar der Golfmitglieder befragt und dabei erfahren, dass Ihr Mann Schulden bei mehreren Vereinskollegen hatte.«

Sabine Petersen zeigte keine Reaktion, schlug lediglich die Beine übereinander. »Mein Schwager hat Ihnen ja gestern bereits gesagt, dass ich mit der Firma nichts zu tun habe.«

»Hatten Sie denn einen Ehevertrag?«, mischte Ansgar sich ein. »Ich meine, ansonsten sind die Schulden Ihres Mannes nun Ihre, wenn Sie das nicht anders festgelegt haben.«

Sabine Petersens Kopf schnellte herum, wobei sich eine Haarsträhne aus dem Zopf löste. »Nein, also... ich weiß nicht.«

»Haben Sie denn nie über derlei Dinge gesprochen? Ich meine, wie sind Sie abgesichert? Ist das Haus bezahlt, können Sie hier wohnen bleiben?«

Dirk sah, wie die Augen der Witwe sich mit Tränen füllten. Ansgars Fragen trafen sie anscheinend wie kleine Pfeile, deren Spitzen sich direkt in ihre Nervenbahnen bohrten. Er war sich jedoch nicht sicher, ob die Frau litt, weil sie ihren Mann verloren hatte oder sie ihr eigenes Schicksal beweinte. Sie hatte in seinen Augen ein Motiv, zumindest wenn sie von den Affären und ausschweifenden Partys ihres Mannes wusste. Er nickte Ansgar leicht zu.

»Also?«, hakte der sofort nach.

»Nein, also ich weiß nicht, es … Vielleicht hat Melf eine Ahnung.«

»Ihr Schwager, wieso sollte er?«

»Na, bis vor Kurzem haben die beiden viel zusammengearbeitet.«

Gearbeitet? Dirk zog die Augenbrauen hoch. Hatten die Brüder ihr so die Partys verkauft? »Bis vor Kurzem«, griff Ansgar sofort die letzte Aussage auf. »In letzter Zeit aber nicht mehr, wieso nicht?«

Sabine Petersen zuckte mit den Schultern und blickte Hilfe suchend zu Dirk. »Keine Ahnung, das müssen Sie Melf fragen.«

»Das werden wir«, entgegnete Dirk und versuchte, seiner Stimme einen beruhigenden Klang zu geben. »Wir verstehen, dass die Situation nicht leicht für Sie ist. Sie haben einen geliebten Menschen verloren, mit dem Sie sicher sehr glücklich waren.«

Sabine Petersen nickte dankbar und ließ sich etwas tiefer in den Sessel zurückfallen.

»Sie waren doch glücklich, auch wenn es hier und da mal Probleme gab, oder?«

»In welcher Ehe gibt es keinen Streit?«

Da hatte sie recht, dachte Dirk und sah in Gedanken Dörte vor sich, wie sie ihm vorwarf, zu viel zu arbeiten und sich zu wenig um die Kinder zu kümmern.

»Haben Sie gewusst, dass Ihr Mann fremdging?« Ansgar Rolfs' Frage schlug ein wie eine Bombe. Dirk sah, wie Sabine Petersen geradezu versteinerte, nur ihre Lider zuckten, und für einen kurzen Augenblick befürchtete er, die Frau könne in Ohnmacht fallen.

»Nein, wer sagt das? Wir haben eine glückliche Ehe geführt.«

»Und Sie meinen nicht, dass Ihr Mann Ihnen da etwas vorgemacht hat, ähnlich wie bei seinen Finanzen?« Ansgar ließ nicht locker.

»Nein, ich kannte meinen Mann und hätte es gemerkt, wenn er mich betrogen hätte.«

Typische Trotzreaktion, erkannte Dirk. Sabine Petersen hatte sich wie eine Auster in ihrer Schale verbarrikadiert. Aus ihr würden sie heute nichts mehr herausbringen. Blieb Melf Petersen. Er war neugierig auf das, was der bodenständige Landwirt zu den Bunga-Bunga-Partys zu sagen hatte.

11. KAPITEL

Den Nachmittag hatte Haie damit verbracht, seine Pflichten im Haushalt zu erledigen. Wäschewaschen, Staubsaugen, Bügeln.

Inzwischen war es Abendbrotzeit, aber Tom und Niklas waren noch nicht aus Flensburg zurückgekehrt. Ob die Sitzung heute länger gedauert hatte? Er hatte Niklas angesehen, wie sehr ihn der Mord auf dem Golfplatz erschrocken hatte. Hoffentlich hatte das Verbrechen nicht all seine Therapiefortschritte zunichtegemacht.

Oder die beiden waren auf dem Rückweg in einem Fast-Food-Restaurant eingekehrt und hatten sich dort festgegessen.

Es ärgerte ihn. Nicht so sehr, dass die beiden Burger und Pommes aßen, aber wenigstens anrufen könnten sie, dachte Haie, während er auf den gedeckten Abendbrottisch starrte. Sie wussten doch, dass er auf sie wartete. Er stand auf und griff entschlossen nach dem Brotkorb. Er würde nicht hier sitzen und seine Zeit vertrödeln, entschied er und stellte Butter, Käse und Aufschnitt zurück in den Kühlschrank. Es galt schließlich, einen Mordfall aufzuklären. Aus Toms Büro holte er einen Notizzettel und schrieb: »Bin unterwegs – kann spät werden.«

Kurz darauf verließ er das Haus. Die Dämmerung hatte bereits eingesetzt, die Straßenlaternen flammten gerade auf. Haie ging zum Fahrradschuppen, drehte dann abrupt um. Er wollte in die Gastwirtschaft und erfahrungsgemäß trank er dort ein, zwei Bier, und da er bei seinen letzten Besuchen festgestellt hatte, dass er danach nicht mehr fahrtauglich war, ging er das kurze Stück besser zu Fuß. Ob es am Alter oder an der Geschwindigkeit des E-Bikes lag, darüber wollte Haie nicht nachdenken.

Schon länger war er nicht durchs Dorf spaziert und nahm die Umgebung ganz neu wahr. Er sah das Licht in den Fenstern der Häuser, hörte die Kühe im Stall des gegenüberliegenden Bauernhofes schreien und bemerkte, dass der Umbau des alten Pastorats abgeschlossen war.

Er kam an der ehemaligen Bäckerei vorbei und erinnerte sich an den Geruch von frischem Brot und Kuchen, der stets aus der Backstube auf die Straße gezogen war. Ihm lief das Wasser im Mund zusammen, wenn er daran dachte. Einen Moment später passierte er Risum Børnehave und Skole und erreichte kurz darauf die Gastwirtschaft, die etwas zurückgesetzt auf einem kleinen Hügel lag. Ähnlich wie der Sparmarkt galt der kleine Gasthof als Umschlagplatz für die Neuigkeiten im Dorf. Wenn man erfahren wollte, was in der Gegend los war, brauchte es nur einen Besuch in der Gastwirtschaft, und nach zwei, drei Bierchen war man auf dem neuesten Stand. Außerdem konnte man einen guten Eindruck über die Stimmung unter den Dorfbewohnern gewinnen sowie die eine oder andere inoffizielle Information erhalten. Haie hoffte, etwas über die Drohungen, die Johannes Petersen erhalten haben soll, zu erfahren. Und vielleicht erhielt er weitere Details aus Petersens Leben, die ihm bisher nicht bekannt waren.

Er trat in den kleinen Vorraum. Aus dem Gastraum hörte er Stimmen und zögerte kurz, die Tür zu öffnen. Wie sahen die Leute ihn? War er immer noch der Hilfssheriff, der Mordfälle aufklärte, oder betrachteten sie ihn als Amateur, der voreilig handelte und somit Sönke Nissen in den Selbstmord getrieben hatte? Seine Hand zitterte leicht, als er den Griff hinunterdrückte und die Tür aufstieß. Warme, abgestandene Luft und der Geruch nach gebratenen Zwiebeln schlug ihm entgegen. Er hielt den Atem an. Zwei Tische waren besetzt, einer reserviert. Der Wirt stand am Tresen und polierte Gläser.

»Moin«, grüßte Haie in die Runde und die anderen Gäste nickten ihm zu. Geräuschvoll stieß er die Luft aus seinen Lungen und klang dabei ein wenig wie Antje, das Walross. »Kann ich wohl noch was zu essen kriegen?«

»Klar«, entgegnete der Gastwirt und deutete kopfnickend auf einen Tisch am Fenster. »Setz dich, ich komm gleich. Schon ein Bier?«

»Jo.« Haie steuerte auf den zugewiesenen Platz zu und ließ sich auf einen der Stühle fallen.

Am Nachbartisch saßen einige Bauern aus dem Koog und spielten Skat.

»Na, wie geht's?« Der Wirt befand sich plötzlich vor ihm und stellte das Bier auf einem Pappuntersetzer ab.

»Geiht«, entgegnete Haie und bemerkte, wie still es nebenan geworden war. Paul Paulsen drehte sich zu ihm.

»Na, der Mord ist doch aufgeklärt, oder?«

»Ja, aber …« Haie wollte zumindest Zweifel an Sönke Nissens Schuld streuen, aber der andere ließ ihn gar nicht zu Wort kommen.

»Is schad um Sönke, aber erspart dem Staat eine Menge Kosten, der wäre ja sonst ins Gefängnis gewandert und hätte dort über Jahre beherbergt werden müssen.« Damit schien für Paul Paulsen alles gesagt. Er drehte sich um und widmete seine Aufmerksamkeit wieder seinen Skatbrüdern.

Haie schaute stirnrunzelnd zum Wirt, der nur mit den Schultern zuckte. »Bratkartoffeln mit Sauerfleisch?«

»Gern eine große Portion.«

Immer noch sprachlos über Paulsens Äußerung, überlegte er, wie er die anderen Gäste in ein Gespräch über Petersen verwickeln konnte, da wurde die Tür zum Gastraum aufgerissen und Elke betrat die Wirtschaft. Haie blinzelte und fragte sich, ob seine Exfrau öfter zu Gast war oder ob sie gewusst hatte, dass er hier war und deshalb in die Gastwirtschaft gekommen war. Sie waren seit etlichen Jahren geschieden, und für Haie war das Kapitel Elke abgeschlossen, wenngleich er immer versuchte, ein freundschaftliches Verhältnis aufrechtzuerhalten.

Das war nicht leicht, hatte er doch den Eindruck, Elke schöpfte bei jeder Begegnung neue Hoffnung, ihn eines Tages wieder für sich gewinnen zu können. Auch jetzt strahlte sie über das ganze Gesicht, als sie sich zu ihm an den Tisch setzte.

»Haie, na, das ist ja ein Zufall.«

Er bezweifelte, dass es sich wirklich um einen Zufall handelte. Verfolgte Elke ihn? »Was machst du hier?«

»Ich treffe mich doch immer einmal die Woche mit dem Makramee-Club.« Sie wies auf den reservierten Tisch.

»Makramee?«

»Ja, das ist so eine Handarbeit.« Elke begann in einer großen Plastiktasche zu kramen, die Haie erst jetzt bemerkte und aus der seine Exfrau ein Knäuel aus Fäden hervorholte. Stolz präsentierte sie ihm ein verknotetes braunes Etwas.

»Und was ist das?«

»Orientalische Knüpfkunst. Das soll ein Wandbehang werden, hier, siehst du?« Sie deutete auf zwei Schlaufen an einem Ende des Gebildes. »Wenn du willst, mache ich dir auch einen.«

»Wofür braucht man das?«

»Zur Verschönerung der Wohnung.«

Haie bezweifelte, dass das grauselige Ding irgendetwas verschönern würde. Und schüttelte den Kopf. »Ich glaube, Tom steht nicht auf so etwas, und Platz haben wir auch keinen.«

»Hm.« Sie betrachtete ihn eingehend.

»Ist aber hübsch«, fügte er schnell hinzu, obwohl er wusste, dass sie seine Notlüge durchschaute. Zu seinem Glück ging Elke nicht weiter darauf ein und verstaute das geknüpfte Gebilde wieder in der Tüte. »Wie geht es dir?«, fragte sie und rückte näher an ihn heran.

»Gut, wieso?« Haie lehnte sich in seinem Stuhl zurück.

»Na ja, die Sache mit Sönke...« Elke machte eine kurze Pause. »Und dann versucht Maren auch noch sich umzubringen, also ... und du warst ...?«

»Woher weißt du das mit Maren?«

»Ingrid Jepsen wohnt doch gegenüber und hat das gestern mitbekommen. Schlimm, was da passiert ist.« Elke legte eine Hand auf seinen Arm, den Haie rasch fortzog, bevor er zum Bierglas griff. Er trank einen Schluck.

»Was hast du denn mit Ingrid Jepsen zu tun?«

»Die ist auch im Makramee-Club und hat erzählt …«

»Aber ihr trefft euch doch erst heute Abend.«

»Sie hat mich angerufen. War ganz verstört, musste mit jemandem reden.«

Wohl eher rumtratschen, vermutete Haie und verschränkte die Arme vor der Brust. »Was hat sie denn erzählt?«

»Wie gruselig sie die Vorstellung findet, jahrelang neben einem Mörder gewohnt zu haben.«

»Was heißt denn jahrelang? Außerdem ist gar nicht bewiesen, ob Sönke Petersen umgebracht hat.«

»Was?«, mischte sich Paulsen ein, der anscheinend nicht nur auf sein Skatblatt konzentriert gewesen war. »Wer soll es denn sonst gewesen sein?«

»Gab sicherlich noch andere Leute, die nicht gut auf Petersen zu sprechen waren«, konterte Haie. Endlich kam der Stein ins Rollen, dachte er.

»Er hat sich feige aus dem Staub gemacht, und Maren wollte es ihm gleichtun. Das ist doch Beweis genug«, fiel Elke dazwischen.

»Kannst du die Frau denn nicht verstehen? Alle Welt behauptet, ihr Mann sei ein Mörder, dabei ist gar nichts bewiesen.«

»Selbstmord ist keine Lösung.«

Für Haie klang der Satz aus Elkes Mund wie ein Teil eines Mantras und er fragte sich, ob sie schon einmal mit dem Gedanken gespielt hatte, ihrem Leben ein Ende zu setzen. Nach der Trennung war sie in ein tiefes Loch gefallen. Er konnte sich gut vorstellen, dass sie zu der Zeit gedacht hatte, es sei leichter, sich umzubringen, als ihr Leben ohne ihn weiterzuführen.

»Es gibt Situationen, da handelt der Mensch nicht rational«, merkte er an.

»Mag sein«, mischte Paulsen sich erneut ein, »aber der Grund, warum er das nicht macht, den kann man nicht leugnen, der wird durch einen Selbstmord eher noch bestätigt.«

Elke nickte heftig zu Paulsens Bemerkung, runzelte dabei aber die Stirn. »Inge fragt sich allerdings, wie Sönke Petersen umgebracht haben will.«

»Wieso?« Haie schaute zu Paulsen, der die Frage zeitgleich mit ihm gestellt hatte.

»Na, sein Auto hat wohl die ganze Nacht auf der Auffahrt gestanden.«

»Woher weiß Inge das denn?« Haies Kopf wurde wie ein Magnet wieder in Elkes Richtung gezogen. Er spürte einen leichten Schwindel.

»Sie leidet schon länger unter Schlaflosigkeit und starrt oft nächtelang nach draußen.«

»Und das hat sie nicht der Polizei erzählt?«

»Dieser Rolfs war wohl recht unfreundlich, hat sie wie einen Stasispitzel behandelt, dabei ist es ja wohl ihr gutes Recht, in ihrem eigenen Haus aus dem Fenster zu schauen.«

»Aber sie könnte Sönke doch entlasten.« Haie spürte sein Herz schneller schlagen. »Elke, wenn Sönke es nicht war, läuft der Mörder noch frei herum!«

»Ist doch jetzt egal.« Elke griff nach ihrer Tüte, blickte auf ihre goldene Armbanduhr und stand auf. »Scheint heute keiner mehr zu kommen. Mach's gut.« Sie wandte sich zum Gehen. »Wenn du recht hast, ist man im Dorf nicht mehr sicher, dann sollte ich schnell nach Hause.«

*

Die Dämmerung legte sich bereits über den Hof von Melf Petersen, als Dirk und Ansgar Rolfs auf den Vorplatz fuhren, auf dem mehrere Wagen aus dem Oberklassensegment parkten.

»Hat der Besuch oder gehören die alle Melf Petersen?«, wunderte Ansgar sich, als sie neben einer Mercedes S-Klasse hielten.

»Vermutlich gehören sie ihm.« Dirk wies auf die Kennzeichen, die alle ein »NF-MP« mit unterschiedlicher Zahlenfolge aufwiesen.

»Besonders bodenständig sieht das für mich aber nicht aus«, kommentierte Ansgar Rolfs den Fuhrpark.

»Wieso?« Dirk grinste. »Alles deutsche Marken.«

Der Kies unter ihren Schuhen knirschte, ansonsten war kein Geräusch zu hören. Daher klang das Läuten der Klingel klar und deutlich aus dem Inneren des Wohnhauses. Anschließend umschloss sie wieder Stille. Dirk klingelte erneut, ehe er sich umblickte. Der Hof wirkte verlassen, beinahe so als würde er nicht mehr bewirtschaftet.

»Scheint keiner zu Hause zu sein«, urteilte Ansgar Rolfs. »Und im Stall brauchen wir wohl nicht nachzuschauen.«

»Wieso nicht?«

»Na, hörst du irgendwelche Tiere?«

Dirk schüttelte den Kopf, dennoch war seine Neugier geweckt. Waren die Gebäude wirklich leer, oder was verbarg sich in den hallenartigen Konstruktionen? Er ging zu einem der großen Tore und schob es auf. »Donnerwetter!«, entfuhr es ihm beim Anblick der Solarmodule.

»Das müssen Hunderte sein«, bemerkte Ansgar Rolfs, der ihm gefolgt war und über Dirks Schulter hinweg ebenfalls die Solaranlagen entdeckt hatte. »Rechnet sich das hier im Norden überhaupt? Ich meine, es gibt Zeiten, da sieht man die Sonne in Nordfriesland tagelang nicht.«

»Keine Ahnung.« Über erneuerbare Energien wusste Dirk wenig. Dörte war die Grünenwählerin bei ihnen zu Hause. Sie trennte den Müll, kaufte Mehrwegflaschen aus Glas, wies die Kinder an, Energie zu sparen, und fuhr meist mit dem Fahrrad. Ihm war es eher egal, woher sein Strom kam, Hauptsache, die Kaffeemaschine funktionierte und Rasierapparat und Computer liefen. Ansgars Frage hielt er trotzdem für berechtigt. Nordfriesland war nicht Spanien. Im Winter wurde es an manchen Tagen nicht einmal richtig hell. Konnte sich die Anschaffung derart vieler Solarmodule rechnen?

»Da kommt jemand, der uns die Frage sicherlich beantworten kann.« Ansgar Rolfs stieß ihn leicht an die Schulter und Dirk drehte sich um. Ein E-Golf rollte beinahe lautlos auf den Hof.

»Moin, meine Herren«, begrüßte Melf Petersen sie, während er aus dem Wagen stieg.

Dirk bemerkte die elegante Kleidung – Kaschmirpullover, Stoffhose und Lederschnürschuhe –, die wie der Rest des Hofes nicht gerade landwirtschaftlich auf ihn wirkte.

»Moin«, erwiderte Dirk den Gruß. »Wir haben noch ein paar Fragen, hätten Sie Zeit?«

»Natürlich.« Melf Petersen ging zur Haustür, schloss auf und bat sie lächelnd herein.

Wenn es ihn störte, dass sie auf seinem Hof herumschnüffelten, so ließ er es sich nicht anmerken, stellte Dirk fest, während er dem Bruder des Opfers in das Wohngebäude folgte.

Melf Petersen bot ihnen Platz an einem großen runden Tisch in der Küche an, auf dem sich das Geschirr von mehreren Tagen stapelte.

»Entschuldigen Sie, aber ich bin gar nicht zum Aufräumen gekommen«, erklärte Melf Petersen und schob einige Tassen und Teller klappernd zur Seite.

Dirk nickte, nahm Platz und blickte zu Ansgar Rolfs, der ihn ohne Worte verstand und eine Kopfbewegung Richtung Stallgebäude machte.

»Da haben Sie ja wohl ordentlich investiert, was?«

»Die habe ich doch nicht bezahlt. Die Module lagern hier nur so lange, bis die Felder aufbereitet sind. Das macht alles die Solarfirma.« Melf Petersen lehnte sich an das Spülbecken. »Heutzutage muss man mit der Zeit gehen. Die konventionelle Landwirtschaft ist so gut wie tot in Deutschland.«

»Ach echt?« Dirk hatte bisher immer den Eindruck gehabt, die Bauern bei ihnen in der Gegend verdienten gutes Geld. Die meisten Höfe waren große Betriebe, die sich sicherlich gewinnbringend bewirtschaften ließen.

»Zu viele Auflagen, zu niedrige Preise.« Melf Petersen stieß sich von dem Schrank ab und setzte sich zu ihnen an den Tisch. »Erneuerbare Energien sind der Schlüssel zum Überleben für jemanden wie mich. Ich besitze viel Land. Besser, als es an Solarunternehmen zu verpachten, kann ich es kaum nutzen.«

»Aber rechnet sich das denn?«, stellte Dirk die Frage, die ihn seit der Entdeckung der Solarzellen beschäftigte. »Ich meine hier in Nordfriesland?«

»Keine Ahnung, aber die Firma wird wissen, was sie tut, zahlt eine ordentliche Pacht.«

»Und wieso kaufen die das Land nicht?«

»Oh, man hat mir ein Kaufangebot gemacht, aber wenn der Ausbau so weitergeht und die Flächen knapper werden, steigen die Preise, denke ich. Außerdem brauche ich das Geld momentan nicht, da kann ich die Zeit ein wenig für mich arbeiten lassen.« Melf Petersen grinste ihn an und Dirk hatte das Gefühl, als hätte er ein triumphales Aufblitzen in den Augen seines Gegenübers gesehen.

»Aber Ihr Bruder brauchte Geld«, übernahm Ansgar Rolfs die Gesprächsführung.

»Er konnte noch nie mit Geld umgehen.«

»Haben Sie ihn denn nicht unterstützt?«

»Eine Zeit lang, aber wie soll ich das sagen, wenn jemand nicht rechnen kann, das ist wie ein Fass ohne Boden.«

»Und das lag nur am Rechnen und nicht etwa an seinem ausschweifenden Lebensstil?«

Petersen krauste die Stirn. »Was meinen Sie damit?«

»Wir haben gehört, dass Ihr Bruder gerne gefeiert hat, und zwar nicht zu knapp. Sie sollen auch mit von der Partie gewesen sein«, fuhr Ansgar Rolfs unbeirrt fort, während Dirk Melf Petersen beobachtete. Das Grinsen war zwar aus seinem Gesicht verschwunden, aber trotzdem ließ sich nichts aus seinem Mienenspiel ablesen.

»Na, ab und zu darf man ja wohl ein wenig feiern gehen.«

»Es soll sich um sehr exklusive Partys gehandelt haben. In Hamburg, mit viel Alkohol und …«

»Wer behauptet das?«

»Oke Reuters beispielsweise.«

»Ach der«, winkte Melf Petersen ab. »Der ist so ein Landei. Kennt nur den Tannenhof oder die Gastwirtschaft im Dorf. Der würde vermutlich jede Kneipe in Hamburg für exklusiv halten.«

»Das heißt, Sie haben nicht in Nobelbars gefeiert?«

»Was hat das alles mit dem Mord an Johannes zu tun? Worauf wollen Sie hinaus? Ich denke, Sönke Nissen hat meinen Bruder umgebracht?«

»Vielleicht, vielleicht auch nicht. Es gibt kein Geständnis, daher untersuchen wir das Umfeld Ihres Bruders, um weitere Motive für den Mord auszuschließen«, versuchte Dirk beruhigend auf Melf Petersen einzuwirken.

»Aha.«

»Gab es da denn irgendwelche Vorfälle auf den Partys? Hatte Ihr Bruder Probleme in dem Milieu?«

»Was meinen Sie denn mit ›Milieu‹?«

»Drogen, Prostitution? Vielleicht hatte er nicht nur bei seinen Golfkollegen Schulden?«, übernahm Ansgar wieder die Befragung.

»Ach, die haben Johannes Geld geliehen?« Dirk konnte förmlich dabei zusehen, wie die Anspannung aus Petersens Körper wich. Er sackte auf dem Küchenstuhl leicht zusammen. »Das wusste ich gar nicht.«

»Nicht? Nein?«, versuchte Ansgar noch einmal Druck zu machen, doch Dirk las aus Petersens Körperhaltung, dass er bemerkt hatte, wie sehr sie im Trüben fischten. Sie hatten nichts in der Hand. Weder gegen Melf Petersen noch gegen einen Golfkollegen oder sonst wen. Leise Zweifel schlichen sich in sein Bewusstsein. Was, wenn er sich täuschte? Konnte er sich noch auf sein Bauchgefühl, auf sich selbst verlassen? Oder hatte Sönke Nissen doch Johannes Petersen ermordet? Das surrende Geräusch seines Handys riss ihn aus seinen Gedanken. Er kramte das Telefon aus seiner Jackentasche. »Haie«, las er auf dem Display.

»Es ist spät«, Dirk erhob sich und drückte den Anruf weg. »Wir wollen nicht länger stören.« Er gab Ansgar Rolfs ein Zeichen, der ihn daraufhin skeptisch anschaute. Dirk konnte die Frage in seinem Blick geradezu hören und schüttelte leicht den Kopf. Für ihn stand fest, von Melf Petersen würden sie heute nichts mehr erfahren, was sie in dem Fall weiterbrachte.

12. KAPITEL

»Niklas, du musst los!« Haie lehnte an der Küchentür und rief in den Flur hinein.

»Was scheuchst du den Jungen denn so, der Bus kommt doch erst in zehn Minuten«, sagte Tom, als er an ihm vorbei in die Küche schlurfte.

»Ich habe einen Termin«, erklärte Haie und folgte dem Freund, der sich wie immer als Erstes einen Kaffee eingoss.

»Aha, und wo?«

»In Leck.« Haie wollte vor dem Schnupperkurs in Petersens Firma vorbeischauen. Jetzt, wo Ingrid Jepsen bestätigen konnte, dass Sönke Nissen in der Tatnacht das Haus nicht verlassen hatte, galt es, jeder Spur nachzugehen, um den Mörder ausfindig zu machen. Die Drohmails, von denen Armin Winter ihm gestern erzählt hatte, waren auf jeden Fall ein wichtiger Hinweis, der seiner Ansicht nach überprüft werden musste.

»Triffst du dich mit Dirk?« Tom ließ sich auf einen der Küchenstühle fallen und griff nach der Kaffeesahne.

Haie beobachtete, wie die weiße Flüssigkeit die dunkle Oberfläche in Toms Becher marmorierte.

»Nee, der geht nicht ans Telefon. Dabei habe ich gestern in der Gastwirtschaft etwas Wichtiges herausgefunden, aber meine Hilfe scheint nicht gefragt zu sein.«

»Ach echt?«

Haie runzelte die Stirn und überlegte, wie Toms Äußerung gemeint war. Ähnlich wie Dirk riet er ihm bereits seit einiger Zeit, er solle sich zurücknehmen. Er sei schließlich nicht mehr der Jüngste, müsse auf sich Acht geben, dabei empfand er sich lange nicht als so alt, wie ihm die anderen weismachen wollten, dass er sich fühlen müsse. Es ärgerte ihn mit zunehmendem Alter, immer stärker bevormundet zu werden. Er wusste sehr wohl, was er sich zumuten konnte und was nicht, schließlich war er noch Herr seiner Sinne, und die verrieten ihm, dass Tom an der Neuigkeit, die er gestern in der Wirtschaft erfahren hatte, anscheinend kein Interesse hatte. Auf Haie wirkte er jedenfalls, als wäre er mit den Gedanken ganz woanders.

»Egal«, winkte er daher ab und rief erneut nach Niklas.

»Und was willst du dann in Leck? Hast du einen Arzttermin, soll ich dich mitnehmen?«

»Nee, nicht nötig.«

»Aber heute Abend bist du zu Hause?«

»Wahrscheinlich, wieso?«

»Ich wollte mich mit Astrid treffen und …«

Haie sah, wie Tom leicht errötete.

»Und … eventuell bleibe ich über Nacht bei ihr.«

»Soso«, entfuhr es Haie, dabei gönnte er dem Freund das Glück, eine neue Partnerin gefunden zu haben. Lange hatte Tom nach Marlenes Tod getrauert, sich auf keine neue Beziehung einlassen können, bis er Astrid getroffen hatte. Sie hatte den harten Panzer, den Tom sich in seiner Trauer über die Jahre zugelegt hatte, aufgebrochen und einen Zugang zu ihm gefunden. Schon eine ganze Weile trafen die beiden sich, gingen ins Kino, ins Restaurant, machten Unternehmungen auch mit Niklas zusammen. Bisher hatte die Beziehung der beiden auf Haie eher wie eine Freundschaft gewirkt, aber langsam schien es zwischen ihnen ernster zu werden.

Das freute ihn für Tom, denn er mochte Astrid sehr, und auch Niklas kam gut mit ihr aus. Dennoch fragte er sich, was aus ihm werden würde, wenn die beiden in absehbarer Zeit zusammenziehen wollten. Wo wäre sein Platz?

»Klar bleibe ich heute Abend bei Niklas.«

»Was ist heute Abend?« Niklas stand abmarschbereit im Rahmen der Küchentür.

»Filmabend«, entgegnete Haie und schob ihn zur Haustür hinaus.

Wenig später holte Haie sein Fahrrad aus dem Schuppen und schwang sich in den Sattel. Der Frühnebel hing noch in der Luft und kroch durch seine Kleidung. Haie schaltete den Motor auf die niedrigste Stufe, damit ihm durch die erhöhte Eigenleistung warm wurde. Auf dem Weg durchs Dorf traf er einige Bekannte. Er hatte sein ganzes Leben in Risum verbracht und kannte daher beinahe jedes Gesicht. Ihm gefiel es, den Lauf der Zeit an den Menschen um ihn herum zu beobachten. Männer und Frauen, die eben noch mit ihm zusammen eingeschult worden waren und nun wie er sein Rentnerdasein genossen. Die meisten jüngeren Leute im Dorf waren ihm aus seiner Zeit als Hausmeister an der Grundschule bekannt. Natürlich waren etliche weggezogen, aber einige waren in Risum geblieben oder zurückgekommen, hatten Häuser gebaut, Kinder bekommen, das Dorf verändert und am Leben gehalten. Gerade auf dem Land gab es viele Gemeinden, die ums Überleben kämpften, wo die Jungen wegzogen und die Alten starben. Aber Risum bot ein attraktives Leben, Vereine, Schulen, Kindergärten und Einkaufsmöglichkeiten. Der Ort war mit der Zeit gegangen, und auch wenn Haie nicht alle Veränderungen guthieß, zeigte ihm der Wandel des Dorfes und seiner Bewohner deutlich, dass nur durch Bewegung ein gesundes Leben möglich war.

Er trat kräftig in die Pedale und schaltete die elektrische Unterstützung des E-Bikes auch nicht höher, als am Bahnweg der Wind auffrischte. Durch die Anstrengung kam er allmählich ins Schwitzen, und als er Leck erreichte, hatte er den Reißverschluss seiner Jacke bis zur Hälfte aufgezogen. Mit geröteten Wangen bog er auf den Hof von Petersens Unternehmen ein und hielt auf den Eingang zu, wo er sein Fahrrad an die Wand lehnte und abschloss.

Über dem Gelände hing eine gespenstische Ruhe, als befände sich die Firma im Trauerzustand, doch als er das Hauptgebäude betrat, hörte er im Flur ein Telefon klingeln und folgte dem Geräusch.

Die Tür zu dem Büro war geöffnet. Haie klopfte gegen den Türrahmen und trat ein. Eine blonde Frau saß hinter einem breiten Schreibtisch, einen Telefonhörer am Ohr, und machte ihm ein Zeichen zu warten. Sie wirkte blass, ihre Augen waren rot gerändert, als hätte sie gerade geweint. Haie fragte sich, ob sie die Nichte von Armin Winter war, und versuchte Ähnlichkeiten zu entdecken, war sich aber unsicher, ob die hohe Stirn und die spitze gerade Nase, die ihm auffiel, typische Kennzeichen waren, die auch sein Nachbar aufwies.

Die junge Frau fühlte sich unter seinen Blicken sichtlich unwohl und wandte sich ab. Haie zog seine Jacke aus und wartete, bis sie endlich das Telefonat beendete und sich wieder zu ihm drehte.

»Bitte?«

»Ich bin der Nachbar von Armin Winter.«

»Ach, von Onkel Armin, ist was passiert?« Sie setzte sich kerzengerade in ihrem Stuhl auf.

»Nein, nein, mit ihm ist nichts, es ist nur …« Haie machte eine Pause. Er hatte sich nicht genau überlegt, wie er nach den angeblichen Drohmails fragen sollte.

»Ja?«

»Nun, er hat mir erzählt, dass Johannes Petersen Mails bekommen hat.«

»Ja natürlich, er …«, sie brach ab, schluckte und musterte ihn mit leicht gekrauster Stirn.

»Waren Sie nicht vorgestern mit der Frau von Sönke Nissen hier?«

»Schon, ja, also …«

»Ich kann es nicht fassen, dass er seine Drohung wahr gemacht hat«, flüsterte sie.

»Sie meinen, weil er Johannes Petersen umgebracht hat?«

Die Frau nickte. »Aber zum Glück hat er seinen Fehler erkannt und seinem Leben selbst ein Ende gesetzt, obwohl …« Sie zog aus einer bereitstehenden Box ein Papiertaschentuch und schnäuzte sich geräuschvoll die Nase. »… so ein Selbstmord feige ist. Anstatt zu dem zu stehen, was man getan hat. Aber er hatte ja auch nicht den Mumm, seine Drohungen unter seinem Namen auszusprechen. Hinter lächerlichen Comicfiguren hat der sich versteckt. Und das alles nur, weil Johannes ein paar kleine finanzielle Probleme hatte.«

Haie fragte sich, ob die Geldnöte tatsächlich klein gewesen waren. Wenn ein Unternehmer nicht einmal mehr seine Angestellten bezahlen konnte, war die Lage ernst. Die Linien auf Petersens Konten mussten ausgereizt gewesen sein, wenn die Gehälter nicht geflossen waren. Ein Teufelskreis – denn wenn keine Arbeiter mehr für Umsatz sorgten, war die Firma so gut wie bankrott. Er schätzte, die Frau war keine Buchhalterin, sonst hätte sie den Zusammenhang sicherlich gesehen, den Haie nur verstand, weil Tom neulich einen ähnlichen Fall bearbeitet und mit ihm darüber gesprochen hatte.

»Wann ist denn die erste Mail gekommen?«

Sie blickte ihn an, und Haie konnte ihr ansehen, dass sie überlegte, ob sie ihm antworten sollte. Vielleicht hatte er Glück, dachte er, denn aus ihrer Sicht hatte er ja eigentlich geholfen, den Mörder ihres Chefs zu fassen.

»Ich sammle die stützenden Beweise für den Abschlussbericht zusammen«, ergänzte er daher.

»Ist das nicht Sache der Polizei?«

Haie trat von einem Fuß auf den anderen. »Schon, aber die sind überlastet. Sie wissen ja, wie das im öffentlichen Dienst ist.« Er grinste schief und seufzte innerlich erleichtert auf, als sie schließlich nickte und auf der Tastatur ihres Computers zu tippen begann.

»Hier, vor etwa vier Wochen fing es an.«

Haie ging um den Schreibtisch herum, beugte sich über ihre Schulter und las: »*Johannes, wenn du nicht aufhörst, mich unter Druck zu setzen, mache ich deinem Rumsda-Bumsda-Treiben den Garaus.*«

»Was ist denn damit gemeint?« Haie schaute Winters Nichte von der Seite an und sah, wie sie leicht errötete.

»Keine Ahnung, aber es ist eindeutig eine Drohung.«

»Aber ging es nicht um Geld?«

»Auch, hier ...« Sie öffnete eine andere Nachricht.

»*Du bekommst keinen Cent von mir! Hör mit deinen Spielchen auf!*«

Die Buchstaben verschwammen leicht vor Haies Augen, er stützte sich auf der Schreibtischplatte ab und las die Zeile erneut. »Ich dachte, Sönke wollte Geld von Petersen, aber das klingt ganz anders.«

Winters Nichte zuckte mit den Schultern. »Er hat Johannes gedroht«, beharrte sie. »Und dann unter so einem lächerlichen Namen – Daniel Düsentrieb.« Sie wies auf die Absenderinformation. »Und vor vier Tagen kam dann diese Mail.« Sie ließ den Mauszeiger über den Bildschirm huschen und nach einem Doppelklick erschien eine weitere Nachricht.

»*Meine Geduld ist zu Ende!*«

Haie runzelte die Stirn. Für ihn ergab sich aus den Nachrichten nicht der Beweis, dass Sönke Nissen der Absender war. »Hat Petersen denn Anzeige gestellt?«

»Nee, ich denke, er hat das Ganze nicht ernst genommen, wobei, ein wenig unruhig war er in den letzten Tagen schon.«

Haie richtete sich auf und verspürte einen leichten Schwindel. »Könnten Sie mir die Mails wohl ausdrucken?«

*

»Also, was haben wir?«

Dirk hatte sich am Morgen mit Ansgar Rolfs in sein Büro zurückgezogen, um die bisherigen Informationen zu sortieren und einen Ermittlungsansatz zu finden.

»Na ja«, bemerkte Ansgar, »einige Mitglieder des Golfclubs hatten ein Motiv, wenn man bedenkt, dass sie Petersen Geld geliehen haben, das der anscheinend nicht zurückzahlen konnte.«

Dirk nickte. »Und Reuters war sicherlich nicht der Einzige, der mitbekommen hat, wie Petersen das Geld verprasst hat, anstatt es in die Firma zu stecken.«

»Außerdem sprechen der Fundort der Leiche und das Tatwerkzeug für einen Täter aus dem Golfmilieu«, ergänzte Ansgar.

»Das kann aber auch absichtlich so vom Täter gewählt worden sein, um von sich abzulenken.«

»Stimmt.« Dirk nahm einen Schluck Kaffee aus dem Becher, der auf seinem Schreibtisch stand, und sah, wie Ansgar Rolfs auf seinem Kugelschreiber herumkaute.

»Meinst du, es macht Sinn, noch einmal mit Maren Nissen zu sprechen?«, fragte Dirk, während er sich dem Whiteboard zuwandte, auf dem er die bisher ermittelten Punkte skizziert hatte.

»Sie weiß nichts und kann sich nicht vorstellen, dass ihr Mann Petersen umgebracht hat.«

»Wer kann und will sich das schon von seinem Partner vorstellen?«

»Sie sagt, Sönke Nissen sei die ganze Nacht zu Hause gewesen.«

»Hätte sie denn mitbekommen, wenn er weg gewesen wäre?«

Ansgar Rolfs zuckte mit den Schultern. »Sie wirkt labil, was in Anbetracht des Selbstmordes ihres Mannes natürlich verständlich ist, aber ich habe den Eindruck, sie ist an sich keine gefestigte Person. Wahrscheinlich trinkt sie regelmäßig und hätte vielleicht gar nicht bemerkt, wenn ihr Mann nachts das Haus verlassen hätte.«

»Hm ...« Dirk fuhr sich mit der Hand über sein Gesicht. »Wir sollten noch einmal in der Firma nachforschen. Was ist mit Geschäftspartnern?«

»Bisher habe ich nur die Belegschaft befragt, aber wieso sollten Gläubiger Petersen umgebracht haben? Wenn er tot ist, kriegen die ihr Geld erst recht nicht.«

»Vielleicht hatte Petersen eine Lebensversicherung. Oder ein Konkurrent wollte die Firma übernehmen. Ich kenne mich in der Abfallwirtschaft zu wenig aus, aber der Markt ist sicherlich heiß umkämpft. Heutzutage ist Müll ein Riesenthema.«

»Oder Sönke Nissen war es doch.«

Alles in Dirk sträubte sich dagegen, diesen Gedanken zuzulassen, doch Ansgar hatte recht, sie durften nicht zu krampfhaft an einer Theorie festhalten, für die sie keine Beweise hatten. Das war unprofessionell, so agierten Laien.

»Wir sollten …«

Es klopfte an die Tür und ein Kollege von der Bereitschaft steckte den Kopf ins Büro.

»Ja?«

»Hier ist eine Frau Jepsen, sie will eine Aussage machen.«

Dirk sah, wie sich an Ansgars Nasenwurzel eine Falte bildete, konnte diese jedoch nicht deuten. »Okay, soll reinkommen.«

Die Tür wurde weiter aufgestoßen und gab den Blick auf eine gedrungene Frau frei. Sie trug eine beige Popelinejacke und einen dunklen Faltenrock. An ihrem Arm hing eine braune Lederhandtasche, die ins Schaukeln geriet, als Ingrid Jepsen den Raum betrat.

Dirk nahm sofort den Geruch von Tosca wahr, ein Eau de Toilette, das auch seine Mutter benutzte. Er zeigte auf den freien Stuhl vor seinem Schreibtisch und beobachtete, wie die Frau den Blick am Boden hielt, während sie sich setzte.

»Was können wir für Sie tun?«

»Ja, also …«, begann Frau Jepsen und hielt sich dabei an ihrer Handtasche fest. »Elke meinte, ich solle Ihnen das erzählen.«

»Elke? Elke Ketelsen?«

Dirk war sofort klar, dass der Besuch der Frau etwas mit Haie zu tun hatte. Natürlich hatte der Freund sich nicht von seinen Worten aufhalten lassen, und vielleicht hatte er tatsächlich etwas herausgefunden. Wieso hatte er ihn gestern Abend nicht zurückgerufen? Gleich nach diesem Gespräch würde er das nachholen.

»Ja, also ich kann bestätigen, dass Sönke Nissen die ganze Nacht zu Hause war.«

»In der Nacht, als Johannes Petersen ermordet wurde?«, hakte Dirk nach und sah, wie Frau Jepsen nickte.

»Wieso haben Sie das denn nicht gleich gesagt?«, fuhr Ansgar unvermittelt dazwischen.

»Weil Sie so getan haben, als wäre ich bei der Stasi!«, zischte Ingrid Jepsen. »So lass ich mich nicht behandeln, nur weil ich eine aufmerksame Bürgerin bin.« Sie presste ihre Handtasche vor ihren Bauch.

Dirk hob leicht die Hände. »Bitte, Frau Jepsen, beruhigen Sie sich. Der Kollege hat sich wohl falsch ausgedrückt.«

»Sie meinen, dass ich das in den falschen Hals bekommen habe?« Sie beäugte Dirk. »Bestimmt nicht.«

»Gut, gut.« Die Gräben zwischen der Zeugin und Ansgar Rolfs schienen tief, stellte Dirk fest. »Woher wissen Sie denn, dass Sönke Nissen zur Tatzeit zu Hause war?«

»Ich wohne gegenüber, und wenn ich nachts nicht schlafen kann, schaue ich gerne aus dem Fenster. Und das Auto von Sönke hat die ganze Nacht auf der Auffahrt gestanden.«

»Aber er könnte mit dem Taxi gefahren sein oder …«, gab Dirk zu bedenken.

»Nein, da hat sich gar nichts getan.«

Die Aussage entlastete Sönke Nissen und bestätigte Dirks Bauchgefühl, dennoch fragte er sich, wie viel Gewicht er dieser Information geben konnte. Er hatte selbst schon schlaflose Nächte verbracht und konnte sich nicht vorstellen, dass der Frau nichts entgangen sein wollte, was sich im und ums Nachbarhaus ereignet hatte. Irgendwann übermannte einen die Müdigkeit und man nickte kurz ein. Oder man musste auf die Toilette. Andererseits spornte ihn die Behauptung, Sönke Nissen habe die ganze Nacht sein Haus nicht verlassen, wieder an, weiter in dem Fall zu ermitteln.

»Gut«, entgegnete er und betrachtete die Frau, die mit zusammengekniffenen Lippen vor ihm saß. »Wir werden Ihre Aussage berücksichtigen.«

»Berücksichtigen? Ja, und muss ich nichts unterschreiben?«

»Nein, uns reicht erst einmal Ihr Wort.«

Mit gerunzelter Stirn erhob sich Ingrid Jepsen und legte den Riemen ihrer Handtasche wieder über ihren Arm. »Dann, meine Herren«, sie nickte lediglich zum Abschied und verließ das Büro.

»Was hältst du von der Aussage?«, fragte Dirk, nachdem sich die Tür hinter Ingrid Jepsen geschlossen hatte.

»Na ja, die Alte hockt anscheinend ständig am Fenster.«

»Die ganze Nacht?«

Ansgar zuckte mit den Schultern. Dirk seufzte und blickte zum Fenster, wandte den Kopf aber schnell wieder zu Ansgar Rolfs.

»Wir sollten weitermachen. Lass uns als Nächstes die Mitbewerber von Petersen unter die Lupe nehmen. Ich muss allerdings erst noch …«

»Ich kann das machen.«

»Danke«, stimmte Dirk dem Angebot zu und griff, nachdem Ansgar Rolfs das Büro verlassen hatte, als Erstes zum Telefonhörer und wählte Haies Nummer.

»Meissner?«

»Ach, Tom, du, ich wollte Haie sprechen, er hat versucht, mich zu erreichen.«

»Ich weiß, er ist auch ein wenig beleidigt, weil du ihn nicht zurückgerufen hast.«

Dirk stöhnte. »Ist schwierig. Wir ermitteln gerade nicht offiziell, da ist es doppelt heikel, ihn einzubinden. Wo steckt er denn?«

»Keine Ahnung, er ist heute Morgen ganz früh nach Leck gefahren, aber was er da vorhatte, weiß ich nicht. So recht wollte er nicht mit der Sprache rausrücken.«

»Oje«, Dirk schwante nicht Gutes. »Er ist aber wirklich nicht zu stoppen.«

»Wem sagst du das?«

*

Als Haie auf das Clubhaus zuradelte, sah er vor dem Gebäude bereits eine Gruppe Männer und Frauen unterschiedlichsten Alters stehen. »Moin«, grüßte er in die Runde und stellte sein Fahrrad ab, »ist das hier der Schnupperkurs?«

Die Anwesenden nickten.

»Na dann …« Haie begab sich zu seinen Mitstreitern und musterte sie. Er hätte nicht gedacht, dass so viele Leute an einem Schnupperkurs interessiert sein würden. Und anscheinend hatten die anderen sich besser vorbereitet als er. Oder warum trugen beinahe alle Turnschuhe und Sportbekleidung? Sein Blick wanderte an sich selbst hinab. Wattierte Jacke, Jeans, Schnürschuhe. Kam man denn beim

Golf überhaupt ins Schwitzen? Er hatte angenommen, man spaziere gemütlich über den Platz und schlage hier und da ein paar Bälle.

»So, herzlich willkommen auf Hof Berg!« Ein blonder, schlanker Mann mit Cap und einem Golfbag in der Hand trat auf sie zu. »Sie wollen sich heute also vom Golffieber anstecken lassen.« Er lächelte in die Runde und zeigte dabei eine Reihe perfekt weißer Zähne. »Ich bin Lars Wolff und für diesen Kurs Ihr Pro.«

Haie sah, wie sich auf mehreren Gesichtern Fragezeichen bildeten, und auch er konnte mit der Bezeichnung nichts anfangen. Doch ehe er überhaupt dazu kam, eine Frage zu stellen, drückte Lars Wolff ihm einen Golfschläger in die Hand. »Ganz schön schwer«, bemerkte Haie und fragte sich, ob man eine Runde auf dem Golfplatz mit nur einem Schläger bestritt. Im Fernsehen hatten die Golfer doch immer eine ganze Wagenladung Ausrüstung dabei.

»Das ist ein Putter«, erklärte Lars Wolff. »Der wichtigste Schläger eines Golfers.«

Haie betrachtete den Metallquader am Ende des Stiels. Wie sollte man denn mit dem Klotz ordentlich Schwung für ein Hole-in-one holen, überlegte er und schwang den Schläger leicht hin und her.

»Ja, das ist schon eine gute Bewegung«, lobte Lars ihn. »Bekommen Sie erst einmal ein Gefühl für den Schläger.«

Haie holte weiter aus und bemerkte, wie sich hinter ihm jemand wegduckte.

»Nicht so doll, Herr...«

»Ketelsen, Haie.«

»Gut, Herr Ketelsen, der Putter ist speziell für Schläge auf dem Grün. Mit ihm wollen wir unseren Ball kontrolliert ins Loch spielen.«

»Ja, aber der ganze Platz ist grün«, rutschte es Haie heraus, und die junge Frau ihm gegenüber gluckste auf.

»Grün nennt man nur den Bereich um das Loch.«

»Sehr gut, wie ist dein Name?«, erkundigte Lars Wolff sich.

»Annika Jönkens.«

Streberin, dachte Haie, als er sah, wie Annika den Golftrainer anschmachtete, der ihr lobend zunickte. »Von Annika lernen wir, dass das Grün unser Zielraum ist, also die Fläche, die das Loch unmittelbar umschließt.«

»Das heißt, wir gehen heute von Loch zu Loch?«, erkundigte sich Haie.

»Nein, auf den Platz kommt ihr ohne Platzreife gar nicht. Wir gehen auf den Übungsplatz.«

Haie schwirrte bereits der Kopf. Putter, Grün, Platzreife. Auf was hatte er sich da nur eingelassen?

Die Truppe setzte sich langsam in Bewegung, und er nutzte die Gelegenheit, sich auf die Toilette zu verdrücken. Er war schließlich nicht zum Spaß hier, sondern um einen Mordfall aufzuklären.

13. KAPITEL

Als Ansgar Rolfs in das Büro von Katrin Weiß trat, bemerkte er, wie sie weinte. Sie saß zwar mit dem Rücken zur Tür, doch er erkannte es an den zuckenden Bewegungen ihres Oberkörpers. Außerdem war ein leises Schluchzen zu hören, das beinahe einem Wimmern glich. Es war weniger Mitleid als die traurige Erkenntnis, dass sich einige Frauen immer den falschen Männern an den Hals warfen. Johannes Petersen war verheiratet gewesen, und auch die weiteren Informationen über ihn, die im Laufe der bisherigen Ermittlungen über das Opfer ans Licht gekommen waren, machten den Mann in Ansgars Augen nicht gerade sympathisch. Was hatte Katrin Weiß derart an ihrem Chef fasziniert, dass sie hier saß und heulte wie ein Schlosshund?

Er war lange Single, und obwohl er eine Partnerin suchte, hatte er die Richtige bisher nicht gefunden. Gab es sie überhaupt in Nordfriesland, fragte er sich beim Anblick von Katrin Weiß.

Über ein Datingportal hatte er einige Frauen kennengelernt, aber die wirklich Interessanten, die, mit denen er sich gut verstanden hatte, wohnten einfach zu weit weg. Auf eine Fernbeziehung hatte er keine Lust, er wünschte sich eine Frau an seiner Seite, eine Familie. So wie sein Chef. Dirk Thamsen klagte zwar manches Mal, wie anstrengend es mit Kindern sei, aber Ansgar beneidete ihn trotzdem. Er hatte daher schon oft überlegt, von hier wegzuziehen, aber er konnte nicht. Es war, als hinderte ihn der Norden irgendwie, sich von ihm abzuwenden, zu entfernen. Vielleicht war es eine Art Magie, oder es waren die Wurzeln, die seit seiner Geburt immer tiefer in dieses Land gedrungen waren. Ansgar hatte keine Ahnung, er wusste nur, dass er hier niemals eine Partnerin finden würde, wenn sich die Frauen in der Gegend lieber verheirateten Großkotzen an den Hals warfen, dachte er. Als er sich räusperte, fuhr Katrin Weiß erschrocken zusammen.

»Oh«, sie nahm sich ein Taschentuch und putzte sich die Nase, »Entschuldigung, die ganze Sache nimmt mich doch sehr mit.«

»Weil Sie mit ihm eine Affäre hatten?«, rutschte es Ansgar heraus.

Sie starrte ihn eine Weile schweigend an, nickte dann, und er fragte sich, was diese Bestätigung bedeutete. Katrin Weiß hatte den Mann, den sie anscheinend sehr geliebt hatte, sicherlich nicht umgebracht, oder doch? Vielleicht hatte Petersen ihr Versprechungen gemacht, die er nicht eingehalten hatte. War sie hinter die ausschweifenden Partys gekommen, die der Beschreibung von Oke Reuters nach Orgien gewesen sein mussten?

»Und wusste seine Frau von Ihrer Beziehung?«

Katrin Weiß zuckte mit den Schultern, und Ansgar vermutete, sie habe in ihrer Verliebtheit einfach ausgeblendet, dass Johannes Petersen verheiratet gewesen war.

Letztendlich ergab sich aber aus seiner Frage ein weiterer Ansatz, den sie noch näher beleuchten mussten, denn auch Sabine Petersen kam als Mörderin in Betracht. Es war denkbar, dass sie von den Affären ihres Mannes erfahren hatte und seinem Treiben ein Ende setzen wollte.

»Ich bräuchte noch ein paar Auskünfte«, brach er das Schweigen.

»Ja, aber der Kollege war doch heute Morgen schon hier?«

»Kollege?« Ansgar glaubte, sich verhört zu haben.

Katrin Weiß nickte. »So ein älterer Herr, er sei der Nachbar meines Onkels, hat er gesagt. Die Polizei sei augenblicklich überlastet.«

»Nee, nä?«, murmelte Ansgar.

»Bitte?« Sie schaute ihn fragend an.

»Nein, alles gut. Was hat er denn gewollt?«

»Er hat nach Material für den Abschluss des Berichts gefragt.«

»Was genau?«

»Ich sollte ihm die Drohmails zeigen.«

»Was für Drohmails?«

»Hier«, sie reichte ihm einen Stapel Ausdrucke. »Ich habe sie aus Versehen zweimal ausgedruckt.«

Ansgar nahm die Zettel entgegen und las die Nachrichten. »Von wem sind die?«

»Na, von Sönke Nissen.«

»Sind Sie sicher?«

»Wer sollte sich sonst solch einen Blödsinn ausgedacht haben? Daniel Düsentrieb. Das passt zu Nissen, diesem feigen Hund.«

»Vielleicht ein Mitstreiter?«

Katrin Weiß kniff die Augen zusammen. »Was meinen Sie damit?«

Ansgar setzte sich auf den Stuhl vor ihrem Schreibtisch. »Wäre es nicht möglich, dass ein Konkurrent Petersen gedroht hat? In Ihrer Branche gibt es sicherlich Bereiche, die hart umkämpft sind, oder?« Er konnte förmlich mitverfolgen, wie sich hinter Katrin Weiß' Stirn etwas in Gang setzte. Ihre Augen flatterten hin und her, bis ihre verkniffene Miene sich auflöste und wie eine Maske von ihr abfiel. Sie öffnete den Mund, schloss ihn wieder. »Gab es in der letzten Zeit etwas, das die Konkurrenz verärgert haben könnte?«

»Ja, ich weiß nicht …«

»Einen Auftrag, den Petersen vielleicht sogar mit unlauteren Mitteln an Land gezogen hat?«

Katrin Weiß starrte ihn an, schluckte. »Die Straßenreinigung in einigen Gemeinden ist vor ein paar Wochen neu ausgeschrieben worden. Und …«

»Ja?« Ansgar lehnte sich in dem Stuhl ein Stück vor.

»Also neulich hat Matthias Hansen angerufen.«

»Matthias Hansen?«

»Ja, der Sohn von Wilhelm Hansen, dem Abfallunternehmer aus Niebüll.«

»Was wollte er?«

»Er war ziemlich aufgebracht. Hat mich angeschrien und gesagt, dass er sich diese Vetternwirtschaft nicht mehr länger gefallen lasse.«

»Vetternwirtschaft?« Ansgar fuhr sich mit der Hand über sein Kinn. »Was hat er damit gemeint?«

Katrin Weiß zog die Schultern hoch. »Ich kann da auch nur spekulieren.«

»Und?«

»Ein paar der Herren in den Stadt- und Gemeindevertretungen sind, soviel ich weiß, Golfkollegen von Johannes.«

»Die ihm zu dem Zuschlag verholfen haben?« Ansgar sah, wie die Frau ihm gegenüber nickte. »Und Matthias Hansen ist leer ausgegangen.«

»Ja, und nicht zum ersten Mal. Deshalb war er so wütend.«

Verständlich, dachte Ansgar Rolfs und holte sein Merkbuch aus der Jackentasche. Diesen Matthias Hansen sollten sie auf jeden Fall näher unter die Lupe nehmen. Wenn Dirk Thamsen recht hatte und der Markt der Abfallwirtschaft heiß umkämpft war, dann hatte der Mitstreiter aus Niebüll auf jeden Fall ein Motiv. »Und sonst?«, fragte Ansgar, während sein Stift über das Papier glitt.

»Nein«, entgegnete Katrin Weiß, »sonst fällt mir niemand ein.«

*

Haie entfuhr ein leiser Seufzer, als er seine Blase erleichterte. Er ließ sich auf dem WC-Sitz nach hinten fallen, lehnte sich mit dem Rücken an die Spülvorrichtung und wollte noch einen Augenblick das Gefühl völliger Entspannung genießen, als er hörte, wie jemand die Tür zur Herrentoilette öffnete.

»Das mit Johannes ist echt krass«, klang eine tiefe Männerstimme zu ihm in die Kabine.

Haie spitzte sofort die Ohren. Ein Reißverschluss wurde geöffnet, gleich darauf erfüllte ein Plätschern den Raum.

»Da wird einem erst einmal bewusst, wie schnell es vorbei sein kann. Ein durchgeknallter Mitarbeiter sieht rot, und zack biste weg«, vernahm Haie eine zweite Stimme.

»Na ja, dass Johannes damit irgendwann auf die Schnauze fallen würde, war klar. Aber ihn gleich kaltzumachen? Obwohl. Ich würde auch durchdrehen, wenn mein Chef den großen Macker raushängen lässt und ich in die Röhre gucken müsste.«

»Ja, die Partys waren echt ein wenig übertrieben, aber das hat ja nun ein Ende.«

»Jo, da …«

Den Rest des Satzes konnte Haie nicht verstehen, da eine Spülung betätigt wurde. Er beeilte sich aufzustehen und seine Hose hochzuziehen. Die Tür hakte, er warf sich dagegen und schoss wie eine Rakete aus der Kabine, als sie unter der Wucht seines Gewichts nachgab. Die beiden Männer, beide in Golfkluft, drehten sich abrupt zu ihm um.

»Moin. Von welchen Partys haben Sie gerade gesprochen?«, platzte er heraus, als er sah, dass die beiden sich bereits die Hände trockneten.

»Bitte?« Der Mann mit der tiefen Stimme krauste die Stirn.

»Ich habe gerade etwas von einer Party gehört.«

Während der Mann mit der tiefen Stimme den Kopf schüttelte, nickte der andere Golfer.

»Nächstes Wochenende gibt es im Clubhaus ein Gettogether. Bisschen plaudern über die anstehenden Turniere.« Er musterte Haie von oben bis unten. »Was haben Sie für ein Handicap?«

Haie spürte, wie sich das Karussell der unverständlichen Begriffe wieder zu drehen begann. Handicap, was war denn damit gemeint? Für ihn hatte das Wort nur eine Bedeutung.

»Gar keins?«

»Hab ich mir gedacht«, mischte sich der Mann mit der Bassstimme ein. »Ist nur für Golfer.«

»Bin ich.« Haie schob seinen Brustkorb vor, als er zum Waschbecken ging.

»Ohne Handicap?«

»Natürlich!«, entgegnete Haie, trocknete sich die Hände und marschierte hocherhobenen Hauptes aus dem Toilettenraum.

»Ach, Herr Ketelsen, hier sind Sie«, hörte er gleich darauf die Stimme von Lars Wolff. »Kommen Sie, sonst verpassen Sie die Einweisung.«

Haie fuhr herum. Die beiden Männer waren aus der Herrentoilette getreten und grinsten breit. Ein leises Kichern verfolgte ihn, während er sich von Lars Wolff aus dem Clubhaus führen ließ.

»Wie lange dauert es, um ein richtig guter Golfer zu werden?«, fragte Haie den Trainer auf dem Weg zum Übungsplatz.

»Nun, das ist ganz unterschiedlich. Einige haben gleich von Beginn an ein Gefühl für den richtigen Golfschwung, bei anderen dauert es länger. Es ist hilfreich, wenn Sie vorher eine Sportart mit Schläger ausgeübt haben. Spielen Sie Tennis oder Hockey?« Lars Wolff wandte sich im Gehen zu ihm um. Haie hatte einige Mühe, mit dem Golftrainer Schritt zu halten. Er schnappte nach Luft und schüttelte den Kopf. Außer Fahrradfahren hatte er in seinem Leben so gut wie keinen Sport getrieben, und das Radfahren sah er auch nicht als Sport, sondern als eine Form der Fortbewegung. Da er kein Auto besaß, war das Rad seine einzige Alternative, aus Risum rauszukommen. Denn eins hatte das Dorf so gut wie nicht, eine gute Anbindung an den öffentlichen Nahverkehr.

»Na, dann schauen wir einfach einmal, wie Sie sich schlagen. Vielleicht sind Sie ein Naturtalent.«

*

Dirk bewegte den Mauszeiger auf das X am oberen Bildschirmrand und schloss den Bericht, den Dr. Becker ihm zugemailt hatte. In der Adresszeile hatte er gesehen, dass die Nachricht auch an die Husumer Kollegen gegangen war, und er fragte sich, wann sich von denen jemand melden würde. Er hatte den Gedanken nicht einmal zu Ende gedacht, da klingelte bereits sein Telefon. Dirk seufzte laut, ehe er den Hörer abhob.

»Was habt ihr euch denn bitte dabei gedacht? Wer hat die Obduktion in Auftrag gegeben? Der Fall ist abgeschlossen«, tönte ihm Meisters aufgebrachte Stimme entgegen, kaum dass er sich gemeldet hatte.

»Es gibt ein paar Ungereimtheiten.«

»Bitte was?«

Dirk hatte das Gefühl, Meister würde ihn am liebsten durch das Telefon anspringen, und schob instinktiv den

Hörer ein Stück von seinem Ohr weg. »Eine Zeugin hat ausgesagt, Sönke Nissen habe in der Tatnacht sein Haus nicht verlassen.«

»Und woher weiß die das? Hat sie neben ihm gelegen? Handelt es sich etwa um seine Frau? Ist doch klar, dass die dem ein Alibi gibt.«

»Nein, es war eine Nachbarin.«

»Eine Nachbarin? Und der glaubt ihr?«

Dirk hörte, wie Meister mit den Fingern auf seiner Schreibtischplatte klopfte. Er konnte sich das gereizte Gesicht des Kriminalbeamten bildlich vorstellen. Es war nicht das erste Mal, dass er mit dem Husumer Beamten aneinandergeriet. Kapitaldelikte fielen in den Zuständigkeitsbereich der Kripo, doch die ließ sich auch in solchen Fällen selten in Niebüll blicken.

»Das Opfer hatte bei mehreren Leuten Schulden. Dieser Umstand begründet ebenfalls ein Tatmotiv.«

»Über wie viel Geld reden wir?«

»Allein in einem Fall von fünfzigtausend Euro.«

»So«, das Fingergetrommel endete, »und diese Ungereimtheiten ergeben sich nicht aufgrund Ihres schlechten Gewissens, weil der Mann sich in Ihrem Büro erhängt hat?«

Bei diesen Worten tauchten augenblicklich die Bilder des toten Sönke Nissen in Dirks Erinnerung auf. Er schluckte. »Nein, es gibt mehrere Hinweise, die darauf schließen lassen, dass Sönke Nissen nicht der Mörder von Johannes Petersen war.«

»Aha, soso.« Es entstand eine kurze Pause. »Und die erlauben berechtigte Zweifel an Nissens Schuld?«

»Ja.«

Wieder schwieg Meister eine Weile, ehe er weitersprach. »Wir sind hier leider mehr als ausgelastet und können euch keine Unterstützung anbieten, aber ...«

Dirk hielt die Luft an. Er hatte ohnehin keine Hilfe aus Husum erwartet, aber auch nicht, dass Meister einlenken würde. Immerhin stellte Dirks Behauptung den schnellen Ermittlungserfolg infrage, der die Kripo in der Kriminalstatistik wie Superermittler dastehen ließ. Der Selbstmord von Sönke Nissen war lediglich ein Kollateralschaden, den die Herren gern in Kauf genommen hatten, schließlich hatte der Mann sich nicht in ihrem Büro erhängt.

»... ihr dreht kein großes Rad. Geht den Hinweisen nach und dann schauen wir weiter.«

»Okay, aber die Spusi müssen wir vielleicht in Anspruch nehmen.«

Dirk hörte Meister stöhnen und fragte sich, ob er zu viel verlangte. Er konnte sich glücklich schätzen, wenn Meister ihm erlaubte, in dem Fall weiterzuermitteln. Trotzdem würde er den wahren Täter ohne Hilfe aus Kiel vermutlich nicht überführen können.

»Nur in Absprache mit mir«, gab Meister nach.

»Natürlich«, beeilte Dirk sich dem Beamten beizupflichten und war froh, dass Meister nicht sehen konnte, wie er seine Finger kreuzte.

*

Ansgar Rolfs hatte nach dem Gespräch mit Katrin Weiß versucht, Dirk zu erreichen, doch bei seinem Chef war ständig besetzt gewesen. Da schien einiges los zu sein in der Dienststelle, dachte Ansgar und beschloss daher, dem Abfallunternehmen Hansen in Niebüll ohne Rücksprache einen Besuch abzustatten. Es handelte sich ohnehin zunächst um eine reine Routineüberprüfung, dafür benötigte er Thamsens Zustimmung nicht.

Im Gegensatz zu Petersens Firma herrschte auf dem Hof der Hansens geschäftiges Treiben. Als Ansgar aus seinem Wagen stieg und zum Eingang hinüberging, wäre er beinahe mit einem Gabelstapler zusammengestoßen, konnte aber im letzten Moment ausweichen. Der wohlbeleibte Fahrer zeigte ihm einen Vogel. Freundlicher Empfang, wertete Ansgar den Vorfall und schaute sich mehrere Male um, ehe er seinen Weg fortsetzte.

Der Eingangsbereich war mit dem in Petersens Firma nicht zu vergleichen. Ein heller, großer Empfangsraum mit einem Tresen, der jedoch unbesetzt war. Ein Lachen drang aus einem der hinteren Räume zu ihm, und als das Telefon vor ihm auf dem unbesetzten Arbeitsplatz klingelte, kam eilig ein junger Mann angesprungen, dessen Bewegungen Ansgar an eine Gazelle erinnerten. Der Mitarbeiter warf ihm einen entschuldigenden Blick zu, während er den Hörer abhob.

»Hansen Abfallentsorgung Niebüll, mein Name ist Kevin Lohbrink, was kann ich für Sie tun?« Es folgte eine Pause, in welcher der Anrufer sprach. »Selbstverständlich, Herr Ritter, Altakten nehmen wir auch an. Das ist kein Problem. Kommen Sie einfach während unserer Öffnungszeiten vorbei.«

Die Freundlichkeit in der Stimme des jungen Mannes beeindruckte Ansgar. Selten traf er auf Menschen, die derart viel Freude an ihrer Arbeit empfanden. Die meisten Leute sahen in ihrem Job nur die lästige Notwendigkeit, um Geld zu verdienen, aber bei Kevin Lohbrink glaubte er in jeder Faser seines Körpers Spaß zu sehen, den ihm seine Tätigkeit bereitete. Für ihn schien ein Kunde kein lästiger Störenfried, sondern ein gern gesehener Gast.

»Und wie kann ich Ihnen weiterhelfen?«, erkundigte sich der junge Mann bei Ansgar, nachdem er das Telefonat beendet hatte.

»Ich müsste mit Ihrem Chef sprechen.« Ansgar Rolfs legte seinen Dienstausweis auf den Tresen. Oftmals löste das Vorzeigen des kleinen grünen Dokuments eine Abwehrhaltung seines Gegenübers aus, daher beobachtete er Kevin Lohbrinks Reaktion, während dieser den Nachweis betrachtete.

»Kleinen Augenblick bitte. Ich gebe kurz Bescheid.«

Trotz der Erkenntnis, es mit der Polizei zu tun zu haben, blieb Kevin Lohbrink unverändert freundlich und entfernte sich mit federnden Schritten. Nur wenige Sekunden später winkte er Ansgar aus einem der hinteren Räume zu. »Kommen Sie bitte.«

Ansgar nickte Kevin dankend zu, ehe er das Büro betrat. Wilhelm Hansen saß hinter einem modernen Glastisch, stand jedoch sofort auf, als er Ansgar erblickte.

»Moin!« Er trat auf ihn zu und streckte ihm die Hand entgegen. »Herr Rolfs, was kann ich für Sie tun?«

Ähnlich wie sein Angestellter versprühte Hansen Freundlichkeit, dennoch hatte Ansgar den Eindruck, dass diese nicht so echt empfunden war wie die von Lohbrink. »Wie Sie sicherlich mitbekommen haben, ist Johannes Petersen ermordet worden.«

Hansens Miene wechselte zu einem betrübt wirkenden Gesichtsausdruck. »Ja, schlimme Sache.«

»Sie waren Konkurrenten und ...«

»Na«, fiel Hansen dazwischen, »Konkurrenten ist falsch ausgedrückt. Wir waren Mitbewerber. Teilten uns den Kuchen, wenn Sie verstehen, was ich meine.« Er verzog den Mund wieder zu einem Lächeln, und plötzlich erkannte Ansgar, an wen ihn der Mann erinnerte – an seine Mutter. Auch sie trug ständig ein Lächeln auf den Lippen, wenn er zu Besuch kam, aber es wirkte angestrengt, nicht echt.

»In letzter Zeit hat Petersen mehr vom Kuchen abbekommen als Sie, richtig?«

»Nun, das kann man pauschal nicht so sagen. Es kommt darauf an, in welchem Bereich.«

»Gemeinde- und Städtereinigung?«

»Ja, mag sein.« Hansen schien immer noch zu glauben, er könne Ansgar durch einen freundlichen Gesichtsausdruck davon überzeugen, dass zwischen Petersen und ihm alles in bester Ordnung gewesen war.

»Ihr Sohn hat sich jedenfalls lauthals in Petersens Firma beschwert.«

»Matthias?« Hansens Mundwinkel senkten sich zuckend.

»Ist Ihr Sohn denn da? Vielleicht kann er persönlich etwas dazu sagen?«

Das Lächeln auf Hansens Gesicht blühte wieder auf. »Nein, das tut mir sehr leid, aber der ist gerade bei einem Kunden.«

»Wann hatten Sie das letzte Mal mit Petersen Kontakt?«

»Och, das ist gar nicht lange her. Muss letzte Woche gewesen sein, da habe ich ihn auf dem Golfplatz getroffen.«

»Sie spielen Golf?« Ansgar hätte dem knochigen alten Mann gar nicht zugetraut, sich in irgendeiner Art und Weise sportlich zu betätigen. Und dann Golf, passte irgendwie nicht zu ihm, dachte er.

»Schon viele Jahre.«

»Und Petersen?«

»Was?«

»Wie lange spielte der schon Golf?«

»Noch nicht so lange.« Hansen ließ sich auf seinen Schreibtischstuhl fallen. »Wissen Sie, bei ihm hatte ich immer das Gefühl, es ginge ihm gar nicht um den Sport als solches.«

»Sondern?«

»Na ja, wie soll ich sagen? Er hat sich irgendwie präsentiert.«

»Was genau meinen Sie damit?« Ansgar setzte sich ebenfalls, wobei der filigrane Metallstuhl seltsam quietschende Geräusche von sich gab.

»Johannes hat eher Kontakte geknüpft, hat eingeladen und den Golf meiner Ansicht nach mehr zur Aufwertung seiner Außenwirkung genutzt.«

Ansgar runzelte die Stirn. Wie wertete man durch die Mitgliedschaft in einem Golfclub seine Außenwirkung auf? Wenn man sich sportlich betätigte, dann hatte das Einfluss auf die körperliche Erscheinung, aber wenn er Hansen richtig verstanden hatte, war es Petersen gerade

nicht um die sportliche Komponente beim Golf gegangen.
»Sie meinen, er hat mit seiner Mitgliedschaft angegeben?«

»So könnte man es nennen.«

»Aber kann im Club denn nicht jeder Mitglied werden? Braucht man eine Empfehlung oder bestimmte Voraussetzungen?«

»Nee, im Grunde genommen braucht es nur Geld.«

»Und davon viel?«

»Ich würde das zumindest nicht unterschätzen. Für Sie und mich mag der Jahresbeitrag erschwinglich sein, aber für viele Leute in der Gegend ist das eine Menge Geld und befindet sich außerhalb ihrer Realität. Glauben Sie mir, ich weiß, wovon ich spreche, denn in den letzten Jahren habe ich ein paar Hilfsprogramme ins Leben gerufen. Gebe gut Erhaltenes, das andere Leute wegwerfen, an Bedürftige weiter.«

Ansgar musterte den älteren Mann. Das Lächeln war verschwunden und ein sonderbar abwesender Ausdruck lag auf seinem Gesicht. War er wirklich der Gutmensch, als der er sich gab? Andererseits, es war Matthias Hansen gewesen, der Katrin Weiß gedroht hatte, sich den unlauteren Wettbewerb nicht mehr gefallen zu lassen.

»Wann kommt denn Ihr Sohn wieder?«

»Och, das kann dauern. Soll ich ihm etwas ausrichten?«

Ansgar holte eine Visitenkarte aus der Innentasche seiner Jacke. »Er soll mich anrufen, wenn er zurück ist.«

14. KAPITEL

Haie schob schnaufend sein E-Bike in den Fahrradschuppen. Er spürte jeden einzelnen Knochen von der ungewohnten Bewegung und wollte am liebsten nur noch auf die Couch. Niemals hätte er gedacht, dass Golf derart anstrengend sein könnte, dabei hatten sie heute nur ein paar Bälle in Löcher rollen lassen. Wie sollte das erst morgen werden, wenn es, wie Lars Wolff angekündigt hatte, an den Abschlag ging? Konnte er sich danach womöglich gar nicht mehr bewegen? Gedanklich sich bereits auf dem Sofa ausstreckend, ging er durch den Hintereingang ins Haus. Er streifte seine Schuhe von den Füßen, ohne sie zu öffnen, obwohl er genau diese Unart Niklas stets verbot, weil es auf Dauer die Schuhe ruinierte, aber er hatte einfach nicht die Kraft, sich zu bücken und die Schnürsenkel zu lösen. Im Flur hängte er seine Jacke an die Garderobe und holte die Ausdrucke der Drohmails aus der Innentasche, die er noch einmal ausgiebig studieren wollte.

»Moin, Haie!«

Er zuckte zusammen und blieb in der Küchentür stehen. Dirk und Tom saßen am Tisch und tranken zusammen Kaffee. Ihrem Blick nach zu urteilen, ahnten sie, dass er auf eigene Faust ermittelt hatte.

»Und, wie war's in Leck?«, erkundigte sich Tom, als Haie sich schweigend eine Tasse aus dem Schrank nahm und sich einen Kaffee eingoss.

»Ach«, er ließ sich auf einen freien Küchenstuhl plumpsen, »ganz okay.«

Er lehnte sich vor, um nach einem der Kekse zu greifen, die Tom in seinem Geheimversteck für Süßigkeiten entdeckt haben musste, und spürte ein Ziehen im Arm, das ihn aufstöhnen ließ.

»Alles okay?« In Dirks Stimme schwang ein besorgter Unterton mit, der Haie wie ein Warnsignal erschien. Besser, er erzählte nichts von seinem Besuch auf dem Golfplatz, beschloss er. Ansonsten müsste er sich wieder anhören, dass er zu alt für solche Ermittlungen sei und er sich schonen solle. Er nickte daher nur und schob sich einen Schokokeks in den Mund.

»Was hast du denn gemacht? Du wirkst, als hättest du dich völlig verausgabt.« Dirk ließ nicht locker.

»Geht schon«, murmelte Haie und überlegte, wie er von sich ablenken konnte. »Kommt ihr denn weiter in dem Fall? Oder habt ihr ihn nun doch zu den Akten gelegt?«

»Nein, noch nicht. Es hat sich eine Nachbarin von Sönke Nissen gemeldet, die aussagt, er sei in der Tatnacht zu Hause gewesen.«

»Ingrid Jepsen, stimmt's?«, rutschte es Haie heraus und er ärgerte sich sofort über sein loses Mundwerk. Vorsichtshalber nahm er sich einen weiteren Keks.

»Hast du was damit zu tun?«

»Nee, ich habe Elke getroffen, die hat das erzählt.«

»Und sonst?«

Haie kaute und überlegte, ob er Dirk die Drohmails zeigen sollte. Einerseits würde er einen Rüffel kassieren, aber das Vorenthalten von wichtigen Beweisstücken wäre strafbar.

»Hier«, er schob seinem Freund die Ausdrucke zu, »diese Nachrichten hat Johannes Petersen vor seinem Tod erhalten.«

»Woher hast du die?«, fragte Dirk, während er die Zeilen las.

»Von Petersens Sekretärin.«

»Haie, du …«

»Ich habe von meinem Nachbarn davon erfahren und gedacht, ich frage erst mal in der Firma nach. Ich wusste ja nicht, ob Armin Winter sich nur wichtigmachen wollte.« Haie griff stöhnend nach einem weiteren Keks.

»Was hast du denn?«

»Nichts, also die Nichte von Winter arbeitet dort im Büro und hat mir die Nachrichten freundlicherweise ausgedruckt. Sie meint, die seien von Sönke.«

»Aber hier steht als Absender Daniel Düsentrieb.«

»Zeig mal«, mischte Tom sich ein und griff nach den Ausdrucken. »Sieht nach Mail-Spoofing aus.«

»Nach was?« Haie runzelte die Stirn.

»Mail-Spoofing, so nennt man die Täuschungsversuche bei E-Mails mit falschen Identitäten. Der Absender gibt für sich selbst eine E-Mail-Adresse an, die entweder nicht ihm gehört oder gar nicht existiert.«

»Und das konnte Sönke?«

»So schwer ist das nicht.«

»Meinst du?« Haies Falten auf der Stirn vertieften sich. Computer, Internet und Co. waren für ihn ein Buch mit sieben Siegeln.

»Die Frage ist, warum er sich unbedingt diesen Namen ausgesucht hat. Warum nicht Dagobert Duck? Die Figur passt doch viel besser, wenn es um Geld ging.« Tom tippte auf die Mail, in welcher der Absender angekündigt hatte, dass Petersen keinen Cent mehr von ihm erhalten würde.

»Dieser Düsentrieb ist doch Erfinder, oder?«, fragte Haie an Tom gewandt, der in Kindheitstagen die Comics rund um Micky Maus und Donald Duck geradezu verschlungen hatte.

»Erfinder und Diplomingenieur.«

»Dann könnte es auch jemand aus dem Golfclub sein. Unter den Mitgliedern gibt es bestimmt einen Ingenieur«, überlegte Dirk.

»Du meinst, der Täter ist ein Golfer?«, fragte Haie.

»Wir haben herausgefunden, dass einige Golffreunde Petersen Geld geliehen haben, also so ganz abwegig ist es nicht, wenn ich mir diese Mails anschaue.«

»Schon, aber was ist mit der anderen Mail? Was ist damit gemeint? Rumsda-Bumsda-Treiben?« Haie las den Text wieder und wieder.

»Johannes Petersen hat wohl ausschweifende Partys geschmissen. In Hamburg. Einer der Golfer hat die Feten mit Bunga-Bunga-Partys verglichen.«

»Ach«, entfuhr es Haie, »dann haben die beiden von diesen Partys gesprochen.«

»Welche beiden?«

Haie spürte, wie ihm das Blut in die Wangen schoss, und an den Blicken seiner Freunde erkannte er, dass es zwecklos war zu lügen. »Ich war heute auf dem Golfplatz.«

»Waaas?«, schnaubte Dirk. »Haie, ich hatte gesagt, dass du da nicht rumschnüffeln sollst.«

»Hab ich nicht.«

»Sondern?«

»Ich habe einen Schnupperkurs gebucht.«

»Einen Schnupperkurs, ist das nicht genau das, was du Niklas ausreden wolltest?«, warf Tom ein.

»Ja, aber doch nur, damit er nichts von dem Mord erfährt.«

»Mir hat Niklas erzählt, du hättest gesagt, Golf sei was für reiche Pinkel.«

»Das habe ich nur so gesagt, ist doch auch egal, der Kurs wird in der Projektwoche eh nicht mehr angeboten.«

»Und warum lernst du jetzt Golf?«

»Ich wollte mir das immer schon mal anschauen.«

»Und? Scheint anstrengend zu sein.«

Haie nickte.

»Was war nun mit diesen beiden?«, mischte Dirk sich wieder ein.

»Auf der Toilette habe ich zwei Männer getroffen und die haben sich über Johannes Petersen und Partys unterhalten, aber als ich sie gefragt habe, haben sie nur etwas von einer Zusammenkunft der Mitglieder gesagt.«

»Wann soll die sein?«

»Nächsten Samstag oder so.« Haie bemerkte, wie Dirk langsam den Kopf auf und ab bewegte.

»Vielleicht ist es gar nicht so schlecht, wenn du dich da ein bisschen umhörst.«

»Meinst du das im Ernst? Er ist ...« Tom zögerte, und Haie sah, dass er mit seltsamen Gesichtsverrenkungen Zeichen an Dirk zu senden versuchte.

»Wieso? Er wirkt harmlos, schlägt ein paar Bälle. Ich denke, das ist okay, und wenn er irgendetwas herausfindet, umso besser.« Dirk klopfte Haie auf die Schulter. »Also, wie sagt man unter Golfern? ›Gut Holz‹ wohl kaum, das ist ja eher ein Keglergruß, oder?«

Haie zuckte mit den Schultern und grinste. »Keine Ahnung, aber das finde ich auf jeden Fall heraus.«

*

Ansgar starrte auf den Bildschirm. Er hatte die Notizen aus seinem Merkbuch in den PC übertragen und versucht, einen Zusammenhang zwischen den Informationen herzustellen. Als er in die Dienststelle zurückgekommen war, hatte er das Büro seines Chefs verwaist vorgefunden. Die Kollegen hatten keine Ahnung gehabt, wo Thamsen steckte. Dabei hätte Ansgar sich gerne mit ihm über das, was er herausgefunden hatte, ausgetauscht, doch auch telefonisch konnte er ihn nicht erreichen. Sein Blick schweifte aus dem Fenster, es dämmerte bereits. Und bevor er sich weiter in Grübeleien verstrickte, beschloss er, Feierabend zu machen. Vielleicht würde ihn ein entspannter Abend auf dem Sofa auf andere Gedanken bringen und den Knoten in seinem Kopf lösen.

Auf dem Heimweg hielt er beim Supermarkt im Industriegebiet. Bier, Chips und Schokolade würden ihm sicherlich helfen, Entspannung zu finden, dachte er, als er sich am Eingang einen Einkaufswagen schnappte und ihn scheppernd in den Markt schob. Am Obst- und Gemüsestand legte er zwei Alibi-Bananen und einen Gemüsesmoothie in den Korb, ehe er in die Getränkeabteilung weiterzog. Vor dem Bierregal überlegte er, ob zwei Flaschen reichen würden, griff dann aber zu einem Sixpack.

»Nee, ich sag dir, Sabine hat genau gewusst, was der Johannes treibt«, hörte er plötzlich eine Frauenstimme und drehte sich reflexartig um. Weit und breit war niemand zu sehen.

»Quatsch, ich hab die neulich beim Friseur getroffen, da hat die einen richtigen Ausraster gekriegt.«

Ansgar bugsierte seinen Wagen zum Ende des Ganges und linste um die Ecke. Vor dem Regal mit den Weinflaschen stand eine Frau, in der einen Hand eine Rotweinflasche, in der anderen hielt sie ihr Handy ans Ohr. Langsam bewegte Ansgar sich zurück zum Biersortiment. Er konnte es nicht ausstehen, wenn Leute in der Öffentlichkeit ungeniert ihren Privatkram ausbreiteten. Er wollte nicht mit Eheproblemen, Lästereien über Arbeitskollegen oder Sorgen irgendwelcher Teenagermütter belästigt werden, aber dieses Telefonat interessierte ihn ausnahmsweise.

»Wenn ich es dir doch sage, die ist Babette richtig angegangen. Was? Weiß ich doch nicht, ob die was mit dem Johannes hatte. Kann ich mir aber gut vorstellen, der hat es doch bei jeder versucht.«

Im Augenwinkel sah Ansgar, wie ein anderer Kunde in seinen Gang einbog, und wandte sich den Spirituosen zu. Mit etwas Glück würde der Mann sich schnell wieder verziehen.

Der ältere Herr stellte sich jedoch direkt neben ihn und wies auf eine Cognacflasche. »Ist der im Angebot?«

Während Ansgar dem Fingerzeig des Mannes folgte, versuchte er gleichzeitig zu verstehen, was die Frau auf der anderen Seite des Regals sagte. »Bei mir, also weißt du, na ja, es war so …«

»Ob der im Angebot ist, junger Mann?«, wiederholte der Kunde neben ihm seine Frage lauter, woraufhin die Stimme der telefonierenden Frau kurz verstummte. »Warte mal eben.«

Ansgar hörte, wie im Nebengang ein Wagen weitergeschoben wurde, und blitzte den Mann wütend an. »Woher soll ich das wissen?« Er beeilte sich, der Frau zu folgen, und ließ den älteren Herrn einfach stehen. Warum mussten Rentner ausgerechnet am Feierabend einkaufen, ärgerte er sich, als er mit seinem Einkaufskorb durch den Laden hastete und dabei nach rechts und links blickte.

»Mist«, fluchte er leise vor sich hin, als er die Frau an der Kasse entdeckte, wo sie gerade ihren Einkauf bezahlte. Zu gerne hätte er ihr Telefonat noch eine Weile belauscht, aber auch durch die wenigen Sätze war ihm klar, dass Sabine Petersen von den Eskapaden ihres Mannes gewusst hatte. Mal sehen, was die zu dem Übergriff auf die Friseurin zu sagen hatte, dachte er und kaufte an dem kleinen Blumenstand am Ausgang einen Strauß.

Im Haus der Petersens brannte Licht. Ansgar hatte sich auf dem Weg nach Klixbüll ein paar Worte zurechtgelegt, mit denen er seinen späten Besuch begründen wollte, war sich jedoch unsicher, wie die Witwe reagieren würde. Viele Menschen blieben in ihrer Trauer lieber allein, was er verstehen konnte. Vielleicht aber zählte Sabine Petersen zu der Sorte, die sich über ein wenig Fürsorge freute. Die Chancen standen fifty-fifty.

Er entfernte das Papier von den Blumen, warf es auf die Rückbank und stieg aus. Die Türglocke klang übermäßig laut in seinen Ohren, dennoch tat sich nichts im Haus. Ansgar fragte sich, ob er erneut klingeln sollte. Würde das zu aufdringlich wirken? Egal, beschloss er, straffte die Schultern und wollte gerade seinen Finger erneut auf den Klingelknopf legen, als Sabine Petersen mit rot geränderten Augen die Tür öffnete.

»Oh, Entschuldigung, ich …« Ansgar hob den Blumenstrauß etwas an, während er einen der zurechtgelegten Sätze zu greifen versuchte. Aber in seinem Kopf hatte sich ein Sturm erhoben, der die Worte durcheinanderwirbelte.

»Schon gut, kommen Sie rein«, entgegnete Sabine Petersen und trat zur Seite. »Sind die Blumen etwa für mich?«

Ansgar räusperte sich. »Ja, ich … also …«

»Das ist sehr nett, kommen Sie, setzen Sie sich.« Sie führte ihn ins Wohnzimmer. »Möchten Sie vielleicht einen Schluck Wein?«

»Gern.« Ansgar sah, wie Sabine Petersen zu einer Vitrine ging, ein Glas herausholte und vor ihn auf den niedrigen Couchtisch stellte. Sie griff zu einer Flasche, neben der eine leere stand und in der Ansgar den Grund für den verquollenen Gesichtsausdruck der Witwe vermutete.

»Ich wollte Ihnen mein Beileid aussprechen.« Langsam

fand er seine Sprache wieder. »Die Situation ist sicherlich nicht leicht für Sie.«

»Ich bin Kummer gewohnt. Wissen Sie, das Leben mit Johannes war nicht einfach.« Sie setzte sich ihm gegenüber aufs Sofa, nahm ihr Glas und hielt es in seine Richtung. Ansgar fand ein Anstoßen für unangebracht und nickte Sabine Petersen lediglich kurz zu, ehe er trank. Während er nur an dem Wein nippte, kippte Sabine Petersen den gesamten Inhalt ihres Glases in einem Zug hinunter.

»Im Grunde genommen hatte ich mich damit abgefunden, dass Johannes mir nicht treu war.«

Der Alkohol hatte offensichtlich die Zunge seines Gegenübers gelöst, und Ansgar fragte sich, warum er sich auf der Fahrt hierher derart viele Gedanken darüber gemacht hatte, wie er die Witwe zum Sprechen bewegen könnte.

»Wieso haben Sie sich denn nicht getrennt?«

»Ja«, sie griff erneut zur Flasche und goss sich mit leicht zitternder Hand ein, »wieso eigentlich nicht? Was hätte ich tun, wohin hätte ich gehen sollen?«

Ansgar betrachtete die Frau, die einst sehr attraktiv gewesen sein mochte, aber die unglücklichen Jahre hatten sie schneller altern lassen. Die Zeit hatte tiefe Falten in ihr Gesicht geschlagen. Sie wirkte verbittert und unendlich traurig auf ihn.

»Sehen Sie, ich habe nichts gelernt – also, ich meine nicht nichts, aber ich habe keinen Beruf, habe immer von anderen gelebt, zuletzt eben von Johannes.«

»Aber wieso? Haben Sie nie versucht, auf eigenen Beinen zu stehen?« Ansgar konnte sich vorstellen, dass man sich aus Liebe nicht von jemandem lösen konnte, aber wegen des Geldes mit jemandem zusammenzubleiben käme für ihn niemals infrage. Lieber würde er Zeitungen austragen oder im Supermarkt Regale einräumen, als sein Leben mit jemandem zu verbringen, der einen unglücklich machte.

»Es war bequem, obwohl zuletzt sehr schwierig. Wir hatten finanzielle Probleme. Jedenfalls glaube ich das, da ich neulich beim Einkaufen nicht mit meiner Kreditkarte bezahlen konnte.« Sie trank erneut einen großen Schluck Wein.

»Aber genau wissen Sie es nicht?«

»Es hat mich schon lang nicht mehr interessiert, was mein Mann getrieben hat. In keinerlei Hinsicht.« Sie stand auf und verließ den Raum.

Ansgar nippte an seinem Glas. Es war grauenhaft, was einige aus ihrem Leben machten, besser gesagt, was sie nicht aus ihrem Leben machten. Warum hatte sich Sabine Petersen nicht von ihrem Mann lösen können? Vielleicht weil es nicht stimmte, was sie sagte? Warum hatte sie angeblich die Friseurin angegriffen? Worum war es dabei gegangen?

Er hörte Schritte hinter sich, dann spürte er plötzlich eine Hand auf seiner Schulter und Sabine Petersen ließ sich auf der Armlehne des Sessels nieder. Er versuchte, ein Stück abzurücken, was kaum möglich war.

Sie präsentierte ihm einen 2018 Château Lafite Rothschild. »Wäre das nicht etwas zur Feier des Tages?«, hauchte sie ihm ins Ohr und Ansgar roch den Alkohol in ihrem Atem.

»Ich weiß nicht, ich muss ja noch fahren. Außerdem denke ich nicht, dass der Tod Ihres Mannes etwas ist, das gefeiert werden sollte.«

»Ach«, sie schwang sich von der Armlehne zurück aufs Sofa. »Leichter hätte ich ihn nicht loswerden können.«

Ansgar beobachtete Sabine Petersen, wie sie versuchte, die Flasche zu öffnen, wobei der Korkenzieher mehrmals vom Flaschenhals abglitt.

»Und wieso haben Sie dann neulich beim Friseur einen Ausraster bekommen?«

»Bitte was?« Sie hielt abrupt in der Bewegung inne.

»Ich habe gehört, Sie hätten Babette angefeindet.« Er hoffte, dass er den Namen der Friseurin richtig in Erinnerung behalten hatte.

»Ja, also, na ja …« Sabine Petersen machte sich weiter an der Flasche zu schaffen. »Sie wissen nicht, wie es ist, wenn die Leute ständig hinter Ihrem Rücken die Köpfe zusammenstecken und über Sie tuscheln. Und alles nur, weil diese Weibsbilder sich an meinen Johannes rangeschmissen haben.« Der Korken schoss mit einem Plopp aus der Öffnung.

»War es nicht eher andersherum? Hat Ihr Mann nicht die Frauen angemacht?«

Sabine Petersen starrte ihn an. Ihre Lider zuckten und ihre Gesichtsmuskulatur verkrampfte sich. »Uargh!«, fuhr es plötzlich aus ihr heraus. Sie hob ihren Arm und Ansgar konnte sich gerade noch nach vorn beugen, da flog die Flasche mit einem Zischen über ihn hinweg und zerbarst an der Wand hinter ihm. Er sprang auf, als er sah, dass Sabine Petersen zu einer der leeren Flaschen auf dem Tisch griff.

»Beruhigen Sie sich, Frau Petersen!« Doch die Witwe tobte und Ansgar musste all seine Kraft einsetzen, um sie auf das Sofa niederzudrücken.

Die Frau entwickelte in ihrer Wut eine enorme Kraft, die jedoch aufgrund ihres Alkoholpegels schnell nachließ. Schwer atmend wand sie sich unter ihm, und Ansgar zögerte, sie loszulassen, denn der Zorn in ihren Augen war noch nicht erloschen. Erst nach und nach änderte sich ihr Blick, bis sie schließlich zu weinen anfing. Ansgar lockerte seinen Griff.

»Es tut mir so leid«, schluchzte Sabine Petersen.

Ansgar nickte, strich ihr sanft über den Kopf, wobei er sich fragte, was genau sie damit gemeint hatte.

15. KAPITEL

Haie streckte seinen Fuß unter der Bettdecke hervor und wackelte mit dem großen Zeh. Er registrierte keine Schmerzen und ließ seine Bewegungen größer werden. Als er sich abstützte, um sich aufzusetzen, zog ein brennender Stich in seinen Arm. Stöhnend ließ er sich in die Kissen zurückfallen.

»Mist«, fluchte er, stemmte sich aber gleich darauf wieder hoch. Er musste in Bewegung kommen, dann würde es sicherlich gehen. Nun, da er die offizielle Genehmigung von Dirk hatte, weiter in dem Fall zu ermitteln, würde er sich ganz sicher nicht von ein paar schweren Muskeln aufhalten lassen. Mit zusammengepressten Lippen verließ er das Bett und humpelte ins Bad, wo er ungewöhnlich lange brauchte, um sich zu waschen und anzuziehen. Jede Bewegung schmerzte, doch Haie biss die Zähne zusammen, stieg nach dem Frühstück auf sein E-Bike und radelte los. Der Weg erschien ihm heute ungewöhnlich lang, aber als er den Golfplatz endlich erreicht hatte, fühlte er sich durch die frische Luft und die leichte Bewegung besser.

Die anderen Teilnehmer des Schnupperkurses standen wie tags zuvor vorm Eingang des Clubs und warteten auf Lars Wolff. »Moin, Sportskameraden!«, warf Haie einen Gruß in die Runde, der murmelnd erwidert wurde. Er hatte sich ebenfalls Turnschuhe und eine Fleecejacke angezogen. Wenn er schon nicht sportlich war, wollte er zumindest so aussehen.

»Wie angekündigt beschäftigen wir uns heute mit dem Abschlag«, erklärte Lars Wolff, nachdem er die Gruppe begrüßt hatte. »Dafür gehen wir auf die Driving Range, teen ein paar Bälle auf und üben den Golfschwung.«

Haie runzelte die Stirn und folgte zusammen mit den anderen Teilnehmern Lars Wolff zu einem ziemlich breiten Feld, das ein Stück weit entfernt lag. Er verstand nicht, warum der Trainer nicht einfach Deutsch mit ihnen sprach. All diese seltsamen Begriffe, wer sollte da denn verstehen, worum es beim Golf ging? Pädagogisch zumindest fragwürdig, urteilte er. Bevor er jedoch eine entsprechende Bemerkung über die Ausdrucksweise des Trainers machen konnte, drückte dieser ihm ein paar Holzstifte und einen Schläger in die Hand.

»Der sieht aber anders aus als gestern«, stellte Haie fest, während er den geneigten Schlägerkopf betrachtete.

»Das ist ein 5er Eisen, damit wollen wir lange Abschläge üben, ich zeige euch einmal, wie das geht.« Lars Wolff steckte eines der Holzstäbchen in den Boden, nahm einen Ball aus den bereitgestellten Körbchen, holte Schwung und schlug den Ball. Haie kniff die Augen zusammen und versuchte, dem orangenen Punkt zu folgen, den er in weiter Ferne zu Boden gehen sah.

»Wow, das waren gut und gerne hundertfünfzig Meter«, entfuhr es ihm. »Und das lernen wir heute?«

Lars Wolff lächelte. »Theoretisch ja, für die praktische Umsetzung braucht es etwas Übung, aber das bekommen Sie sicherlich schnell hin.«

Leider war die Ausführung des Golfschwungs, die bei Lars Wolff so einfach aussah, nur schwer zu kopieren, musste Haie feststellen. Die Koordination war sein größtes Problem. Wenn er sich auf den Schläger fokussierte, traf er den Ball nicht, und wenn er sich auf den Ball konzentrierte, bekam er nicht die korrekte Schwungbahn hin und schlug entweder in den Boden oder der Ball rollte mehr, als er flog. An der Stelle, wo Haie auf der Driving Range stand, glich der Boden innerhalb kürzester Zeit einem frisch gepflügten Acker. Aufgeben kam für ihn jedoch nicht infrage und so setzte er einen Ball nach dem anderen auf den kleinen Holzstift und holte Schwung. Gegen Mittag spürte er seine Arme nicht mehr und der Schläger fiel ihm einfach aus der Hand.

»Mittagspause!«, verkündete Lars Wolff. »Um dreizehn Uhr geht es weiter mit Chippen.«

Während Haie mit den anderen Kursteilnehmern ins Restaurant ging, fragte er sich, was der Trainer wohl wieder damit meinte. Chippen – das hatte doch wohl nichts mit den Chippendales zu tun?

Nach einer deftigen Suppe und einer großen Apfelschorle kehrten seine Kräfte langsam zurück. Gleichzeitig spürte er, dass er, wenn er sich zu lange ausruhte, nach der Mittagspause gar nicht mehr in die Gänge kommen würde. Mit einem scharrenden Geräusch schob er daher seinen Stuhl zurück und erhob sich stöhnend.

»Na, hat das Golffieber Sie schon gepackt?« Lars Wolff

stand am Hinterausgang des Clubhauses und grinste ihn an.

»Nee, ich wollte mir den Fundort von Petersens Leiche anschauen.«

»Ja, schrecklich, was hier auf dem Grün passiert ist.« Der Blick des Trainers wanderte zur Bahn, die direkt neben dem Gebäude lag.

»Na ja«, bemerkte Haie, »fraglich, ob Petersen auf dem Platz erschlagen wurde.«

»Was, wo denn sonst?«

Haie musterte Lars Wolff. »Kannten Sie Petersen gut?«

»Wie man sich halt so kennt in einem Verein. Hin und wieder hat er Stunden bei mir genommen.«

»Und?«

»Und was?«

»Na, wie war Ihr Verhältnis zu ihm?«

Lars Wolff blickte ihn unverwandt an und stemmte dabei die Hände in die Hüften. »Wie soll es gewesen sein? Normal, würde ich sagen. Wieso fragen Sie?«

»Ich bin nur neugierig, wie Sie mit ihm ausgekommen sind. Es waren ja nicht alle Mitglieder gut auf Petersen zu sprechen, oder?«

»Ach«, winkte Lars Wolff ab. »Typisches Vereinsgerangel.«

»Petersen hatte Schulden bei einigen Mitgliedern. Wussten Sie davon?«

»Echt? Nee, ist mir nicht bekannt gewesen.« Lars Wolff holte sein Handy aus der Jackentasche und schaute aufs Display. Haie betrachtete den jungen Mann, der plötzlich interessiert eine Nachricht las. Als Trainer bekam Wolff bestimmt mehr mit als manch anderer im Verein, dachte Haie.

»Und von Petersens Partys wussten Sie auch nichts?«

»Habe ich von gehört.«

»Und?«

Lars Wolff löste seinen Blick vom Handy. »Was wird das hier? Ein Verhör?« Er blitzte Haie herausfordernd an.

»Ich mein ja nur. Interessiert es Sie gar nicht, wer Ihren Vereinskollegen umgebracht haben könnte?«

»Mich interessiert nur mein Job. Und der ist es, Ihnen das Chippen beizubringen. Also kommen Sie!«

*

Dirk war heute spät dran. Er hatte gestern Abend nach seinem Besuch bei den Freunden lange mit Dörte zusammengesessen und sich all seinen Frust von der Seele geredet. Dabei hatten sie das eine oder andere Glas Wein getrunken und waren erst weit nach Mitternacht ins Bett gegangen. Obwohl Dörte mehr oder weniger schweigend zugehört hatte, fühlte er sich heute ein wenig zuversichtlicher, was die Aufklärung des Falls betraf, denn trotz seines Jammerns über den Ermittlungsstand war ihm deutlich geworden, wie viele Ansätze vorhanden waren. Sie mussten nur dranbleiben, irgendwann würde der Täter einen Fehler machen.

Dirk hatte kaum seine Jacke ausgezogen und den Computer hochgefahren, als Ansgar in der Tür zu seinem Büro stand.

»Kaffee?« Er hielt ihm einen Becher entgegen, den Dirk ihm nickend abnahm.

»Genau das Richtige jetzt.« Er trank einen Schluck und schmeckte eine leicht nussige Nuance auf der Zunge. »Neue Sorte?«

»Aus einer kleinen Rösterei aus der Gegend.«

»Muss ich mir merken.« Dirk trank erneut, ehe er von seinem Besuch bei Haie und den Drohmails berichtete.

»Ach, die habe ich auch von Katrin Weiß bekommen und schon mit den Kollegen geklärt, ob die den Absender herausfinden können.«

»Was sagen die?«

»Eventuell können sie über die IP-Adresse den Standort des PCs ermitteln, von dem die Mail verschickt wurde. Sie melden sich, wenn sie etwas haben.«

»Oh, okay.« Dirk verschwieg, dass Meister auf eine vorherige Absprache bestanden hatte, wenn es darum ging, Ressourcen bei den Ermittlungen in Anspruch zu nehmen.

»Und ich war bei dem Abfallunternehmen Hansen. Petersen hatte seinem Konkurrenten wohl mit etwas unlauteren Mitteln einige Aufträge streitig gemacht.«

»Interessant.«

»Ja, und übrigens hat Sabine Petersen sehr wohl von den Affären ihres Mannes gewusst.«

»Woher weißt du das denn?«

Während Ansgar von seinem Besuch bei der Witwe berichtete, wurde Dirk bewusst, wie wenig aktiv er selbst gewesen war. »Also gut, wie gehen wir weiter vor?«, wollte er von Ansgar wissen, nachdem der mit seinem Bericht geendet hatte.

»Matthias Hansen sollten wir auf jeden Fall befragen, und was Sabine Petersen angeht ...«

»Entschuldigung«, platzte ein Mitarbeiter in Dirks Büro. »Könntet ihr in den Herrenkoog rausfahren? Da brennt ein Windrad.«

»Ein brennendes Windrad? Ja, aber da ist doch die Feuerwehr zuständig.«

»Die ist vor Ort. Hat aber jemanden von uns angefordert.«

Dirk schaute fragend zu Ansgar, der zuckte die Schultern und erhob sich. »Gut, wir übernehmen.«

Die dunklen Rauchschwaden sahen sie bereits, als sie in Risum von der Dorfstraße in den Herrenkoog abbogen, und je näher sie der Brandstelle kamen, umso deutlicher wurde das Ausmaß des Unglücks. Mehrere Löschfahrzeuge parkten auf dem Zufahrtsweg zur Windkraftanlage und machten es Dirk und Ansgar unmöglich, näher heranzufahren. Das letzte Stück mussten sie zu Fuß zurücklegen und sich dabei durch eine Menge Schaulustiger hindurchkämpfen, die sich dicht gedrängt vor einem Absperrband gebildet hatte. Hinter dem rot-weißen Flatterband standen etliche Feuerwehrleute und verfolgten das Geschehen.

»Wieso löschen die denn nicht?«, wunderte sich Dirk und erhielt als Antwort ein lautes Donnern, mit dem ein Rotorblatt brennend vom Himmel fiel. Er schluckte, hob dann die Hand und winkte einen der Feuerwehrleute zu sich. »Dirk Thamsen, Polizei Niebüll. Sie haben uns angefordert?«

Der Mann hob das Band ein Stück an. »Ja, kommen Sie bitte!«

Sie schlüpften unter der Absperrung hindurch und Dirk konnte die neidischen Blicke der Schaulustigen wie kleine Nadelstiche in seinem Rücken spüren. Wie gern würden diese Leute vermutlich jetzt an seiner Stelle sein, nur um das ungewöhnliche Ereignis aus nächster Nähe mitzuverfolgen. Er hingegen fühlte sich angesichts des brennenden Windrads reichlich unwohl und folgte dem Feuerwehrmann in geduckter Haltung.

»Wollt jem en Helm?«

Dirk griff dankbar nach dem Helm, den der Wehrführer ihm reichte. Als er die schützende Kopfbedeckung aufgesetzt hatte, traute er sich, seinen Blick nach oben zu richten. »Mannomann, wie konnte das denn passieren?«

»Das muss untersucht werden.«

»Wir sind keine Sachverständigen.« Dirk verstand immer noch nicht, warum die Feuerwehr sie angefordert hatte.

»Weet ik doch. Aber der Betreiber der Anlage, den wir natürlich auch verständigt haben, schließt Brandstiftung nicht aus.«

»Wie kommt er darauf?«, fragte Dirk. Er konnte sich vorstellen, dass dem Betreiber ein Fremdverschulden am liebsten wäre, aber er war nicht einmal vor Ort, um sich ein Bild von der Lage zu machen.

»In den letzten Wochen hat es mehrere Proteste gegen den Windpark gegeben.«

»Proteste, weswegen? Alle Welt fordert doch saubere Energie.«

»Irgendwas ist immer«, erklärte der Wehrführer und wies zur Absperrung. »Sie brauchen sich nur umzudrehen.«

Dirk wandte sich zu dem Flatterband. Aus dieser Perspektive fielen ihm einige Leute unter den Schaulustigen auf, die Banner in die Luft reckten. Er kniff die Augen zusammen, um die Aufschriften besser lesen zu können.

Stopp mit der Zerstörung des Lebensraums unserer Vögel!

Hört auf, die Landschaft zu verschandeln!

Infraschall macht Menschen krank!

Bisher hatte er gedacht, Windräder seien gut fürs Klima und die Umwelt. Auf jeden Fall besser als Atomkraftwerke oder Anlagen, in denen aus Kohle Strom erzeugt wurde. Sicherlich hatten auch Windkraftanlagen Nachteile, aber sie brauchten nun einmal Energie, und wenn er sich die Leute hinter der Absperrung ansah, wollte von denen ganz bestimmt niemand neben einem Atomreaktor wohnen. Zornig stießen sie ihre Schilder in die Höhe, und er konnte sich vorstellen, dass einer der Gegner das Windrad manipuliert hatte, wenngleich – er hob erneut den Blick hinauf zu den beiden verbliebenen Rotorflügeln – man sich auskennen musste mit solch einer Anlage, um sie zu beschädigen. Und ein weiterer Aspekt kam erschwerend hinzu – man musste auf jeden Fall schwindelfrei sein.

»Gut, aber trotzdem werden Sachverständige das beurteilen müssen«, entgegnete er an den Wehrführer gewandt.

»Dat stimmt, aber wir dachten, dass der Täter sich vielleicht unter den Schaulustigen befindet und Sie sich schon mal umsehen wollen.«

Dirk schaute erneut zur Absperrung. Etwas hatte sich verändert. Die Menge bewegte sich, bildete eine Schneise, in der Melf Petersen erschien.

»Was will der denn hier?«, murmelte Dirk, während er beobachtete, wie der Landwirt sich dem Absperrband näherte.

»Dem gehört ein Teil des Parks. Auf jeden Fall ist das sein Land, auf dem die Windräder stehen.« Der Wehrführer schien gut informiert, stellte Dirk fest. Petersen war anscheinend groß im Geschäft mit den erneuerbaren Energien.

»Lasst mich durch!«, hörte er den Landwirt wütend schreien und machte einem der Feuerwehrmänner ein Zeichen, ihn durchzulassen. Wie ein gereizter Stier stürzte Melf Petersen auf sie zu. »Was ist hier los?« Sein Blick wanderte himmelwärts. »Wie konnte denn das passieren?«

»Das muss noch untersucht werden«, bemerkte Dirk und sah, wie Petersen herumschnellte.

»Das war bestimmt einer von denen!« Er wies auf die Demonstranten, die nun im Chor riefen: »Weg mit den Vogelschredddern!«

»Das ist doch ...« Petersen tat einen energischen Schritt auf die Menge zu, Dirk hielt ihn am Ärmel zurück.

»Die Brandursache wird untersucht und die Verantwortlichen werden zur Rechenschaft gezogen.«

Petersen starrte ihn an. Er öffnete den Mund, schloss ihn wieder, holte tief Luft. »Ich tue hier etwas für die Umwelt und für die Gemeinde und die ...«, er wies wieder auf die Leute hinter der Absperrung, »blockieren alles und jeden – totale Sturköppe, die nicht begreifen wollen, dass, wenn wir so weitermachen, es ohnehin bald keine Vögel mehr geben wird.«

Dirk bezweifelte, dass es Petersen nur um die Umwelt ging. Sicherlich, er trug zur Energiewende bei, aber kassierte er dabei nicht gut ab?

»Wir werden das gründlich untersuchen«, versuchte Dirk Petersen zu beruhigen, obwohl er keine Ahnung hatte, wie sie das neben den Mordermittlungen überhaupt schaffen sollten.

16. KAPITEL

Haie hatte Mühe gehabt, überhaupt auf sein Fahrrad zu steigen, aber er wollte sich nicht die Blöße geben und Tom anrufen, um ihn zu bitten, ihn abzuholen. Daher hatte er sich ächzend in Bewegung gesetzt und die höchste Stufe des Unterstützungsmotors angestellt, die ihm jedoch recht kraftlos erschien. Auf und ab trat er in die Pedale, und obwohl seine Oberschenkel in kürzester Zeit brannten, hatte er das Gefühl, sich kaum vom Fleck zu bewegen. Nur gut, dachte Haie, dass morgen kein Kurs stattfand, obwohl er sich anfänglich geärgert hatte, als Lars Wolff das Turnier angekündigt hatte, bei dem er einige seiner fortgeschrittenen Schüler begleiten musste.

Ein Golfturnier – das erschien Haie unerreichbar, wenn er an die vielen Bälle dachte, die er über das Gras gerollt hatte oder die sich nach seinem Golfschwung unbewegt auf dem Tee befunden hatten. Er wollte kein zweiter Tiger Woods werden, aber gewurmt hatten ihn seine Misserfolge schon. Und obendrein war er bei seinen Ermittlungen nicht weitergekommen, wenngleich, Haie hielt in der Bewegung inne, Lars Wolff auf seine Fragen seltsam reagiert hatte. Es war doch verwunderlich, dass der Trainer, der auch Johannes Petersen unterrichtet hatte, gar nichts von dessen Schulden bei seinen Golffreunden mitbekommen haben wollte. Zumal es bereits vor Petersens Tod Ärger wegen der geforderten Rückzahlungen gegeben hatte. Gehörte Lars Wolff vielleicht auch zu Petersens Schuldnern? Wenn er wirklich derart pleite gewesen war, wie hatte Petersen die Trainingsstunden bezahlt? Auf der anderen Seite, so ein Golfunterricht kostete sicherlich nicht die Welt, und selbst wenn Petersen bei Wolff in der Kreide gestanden hatte, reichte der Betrag wohl kaum als Motiv für einen Mord. Trotzdem, entschied Haie, hatte Wolff merkwürdig reagiert.

Er bog in den Weg am alten Bahndamm ab. Die Strecke erschien ihm heute unerträglich lang, bis er die Dorfstraße endlich erreichte, der er Richtung Maasbüll folgte.

»Auch das noch«, stöhnte Haie, als er den geschlossenen Bahnübergang in Lindholm erblickte. Er wollte nach Hause und sich auf dem Sofa ausstrecken. Stattdessen würde er hier wieder eine Ewigkeit herumstehen und auf den Zug warten, der sich vermutlich gerade erst in Westerland in Bewegung gesetzt hatte. Und wenn der dann endlich durchgefahren war, blieben die Schranken wegen eines Zuges aus der Gegenrichtung wahrscheinlich unten, stöhnte er gedanklich, während er vom Fahrrad stieg und sich umschaute, bis sich sein Blick an dem Gebäude rechts von ihm verfing.

Wenn er schon warten musste, konnte er gleich noch Geld abheben. Er schob sein Fahrrad zum Eingang der kleinen Bankfiliale.

»Na, was kriechst du denn hier so rum?« Haie fuhr herum und sah Elke hinter sich.

Nicht auch das noch, schoss es ihm durch den Kopf, trotzdem versuchte er, sich ein Lächeln abzuringen. »Hab mich sportlich betätigt.«

»Du und Sport?« Elke musterte ihn mit einem besorgten Ausdruck im Gesicht.

»Ja, und du? Bist du fertig mit deiner Knüpfarbeit?«

»Es heißt Makramee.«

Es entstand ein Schweigen zwischen ihnen, das Haie durch den vorbeifahrenden Zug Richtung Niebüll als begründet empfand, obwohl er wusste, wie beleidigt Elke auf abwertende Kommentare über ihre Hobbys reagieren konnte. Früher hatten sie darüber gelacht, wenn Haie sich einen Scherz erlaubt hatte und über ihre Seidenmalerei oder selbst getöpferten Vasen gelästert hatte. Gelacht, bis ihnen die Tränen gekommen waren. Die Zeit erschien ihm mittlerweile so lange her. Er hatte Elke geliebt, hatte mit ihr alt werden wollen, und doch war alles anders gekommen.

»Na, jem beiden?«

Haie sah, wie Elke zusammenzuckte. Anders als er hatte sie Helene nicht kommen sehen, obwohl auch Haie einen Augenblick gebraucht hatte, um die Kaufmannsfrau zu erkennen, die ohne ihre Kittelschürze seltsam anders wirkte. Doch wenngleich sich ihr Aussehen verändert hatte und sie nicht als Geschäftsfrau vor ihnen stand, blieb sie sich ihrer selbst auferlegten Pflicht bewusst, die Dorfbewohner über die Neuigkeiten im Dorf zu unterrichten.

»Hett jem all hört?«, fragte sie, und Haie sah, wie schwer es ihr fiel, nicht mit den ihrer Ansicht nach exklusiven

Nachrichten herauszuplatzen. Irgendwie erinnerte sie ihn an eine Schnappschildkröte, die mit vorgerecktem Hals darauf lauerte, sich auf das kleinste Anzeichen ihrer Unwissenheit zu stürzen. Er verspürte nicht wenig Lust, sie weiter in dieser verkrampften Position verharren zu lassen, aber Elke erlöste Helene, wohl auch, um taktlosen Nachfragen zu entgehen, denn bei Helenes Begrüßung hatte ein Ton in ihrer Stimme mitgeschwungen, der vermuten ließ, Helene wittere eine eventuelle Annäherung zwischen Haie und Elke.

»Was denn?«, erkundigte sie sich.

Helene zog den Kopf ein Stück zurück und setzte ein allwissendes Lächeln auf. »Na«, sie schnalzte kurz mit der Zunge, »im Herrenkoog brennt ein Windrad.«

»Na und?« Elke wertete die Neuigkeit offensichtlich nicht in Helenes Sinn, denn die Kaufmannsfrau stemmte die Hände in die Hüften und schürzte die Lippen. »Dat soll Brandstiftung gewesen sein.«

»Brandstiftung?«, hakte Haie nach.

»Jawohl, aber das Beste kommt noch. Das Windrad steht auf dem Land von Melf Petersen.«

»Dem gehören da draußen im Koog ja auch einige Hektar«, bemerkte Elke und erntete dafür einen Blick von Helene, der deutlich machte, für wie schwer von Kapee sie ihre Gesprächspartnerin hielt.

»Sach mal, siehst du den Zusammenhang nicht? Erst wird sein Bruder umgebracht und nun fackelt jemand Melfs Windrad ab, das ist doch offensichtlich, dass …«

»Du meinst, jemand will den Petersens schaden?«

Helene nickte Haie zufrieden zu.

»Also mit dem Windrad, das könnte natürlich sein, obwohl«, Haie kratzte sich am Kinn, »gehört dem das denn überhaupt?«

»Was weiß ich«, wischte Helene seinen Vorwand wie Krümel vom Tisch, »aber der Mord an Johannes, der hat ganz sicher etwas damit zu tun.«

»Meinst du? Ich habe gehört, die beiden waren gar nicht mehr so dicke«, gab Haie nun seinerseits Informationen preis, die für Helene anscheinend neu waren.

»Nicht, aber ich dachte …« Sie trat einen Schritt zurück und runzelte die Stirn. Haie konnte förmlich sehen, wie es in Helenes Kopf arbeitete und sie versuchte, die Neuigkeiten in ihre Theorie zu integrieren. Es dauerte eine Weile, in der Haies Blick zu Elke wanderte, die lediglich mit den Schultern zuckte, bis die Inhaberin plötzlich laut Luft holte.

»Also ich sach euch, da steckt was Größeres hinter. Sönke war wahrscheinlich nur der Handlanger, der, der sich die Hände dreckig machen musste, aber …«

»Wenn er denn überhaupt der Mörder war«, warf Haie ein.

»Gut, mag sein, dass das nicht eindeutig bewiesen ist. Auf jeden Fall hängt der Mord mit der Brandstiftung zusammen.«

»Nur wie?« Haie kratzte sich am Ohr, während er Helene betrachtete, die dastand, als hätte sie das Wort zum Sonntag verkündet. Vielleicht hatte die Kaufmannsfrau recht und die beiden Fälle gehörten zusammen, aber warum hatte Johannes Petersen sterben müssen, wenn es um Melfs Geschäfte mit den Windparkbetreibern ging? Das passte für ihn nicht zusammen.

»Und was ist …«, hörte er plötzlich Elkes brüchige Stimme neben sich. Sie hatte eine Weile geschwiegen und scheinbar im Stillen kombiniert. »… wenn es eine Verwechslung gab? Was, wenn gar nicht Johannes, sondern Melf getötet werden sollte?«

*

Dirk und Ansgar hatten Melf Petersen in sein Auto verfrachtet, gewartet, bis er davongefahren war und sich anschließend selbst auf den Weg gemacht. Sie konnten an der Brandstelle ohnehin nichts ausrichten.

»Hier«, hatte Dirk zum Wehrführer gesagt, als er ihm seine Visitenkarte gereicht hatte, »die Sachverständigen sollen sich bei mir melden, wenn feststeht, dass es sich um Brandstiftung handelt.«

Während er den Wagen durch den Koog lenkte, ließ Dirk das Geschehene Revue passieren und musste plötzlich laut auflachen.

»Was ist?«, fragte Ansgar.

»Ach, ich musste nur eben an Melf Petersen denken, wie er vor uns herumgesprungen ist, und da ist mir Storms ›Regentrude‹ in den Sinn gekommen.«

»Storms ›Regentrude‹?«

»Ja, Dörte hat die Geschichte neulich den Kindern vorgelesen, und seitdem spielt Hanno immer das Feuermännlein. Er hat eine alte Nikolausmütze gefunden, wirft sich Dörtes roten Blazer über und macht dann immer so ein keckerndes Lachen und hüpft wie Rumpelstilzchen durchs Haus, dabei sagt er ständig diesen Spruch. Ich kann ihn schon auswendig.«

»Welchen Spruch?«

»Der Kindskopf, der Bauernlümmel, dachte mich zu übertölpeln und weiß noch nicht, dass die Trude sich nur durch das rechte Sprüchlein wecken lässt. Und das Sprüchlein weiß keiner als Eckeneckepenn, und Eckeneckepenn, das bin ich!'« Dirk schmunzelte. »Ein bisschen wie Petersen vorhin.«

»Na«, griente Ansgar, »da sag noch einmal jemand, die nordfriesische Sagenwelt sei nicht lebendig.«

Sie hatten die B 5 erreicht. Dirk bog Richtung Niebüll ab und gab Gas.

»Was sind unsere nächsten Schritte?«

»Wollen wir noch einmal bei den Hansens vorbeischauen? Der Sohn hat sich bisher nicht gemeldet, aber vielleicht ist er jetzt in der Firma.«

Dirk nickte. »Gute Idee. Meinst du, er könnte etwas mit dem Mord zu tun haben?«

»Laut Katrin Weiß ist er am Telefon ziemlich aufgebracht gewesen. Und wenn Petersen sich weiterhin die Aufträge unter den Nagel gerissen hat … Vielleicht hat er ihn zur Rede gestellt, das Ganze ist eskaliert und … zack, war Petersen tot. Möglich, dass er den Mord nicht geplant, sondern im Affekt gehandelt hat. Das Resultat ist dasselbe.«

»Könnte so gewesen sein. Wenn der Markt derart hart umkämpft ist und Petersen die Nase vorn hatte, dann ist Hansen finanziell in die Bredouille gekommen. Was hat denn der Senior dazu gesagt?«

»Der hat sich sehr bedeckt gehalten. Aber klar, weniger Aufträge, weniger Kohle. Ich frag mich nur, warum Petersen dann pleite war.«

»Wir wissen ja nicht, was er sich seine Bunga-Bunga-Partys hat kosten lassen.«

Dirk verließ die Bundesstraße und schlug den Weg zu Hansens Entsorgungsfirma ein. Er konnte sich vorstellen, dass eine ausschweifende Feier nicht billig war.

»Stopp ma!«, rief Ansgar plötzlich und Dirk trat auf die Bremse.

»Was ist?«

»Da.« Ansgar zeigte auf den Hof von Hansens Firma. »Der Sohn fährt gerade weg.«

Dirk sah lediglich einen weißen SUV, der auf sie zusteuerte, konnte jedoch den Fahrer nicht erkennen. »Wie kommst du darauf?«

»Schau, das Nummernschild: NF-MH-1973. Das muss er sein. Folg dem einfach. Mal sehen, wo der hinwill.«

Dirk wendete den Wagen, nachdem Matthias Hansen den Hof verlassen hatte, und folgte ihm zurück zur B 5, wo Matthias Hansen Richtung dänische Grenze fuhr und nach kurzer Fahrtstrecke in Klixbüll abbog.

»Ich habe da ein komisches Gefühl«, murmelte Ansgar und stieß neben Dirk laut die Luft aus, als der weiße SUV in die Straße von Petersen schwenkte.

»Nee, nä«, entfuhr es Dirk. Er drosselte das Tempo und brachte den Wagen auf einem Grünstreifen zum Stehen. Trotz der Entfernung hatten sie freie Sicht auf Petersens Haus, wo Matthias Hansen angehalten hatte, ausstieg und auf den Eingang zuging. Dirk beugte sich ein Stück über das Lenkrad und beobachtete, wie der Mann klingelte und sich kurz darauf die Tür öffnete, in der Sabine Petersen erschien und Matthias Hansen regelrecht um den

Hals fiel. Nur einen Augenblick später verschwanden die beiden im Haus. Dirk blinzelte und wandte sich Ansgar zu, dessen Gesichtsausdruck seine eigene Verwunderung widerspiegelte.

17. KAPITEL

Haie erwachte von einem Klopfen. Als er den Kopf anhob, bemerkte er, wie die Schlafzimmertür einen Spaltbreit geöffnet wurde.

»Haie?«, hörte er Toms Stimme. »Geht es dir gut?«

Er rappelte sich leicht auf und spürte jeden einzelnen Knochen in seinem Körper. Hinzu kam ein Brennen in den Muskeln, das einem Steppenbrand glich. »Ja, wieso?«

»Ist schon halb zehn.«

»Was?« Haie hievte sich auf die Bettkante. »Ich komme.«

Es war zwar Sonntag, aber für gewöhnlich war Haie immer um die gleiche Zeit wach. In seinem Alter trieb ihn der Harndrang pünktlich wie ein Schweizer Uhrwerk aus dem Bett, egal, welcher Tag. Er beugte sich vor und griff sich seinen Bademantel, der auf einem Hocker vor seinem Bett lag, und warf ihn sich über. Wie ein Roboter stieg er die Treppe hinab und ging in die Küche, in der Tom allein am Frühstückstisch saß.

»Wo ist Niklas?«

»Der hat doch heute ein Fußballspiel. Oles Mutter hat ihn vorhin abgeholt.«

Haie nickte, goss sich einen Kaffee ein und ließ sich stöhnend auf einen Stuhl plumpsen. Über den Rand seiner Tasse fing er Toms besorgten Blick auf und versuchte zu lächeln. »Bei dir ist es gestern aber spät geworden, was?«, versuchte Haie Toms Aufmerksamkeit von sich zu lenken.

»Nee, um zehn war ich zu Hause, aber da hast du schon geschlafen.«

»Ja, Golf ist anstrengender, als ich dachte. Dafür kann ich jetzt putten, abschlagen und chippen.« Er verschwieg wohlweislich, wie viele Löcher er gestern in den Boden geschlagen hatte und dass eine Golfkarriere in weiter Ferne lag.

»Und sonst, hast du was rausgefunden?«

»Unser Trainer hat sich seltsam verhalten, als ich ihn auf Petersen angesprochen habe.«

»Wieso, was hat er gesagt?«

»Dass er nichts von Petersens Schulden wusste.«

»Kann doch sein.«

»Klar, aber als ich weitere Fragen gestellt habe, ist der ziemlich unwirsch geworden. Ob ich ihn verhören wolle.«

»Wahrscheinlich will der einfach nicht, dass du deine Nase in Angelegenheiten steckst, die dich nichts angehen.«

»Ja, aber hör mal. Dirk hat mir offiziell …«

»Haie, du bist kein Polizist. Offiziell ist da gar nichts.«

»Ist ja gut«, lenkte Haie ein. Er wusste, es hatte in diesem Punkt keinen Zweck, sich mit dem Freund anzulegen. »Hast du eigentlich mitbekommen, dass ein Windrad abgebrannt ist?«

»Was? Wo denn?«

»Auf dem Land von Melf Petersen, draußen im Herrenkoog.«

»Der Park gehört zum Friesenwind-Betreiber. Wie konnte das denn passieren?«

»Helene sagt, es sei Brandstiftung gewesen.«

»Helene?« Er wusste, was Tom von dem Tratsch hielt, den die Kaufmannsfrau in die Welt setzte, aber diese Wendung war durchaus interessant, fand Haie. »Der Brand könnte darauf hinweisen, dass es jemand auf Melf Petersen abgesehen hat und …«, Haie holte Luft, »dass gar nicht sein Bruder, sondern er umgebracht werden sollte.«

»Aha, und warum?«

»Das müsste man nun herausfinden.«

»Man?« Wieder streifte Haie Toms sonderbarer Blick.

»Ich habe versucht, Dirk zu erreichen, aber …« Haie stemmte sich mit leicht verzerrtem Gesicht vom Stuhl hoch und schlurfte in den Flur, wo sein Handy am Ladekabel hing.

»Oh«, bemerkte er, als er in die Küche zurückkam, »hab gar nicht gehört, dass er zurückgerufen hat.« Er starrte auf das Telefon.

»Haie, meinst du nicht, du übernimmst dich ein wenig?«

Er ignorierte Toms Bemerkung und drückte die Rückruftaste. »Mailbox.«

»Es ist Wochenende!«

»Und das lädt doch zu einer Fahrradtour ein«, konterte Haie, nahm sich ein Brötchen und belegte es dick mit Käse.

*

Dirk hatte Ansgar eine Pause verordnet. »Ich denke, es macht Sinn, den Kopf erst einmal freizubekommen«, hatte er die Entscheidung begründet. »Montag sortieren wir die Informationen neu und dann ergibt sich vielleicht ein neuer Ansatz.«

Obwohl der Fall ihn umtrieb, war Ansgar froh über die Auszeit. Die letzten Tage waren kräftezehrend gewesen, und wenngleich Ansgar Rolfs einige Jahre jünger als Thamsen war, spürte er eine tiefe Müdigkeit und Abgeschlagenheit, wie er sie bisher selten erlebt hatte.

Er schlief daher aus, frühstückte gemütlich und überlegte, wie er am besten auf andere Gedanken kommen konnte. Er hatte schon länger seine Eltern nicht gesehen, aber ein Besuch war keine Option. Seine Mutter würde ihn wie immer über seine Arbeit ausfragen, insbesondere jetzt, wo er in einem Mordfall ermittelte, würde sie nicht eher Ruhe geben, bis er ihr zumindest ein paar Informationen über den Fall genannt hätte. Selbst wenn er nur Dinge erzählte, die sie aus der Presse kannte, wäre er gedanklich bei den Ermittlungen.

Mit seinen Freunden verhielt es sich ähnlich. Was also konnte er unternehmen?

Sein Blick fiel auf das Wochenblatt auf seinem Küchentisch. Das Niebüller Hallenbad feierte fünfundvierzigjähriges Jubiläum und warb mit etlichen Aktionen. Er griff nach der Zeitung und fuhr in dem Artikel mit dem Zeigefinger zum heutigen Tag. Friesenschwimmen stand auf dem Programm. Ansgar konnte sich zwar wenig unter dem Begriff vorstellen, aber ein wenig unter Leute zu kommen, sich dabei zu bewegen, das würde ihn sicherlich ablen-

ken. Pfeifend erhob er sich und packte seine Schwimm-
sachen zusammen.

Seine Vorstellung von »ein wenig unter Leute zu kommen« wurde bei Weitem übertroffen. Bereits an der Kasse
musste er sich in einer längeren Schlange anstellen. Offenbar hatte er unterschätzt, wie viele Friesen es gab. Müt-
ter mit lärmenden Kindern bevölkerten die kleine Ein-
gangshalle, Rentner und Rentnerinnen reihten sich dicht
an dicht vor dem Schalter.

Ansgar blickte sich um und entdeckte kaum Leute in
seinem Alter. Als er sich nach dem Kauf seiner Eintritts-
karte umdrehte, traf ihn eine Poolnudel im Gesicht, das
Pfeifen war ihm vergangen.

Nach einigem Suchen fand er eine freie Kabine und zog
sich um. Die Duschräume waren relativ leer, und er atmete
auf, obwohl das hallende Gelächter und Gegröle aus dem
Schwimmbad nichts Gutes verhießen. Als er am Ende des
Ganges die Ecke zur Schwimmhalle erreichte, blieb er wie
angewurzelt stehen. Im Nichtschwimmerbecken war vor
lauter orangefarbenen Schwimmflügeln kaum ein Stück-
chen Wasser zu sehen und auch das Schwimmerbecken
versprach kaum Bewegungsmöglichkeiten. Er ging am
Beckenrand entlang auf die Seite, auf der sich die Startblö-
cke und ein Springturm befanden, musste dabei etlichen
Kindern ausweichen, die trotz Verbots mit platschenden
Schritten um das Becken rannten. Gab es hier denn keinen Schwimmmeister? Auf der gegenüberliegenden Seite
entdeckte er das kleine verwaiste Aufsichtshäuschen. Ein
Mann in weißen Shorts, Poloshirt und Adiletten unterhielt sich lachend mit einer jungen Frau, die zwischen

Bergen aus Handtüchern, Körben, Taschen und aufblasbaren Gummitieren auf der erhöhten gekachelten Fläche am Fenster saß.

»Mannomann«, murmelte Ansgar, während er auf den Startblock trat, eine freie Stelle im Wasser suchte und mit einem Kopfsprung abtauchte. Als er zurück an die Oberfläche kam, stieß er mit einer älteren Dame in Rückenlage zusammen.

»Vorsicht, junger Mann«, krächzte die Alte und schwamm unbeirrt weiter.

Am anderen Ende des Beckens musste er vorzeitig wenden, da der Rand von schnatternden Damen okkupiert wurde. Ansgar begann zu schwitzen, was allerdings nicht an der körperlichen Betätigung lag. Nach einigen Bahnen, bei denen er wie bei einem Slalom andere Schwimmer umschifft hatte, stemmte er sich am Seitenrand entnervt aus dem Wasser. Er hatte zwar nicht an den Mordfall gedacht, dafür aber selbst einige Mitbadende gedanklich ertränkt und fühlte sich angespannter als zuvor.

Schnell duschte er, zog sich an und eilte zwei Stufen auf einmal nehmend die Treppe ins Erdgeschoss hinunter, wo nach wie vor eine Schlange vor der Kasse stand. Er drängelte sich an den Wartenden vorbei und beugte sich vor das Kassenhäuschen.

»Toll, wie viele Leute Ihr Angebot nutzen, aber den Namen ›Schwimmhalle‹ verdient Ihr Haus nicht, denn vor lauter kreischenden Kindern, plappernden Müttern und dahintreibenden Badekäppchen kann man gar nicht schwimmen.«

Die Kassiererin schaute ihn entrüstet an. »Das Schwimmbad ist für alle da.«

»Nur nicht für Schwimmer.« Mit energischen Schritten stürmte Ansgar zum Ausgang.

Draußen holte er tief Luft. Er brauchte Ruhe, dachte er, Ruhe und etwas zu essen. Trotz der eingeschränkten Bewegung verspürte er ein Hungergefühl, da die Aufregung seine Energieverbrennung bis zum Anschlag hatte hochfahren lassen. Ihm fiel das kleine Restaurant in der Hauptstraße ein. Sonntagmittag würde es nicht allzu voll dort sein – halb Niebüll war schließlich im Schwimmbad, daher sah er sich bereits an einem ruhigen Ecktisch vor einem leckeren Croque sitzen.

Als er einige Minuten später vor dem Restaurant stand und mit weit aufgerissenen Augen die Tafel mit den Öffnungszeiten studierte, wurden seine Erwartungen erneut enttäuscht.

»Das darf ja wohl nicht wahr sein«, entfuhr es ihm, als er sah, dass der Laden erst am späten Nachmittag öffnete. »Dann eben zu Knutzen.«

Auf dem Marktplatz, auf dem er seinen Wagen geparkt hatte, hatte sich eine Gruppe Menschen gebildet. Einige von ihnen hielten Transparente in den Händen und erinnerten Ansgar an die Protestierenden am brennenden Windrad.

»Hallo, was machen Sie hier?«, rief er den Leuten zu.

»Wir demonstrieren.« Der Mann, der sich ihm zuwandte, war ihm nicht unbekannt.

»Herr Reuters.« Ansgar trat näher und inspizierte die Plakate. »Ich wusste gar nicht, dass Sie gegen Windenergie sind.«

»Woher auch?«

»Sie wissen aber schon, dass gestern ein Windrad abgebrannt ist.«

»Und?«

»Wir gehen von Brandstiftung aus.«

»Ach wirklich?« Reuters verzog den Mund zu einem schiefen Grinsen.

»Aber damit haben Sie sicherlich nichts zu tun.« Ansgar wusste, er hatte sich mit seiner Behauptung weit aus dem Fenster gelehnt. Noch hatten sie keine Bestätigung von den Sachverständigen, dennoch erzeugte die Art, wie Reuters ihn anblitzte, bei Ansgar den Hauch eines Verdachts. Konnte es sein, dass der Golfer etwas mit dem Brand zu tun hatte? Steckten in dem untersetzten Mann kriminelle Energien? Und wenn ja, hatte er vielleicht etwas mit dem Mord an Johannes Petersen zu tun? Immerhin war Reuters der Gläubiger, dem Petersen den höchsten Betrag geschuldet hatte. Und wenn Reuters etwas damit zu tun hatte, hingen der Mord und die Brandstiftung womöglich sogar zusammen.

»Kennen Sie Melf Petersen?«

»Klar.«

»Und?«

»Ist ein ähnlicher Hallodri wie sein Bruder.«

»Wie meinen Sie das?«

»Hängt sein Fähnchen immer schön in den Wind. Sieht man allein an seinen verpachteten Felder an diesen Windparkbetreiber.«

»Das ist nicht verboten und sorgt für saubere Energie.«

»Darum geht es Petersen doch nicht«, grunzte Reuters.

»Früher war der jedenfalls anders, und Sie wissen ja, ab einem gewissen Alter verändert der Mensch sich charakterlich nicht mehr allzu sehr.«

»Und wie war er früher?«

»Alles, nur nicht anständig. Eben wie sein Bruder. Hat bestimmt auch ein paar Leichen im Keller.«

*

Obwohl Haie sich wie ein einziger schmerzender Fleischklumpen fühlte, schob er wenig später sein E-Bike aus dem Schuppen. Er musste raus, auch wenn er den Tag lieber auf dem Sofa verbracht hätte. Toms Kommentare über sein Alter und seine mahnenden Blicke konnte und wollte er nicht ertragen. Er war schließlich kein Kind, sondern ein gestandener Mann, der wusste, was er tat. Schnaufend setzte er sich aufs Fahrrad und fuhr los, sein Ziel fest vor Augen. Er wollte sich sein eigenes Bild von dem abgebrannten Windrad machen. Der Verdacht, den Elke gestern geäußert hatte, trieb ihn an.

Was, wenn das eigentliche Opfer Melf Petersen hieß und sein Bruder nur aus Versehen umgebracht worden war?

Es gab etliche Gründe, die dagegensprachen. Die Firmenpleite, Petersens Schulden, die Drohmails. Was aber, wenn es um etwas ganz anderes ging? Wenn der Täter die Brüder verwechselt hatte? Das war auf jeden Fall ein solider Ansatz, befand Haie, dem er auf den Grund gehen sollte.

Schon von Weitem sah er den Windpark. Die hohen Türme erhoben sich aus der Landschaft, ihre weißen Flügel durchschnitten in einem immerwährenden Rhythmus die bauschigen Wolken am Himmel. Haie hatte sich an den Anblick gewöhnt. Die riesigen Masten und Rotoren prägten seit etlichen Jahren das Bild von Nordfriesland, wo es selten windstill war. Je näher er der Anlage kam, umso deutlicher hörte er ein tiefes Brummen, das ihm in dieser Intensität zum ersten Mal auffiel.

War die Einheit der Anlage durch den Brand aus dem Gleichgewicht geraten? Optisch auf jeden Fall, stellte Haie fest, als er zwischen den weißen Giganten das verkohlte Windrad sah, das wie ein schwarzes Schaf aus der Gruppe herausstach. Am Fuße des Turms entdeckte er einen Wagen. Haie bremste und stieg ab. Dirks Auto war es nicht. Er fragte sich, wer sich dort herumtreiben mochte. Vielleicht ein Sachverständiger? Oder jemand von der Feuerwehr? Sicherlich war die Brandstelle noch abgesperrt und ein neugieriger Dorfbewohner, als welcher er auf andere wirken musste, würde keinen Zutritt erhalten. Er reckte den Hals etwas in die Höhe, um besser sehen zu können, wie viele Leute sich an der Brandstelle aufhielten, doch auf diese Entfernung konnte er nichts erkennen.

»Gut, dass ich ausgerüstet bin«, lobte Haie sich selbst und holte aus der Hartschale auf seinem Gepäckträger ein Fernglas hervor. Es dauerte eine Weile, bis er die Schärfe reguliert hatte und eine Person ins Visier nehmen konnte.

»Das ist doch …«, murmelte er, während er den Bewegungen seines Zielobjektes folgte.

»Melf Petersen? Aber was macht der da?«

Haie nahm an, dass der Mann den Schaden begutachten wollte, aber irgendetwas erschien ihm merkwürdig. Melf

Petersen lief um das Windrad herum und suchte anscheinend den Boden ab. Und was hatte er da in der Hand? Haie drehte noch einmal an dem Rad für die Schärfeeinstellung und konnte anschließend eine Schaufel in der Hand von Petersen ausmachen. »Mist«, fluchte er leise. Er war zu spät gekommen, denn schon ging Melf Petersen zu seinem Wagen, öffnete den Kofferraum und warf die Schaufel hinein. Als er sah, wie der Mann in den Wagen stieg, wurde ihm bewusst, dass er verschwinden sollte. Zum Windpark gab es nur diesen Zufahrtsweg. Egal, was Petersen an der Brandstelle getrieben hatte, es war besser, wenn er weiterhin annahm, nicht dabei beobachtet worden zu sein. Schnell verstaute Haie das Fernglas, drehte sein Fahrrad um, schwang sich in den Sattel und trat in die Pedale, was das Zeug hielt.

18. KAPITEL

Der Morgen war grau und trüb und spiegelte Dirks Gemütszustand exakt wider. Zwar fühlte er sich nicht mehr so müde wie tags zuvor, aber das Abschalten war ihm nicht gelungen. Immer wieder waren Fetzen der Ermittlungen wie Gewitterblitze durch seine Gedanken gezuckt und hatten ihn nicht zur Ruhe kommen lassen. Auch Ansgar Rolfs erschien sich nicht erholt zu haben, stellte er fest, als sie sich in seinem Büro zusammensetzten, um die Ermittlungsansätze noch einmal Punkt für Punkt durchzugehen. Dirk hatte das Gefühl, sie drehten sich im Kreis und die Rotation nahm richtig Fahrt auf, als ihm bewusst wurde, wie wenig Zeit ihnen blieb.

Lorenz Meister hatte ihm zwar eine Frist eingeräumt, aber diese lief bald ab, und wenn sie den Fall nicht bald lösten oder zumindest etwas Bahnbrechendes herausfanden, würde er darauf bestehen, dass Dirk seine Ermittlungen einstellte. Er ließ sich seufzend in seinem Schreibtischstuhl zurückfallen und starrte auf die Tafel, an der sie die bisherigen Ermittlungspunkte zusammengefasst hatten. Die Buchstaben, Zahlen und Bilder tanzten vor seinen Augen, formierten sich zu einem Strudel, der ihn mit sich zu rei-

ßen drohte. Er war kurz versucht, sich dem Sog hinzuge-
ben, als das Telefon klingelte und ihn dem Wirbel entriss.

»Thamsen?«

Sein Retter entpuppte sich als der Leiter der Spurensicherung.

»Wir sind jetzt mit den Schlägern durch und ...«, er
machte eine Pause, »haben tatsächlich an einem Blut vom
Opfer gefunden.«

»Wirklich?« Dirk schnellte von seinem Stuhl hoch, der
scheppernd zurückrollte.

»Wie vermutet ist es ein Hybrid-Schläger. Laut unserer
Liste gehört der einem Oke Reuters. Sagt euch das was?«

»Reuters, na klar.« Dirk sah, wie Ansgar die Augenbrauen in die Höhe zog, und musste unweigerlich an
Dörte denken. »Ja, gut, danke für die Info. Wie weit seid
ihr mit den Drohmails?«

»Noch nicht weiter – wir haben auch nur zwei Hände
und ...«

»Ja natürlich. Ich weiß, meldet euch einfach, wenn ihr
etwas habt.« Er wollte den Kollegen auf keinen Fall ver-
ärgern, schließlich waren sie auf die Unterstützung der
Kieler angewiesen.

»Der Schläger, mit dem Johannes Petersen erschlagen wurde, gehört Reuters«, platzte die Neuigkeit aus
Dirk heraus, nachdem er sich nochmals bei dem Kollegen bedankt und sich verabschiedet hatte.

»Nee, echt? Den habe ich gestern getroffen.«

»Was, wo?«

»Auf dem Marktplatz. Demonstrierte dort mit ein paar
Leuten gegen den Windpark.«

»Ach, und?«

»Der war recht seltsam. Hat irgendwie versucht, Melf Petersen schlechtzumachen.«

»Interessant. Wir sollten ihm einen Besuch abstatten. Klär mal, wo wir ihn jetzt antreffen können.«

»Geht klar, Chef.«

*

»Gehst du etwa auf den Golfplatz?« Niklas stand vor Haie und blitzte ihn aus zusammengekniffenen Augen an. In der Hand hielt er einen Flyer mit Angeboten des Golfvereins, den Haie im Clubhaus entdeckt und eingesteckt hatte.

»Ich, nun, na ja …«

»Du verbietest mir, einen Kurs zu belegen, und machst selbst einen?«

»Verboten habe ich es dir nicht«, versuchte Haie richtigzustellen und überlegte fieberhaft, wie er aus der Nummer herauskommen konnte. Für Niklas war seine Kursteilnahme wie ein Verrat, das konnte er am Gesicht des Jungen ablesen.

»Du hast gesagt, Golf sei nur etwas für feine Pinkel.«

»Da habe ich mich geirrt. Das sind ganz normale Leute.« Meistens jedenfalls, fügte Haie in Gedanken hinzu. »Außerdem hat doch die Schule den Kurs abgesagt.« Er sah, wie Niklas schluckte, wusste aber, dass er sich nicht so schnell geschlagen geben würde. Obwohl keine genetische Verwandtschaft zwischen ihnen bestand, war sein Patensohn ihm in vielerlei Hinsicht doch sehr ähnlich.

»Nur wegen diesem Mord. Aber die Leiche liegt da ja wohl nicht mehr rum, sonst könntest du ja kaum diesen Kurs machen, oder?«

Haie war erstaunt, wie Niklas über das Verbrechen sprach oder, besser gesagt, dass er überhaupt darüber redete. Seitdem er die Leiche ihrer früheren Nachbarin gefunden hatte, mied er derartige Themen, aber durch seine Gespräche mit der Jugendpsychologin schien er Fortschritte zu machen. In diesem Moment wusste Haie jedoch nicht, ob er sich darüber freuen sollte.

»Ich helfe Onkel Dirk, den Fall zu klären.«

»Ach ja, mit Golfspielen?« Niklas grinste ihn frech an.

Haie wusste, dass die Diskussion zu nichts führen würde. Niklas fühlte sich von ihm hintergangen und in gewisser Weise verstand er ihn. Nicht alle Argumente, die er vorgebracht hatte, um ihn vom Golfprojekt abzubringen, trafen zu. »Du musst dich fertigmachen, der Bus kommt gleich«, beendete Haie die Diskussion.

Niklas warf ihm einen vernichtenden Blick zu, drehte sich um und stürmte aus der Küche. Haie atmete auf.

»Was ist denn mit Niklas los?«, fragte Tom, als er in die Küche kam.

»Ich glaube, das ist die Pubertät.« Haie gönnte sich einen großen Schluck Kaffee und sah, wie sein Freund nickte.

»Ja, er wird älter.«

»Das macht es nicht leichter«, stöhnte Haie und nahm sich eine Scheibe Graubrot.

»Jetzt weißt du, was deine Eltern durchgemacht haben.«

»Was?«, Haie hob den Kopf. »Nee, also so war ich nicht.«

»Ach komm«, schmunzelte Tom und setzte sich zu ihm an den Tisch.

»Vielleicht ein bisschen«, lenkte Haie ein, während er sich dick Butter auf sein Brot strich und es mit zwei Scheiben Käse belegte.

»Ich sehe, du stärkst dich für dein Golfspiel. Heute letzter Tag?«

»Ja.«

»Soll ich dich fahren?«, bot Tom an.

»Musst du denn nicht arbeiten?«

»Habe erst heute Nachmittag ein Meeting in Husum. Außerdem bin ich auf deine Golfkünste gespannt.«

»Ach, da gibt es noch nicht viel zu sehen.«

»Versteh ich doch, du warst ja auch stark mit den Ermittlungen beschäftigt, der Golfkurs war ja nur Tarnung.« Tom zwinkerte ihm zu. »Trotzdem, ein paar Bälle wirst du geschlagen haben, oder?«

»Ja, nun …« Haie dachte an die vielen Versuche, den Ball zu treffen. Seine Quote war nicht besonders hoch, und jetzt, nach einem Tag Pause, hatte er sicherlich an Übung verloren. Trotzdem wusste er nicht, wie er den Freund abwimmeln konnte. Tom schien ganz heiß darauf zu sein, ihn auf den Golfplatz zu begleiten, und ein wenig freute er sich darüber, denn es erinnerte ihn an alte Zeiten. Zeiten, in denen sie zusammen mit Marlene gemeinsam ermittelt hatten. Sie waren ein gutes Team gewesen, und oft hatte Haie sich bei seinen letzten Ermittlungen seine Freunde an seiner Seite gewünscht. »Also gut, ich mache mich fertig und dann können wir los«, lenkte er ein und biss genüsslich in sein Käsebrot.

Eine gute Stunde später saßen sie im Auto und Tom startete den Motor.

»Hat Dirk sich eigentlich gemeldet?«, fragte er, als er die Dorfstraße entlangfuhr.

»Nee, aber ich habe auch nicht versucht, ihn noch einmal zu erreichen.«

»Wieso nicht?«

»Bin mir nicht sicher.«

»Womit?«

»Ob an der Theorie was dran ist. Sollte Melf Petersen anstelle seines Bruders sterben?«

»Schwer zu sagen.« Tom bog auf den Schnapsweg ein. »Möglich, wenn Johannes Petersen mit dem Wagen seines Bruders zu Tode gekommen wäre. Mal angenommen, jemand hätte das Auto von Melf Petersen manipuliert, aber an dessen Stelle wäre Johannes damit gefahren. Oder er hätte etwas Vergiftetes gegessen, was für den Bruder bestimmt gewesen war.«

Tom drosselte die Geschwindigkeit, als sie das Ortsschild von Leck passierten. »Aber Johannes Petersen ist erschlagen worden.«

Haie nickte stumm.

»Ich meine«, fuhr Tom fort, während er den Wagen durch den Ort lenkte, »da hat man als Täter das Opfer ja vor sich. Eine Verwechslung erscheint mir in diesem Fall eher unwahrscheinlich.«

»Ja, obwohl … ach, vielleicht ist es auch nichts.«

»Was?«

»Ich habe gestern beobachtet, wie sich Melf Petersen am Windrad herumgetrieben hat.«

»Und das findest du ungewöhnlich? Es ist immerhin sein Land, vielleicht ist er sogar an dem Windpark beteiligt.«

»Er hat da mit einer Schaufel herumhantiert.«

Tom blickte Haie von der Seite an. »Mit einer Schaufel?«

»Ja, seltsam, oder? Meinst du, er wollte etwas reparieren?«

»Erstens kann man so ein ausgebranntes Windrad höchstwahrscheinlich nicht reparieren, und schon gar nicht mit einer Schaufel. Selbst der Rückbau könnte schwierig werden. Und zweitens ist Melf Petersen Landwirt. Der hat von solchen Anlagen sicherlich kaum Ahnung.«

»Aber was hat er dann dort gemacht?«

Tom zuckte mit den Schultern und setzte den Blinker, um den Weg zum Golfplatz einzuschlagen. Kurz darauf schob sich das Clubhaus in ihr Sichtfeld.

»Guck mal, Dirk ist auch hier!« Haie wies durch die Windschutzscheibe auf Thamsens Wagen. »Was will der wohl?«

»Haie, das ist immer noch sein Fall, wahrscheinlich macht er einfach seine Arbeit.«

*

Reuters Frau hatte ihnen mitgeteilt, dass sich ihr Mann im Golfclub befände.

»Was für ein Leben«, hatte Dirk geseufzt, als sie nach Stadum gefahren waren. »Montags die Woche mit einem Golfspiel zu beginnen.«

»Ach, eine Zeit lang ist das sicherlich ganz schön, aber wenn man immer die Möglichkeit hat, wird es bestimmt schnell langweilig«, hatte Ansgar erwidert. »Nimm nur mal deinen Freund Haie, der würde ohne seine inoffiziellen Ermittlungen gar nichts mit sich anzufangen wissen.«

»Kann schon sein«, hatte Dirk geschmunzelt.

Sie hatten sich im Büro nach Reuters erkundigt. »Der ist ungefähr vor einer Stunde los. »Müsste demnächst an Loch neun vorbeikommen.«

Nun standen sie seitlich am Clubhaus und hielten Ausschau nach ihm.

»Hallo, was macht ihr denn hier?«

Dirk drehte sich um und sah Haie auf sich zustapfen. Einige Meter hinter ihm entdeckte er Tom, der jedoch stehen geblieben war und lediglich die Hand zum Gruß hob.

»Moin, Haie«, begrüßte er den Freund und warf Ansgar einen zwinkernden Seitenblick zu.

»Wir haben hier noch ein paar Dinge zu klären.«

»Ach echt, was? Vielleicht kann ich euch helfen.«

Dirk musterte Haie, den er selten in solch einem sportlichen Outfit gesehen hatte. Er wirkte, als wäre er seit Jahren Mitglied im Golfclub.

»Wir haben einige Fragen an Herrn Reuters.«

»Reuters?« Haie runzelte die Stirn. »Kenn ich gar nicht.«

»Macht nichts, konzentrier du dich auf deine Ermittlungen und«, Dirk macht eine Pause und schaute sich in alle Richtungen um, »vielleicht ist es besser, wenn man uns nicht zusammen sieht.«

»Stimmt.« Haie wich zurück. »Dann lass uns aber später telefonieren, ich habe auch Neuigkeiten.«

»Ist gut, aber jetzt ...« Dirk machte eine scheuchende

Handbewegung, da er im Augenwinkel etwas auf der Bahn bemerkt hatte.

Haie ging zum Glück ohne weitere Diskussionen, und Dirk verfolgte fasziniert, wie Reuters sich mit wenigen Schlägen dem Loch näherte.

»Nicht schlecht«, entfuhr es Ansgar, als Reuters schließlich den Ball einlochte.

»Herr Reuters«, machte Dirk sich nun bemerkbar, »haben Sie einen Moment für uns?«

Der Mann blickte zu ihnen herüber und dabei war ihm anzusehen, wie unwillig er seine Golfrunde unterbrach. »Wenn es sein muss.«

»Muss sein.«

Reuters ließ seinen Caddy am Clubhaus stehen und folgte ihnen ins Restaurant.

»Wollen wir uns vielleicht setzen? Wir haben ein paar Fragen an Sie.«

»Dann fragen Sie.« Reuters blieb demonstrativ stehen, verschränkte die Arme vor der Brust, dennoch entging Dirk nicht, wie der Mann leicht schwankend sein Gewicht abwechselnd von einem Fuß auf den anderen verlagerte.

»Nun, wir haben an einem ihrer Golfschläger Blut von Johannes Petersen gefunden.«

»Was?« Reuters erstarrte regelrecht, blickte ihn mit weit aufgerissenen Augen an.

»Die Obduktion von Johannes Petersen hat ergeben, dass er mit einem Hybrid-Schläger getötet wurde, und an genau so einem Schläger von Ihnen haben die Kollegen der Spurensicherung Blut vom Opfer entdeckt. Können Sie das erklären?«

»Nein, ich …« Reuters räusperte sich. »Das muss eine Verwechslung sein.«

»Ausgeschlossen«, stellte Ansgar klar. »Es ist Ihr Schläger, an dem das Blut von Johannes Petersen klebt. Also, haben Sie uns etwas zu sagen?«

»Nein, ich kann mir das nicht erklären, da muss jemand meinen Schläger benutzt haben.«

»Sie haben doch einen Schrank, da kann sich niemand einfach so Ihren Schläger nehmen, oder?«, wandte Ansgar ein.

»Schon, aber der stand ja offen. Erinnern Sie sich nicht? Als Johannes Leiche gefunden wurde, stand mein Schrank offen, weil das Schloss kaputt ist. Da hätte sich also jeder meinen Schläger nehmen können.« Oke Reuters Blick huschte zwischen Dirk und Ansgar hin und her.

»Das Schloss ist kaputt?« Dirk verzog das Gesicht und erhob sich. »Dann zeigen Sie es uns bitte.«

»Ja, nein, also, ich habe es gestern ausgetauscht.«

Das wurde ja immer abstruser, dachte Dirk. »Und wo waren Sie zur Tatzeit?«

»Ich habe einen Freund in Hamburg besucht.«

»Okay«, Ansgar zückte Merkbuch und Stift und sah Reuters auffordernd an, »Name, Adresse?«

»Das möchte ich nicht sagen.«

»Herr Reuters, Sie wissen schon, dass Sie sich damit höchst verdächtig machen. Es ist Ihr Schläger, mit dem Johannes Petersen getötet wurde, das kaputte Schloss haben Sie just gestern ausgetauscht, und nun wollen Sie die Person nicht benennen, die Ihnen zumindest ein Alibi geben könnte.« Ansgar schüttelte den Kopf.

»Ich war das nicht. Das müssen Sie mir glauben.«

»Warum sollten wir das tun?« Dirk griff Reuters am Arm. »Es ist besser, wir unterhalten uns auf der Dienststelle weiter.« Er führte den Mann zum Eingang des Clubhauses, wo die Teilnehmer des Schnupperkurses standen und auf ihren Trainer warteten. Dirk spürte die neugierigen Blicke im Nacken wie kleine Nadelstiche, während er Reuters zu seinem Wagen brachte und neben Ansgar auf dem Rücksitz platzierte. Als er sich aufrichtete und die Tür zur Fahrerseite öffnete, nickte er Haie beinahe unmerklich zu, der seine Geste ebenso diskret erwiderte.

19. KAPITEL

Nachdem sie die erkennungsdienstlichen Maßnahmen abgeschlossen hatten, führten Dirk und Ansgar Reuters ins Büro.

»Er darf unter gar keinen Umständen unbeaufsichtigt bleiben«, raunte Dirk Ansgar Rolfs zu. Ihm stand angesichts des ersten Verhörs nach Sönke Nissens Selbstmord der Schweiß auf der Stirn. Sie konnten sich keinen weiteren Fehler erlauben. So etwas durfte nicht noch einmal geschehen.

»Herr Reuters«, begann er das Verhör, »ich frage Sie nochmals, wie kommt das Blut von Johannes Petersen an Ihren Schläger?«

Der Verdächtige saß blass und in sich zusammengesunken vor ihm auf dem Stuhl. »Ich weiß es nicht, ich kann nur sagen, dass ich damit nichts zu tun habe!«

»Aber Sie selbst haben uns doch erzählt, Sie hätten Streit mit Petersen gehabt.«

»Ja, das stimmt, aber ich habe ihn nicht umgebracht. Das müssen Sie mir glauben.«

»Nun, die Fakten sprechen gegen Sie. Glauben Sie mir, es sind schon Leute wegen weniger Geld getötet worden. Fünfzigtausend Euro sind kein Pappenstiel.«

»Ja, es stimmt, wir hatten Streit, aber ...« Reuters blickte auf. »Ich bin kein Mörder.«

»Vielleicht haben Sie nicht geplant, ihn umzubringen. Sie waren sicherlich wütend, es gab ein Wortgefecht, Sie haben die Kontrolle verloren und ...«, Dirk machte eine kurze Pause, »zugeschlagen.«

»Nein, nein, nein ... Ich war das nicht! Ja, ich war wütend auf Johannes, aber ich habe ihn nicht umgebracht!«

Dirk lehnte sich in seinem Stuhl zurück und warf Ansgar einen Blick zu.

»Herr Reuters, wieso haben Sie gestern, als wir uns getroffen haben, Melf Petersen schlechtgemacht?«

»Was? Wieso?« Der Verdächtige fuhr zusammen.

»Wollten Sie den Verdacht auf ihn lenken?«

»Nein, ich weiß nicht ... Da geht es doch um etwas ganz anderes!«

»Um was?« Dirk beugte sich wieder ein Stück vor und fixierte den Mann. Er war sich unsicher, was sich in der Miene seines Gegenübers abzeichnete. War es Angst? Erschrockenheit? Worüber? Über seine eigene Tat? Auf jeden Fall war Reuters nervös.

»Herr Reuters, Sie gaben an, zum Tatzeitpunkt in Hamburg gewesen zu sein. Wäre es jetzt nicht an der Zeit, uns die Person, die Ihnen ein Alibi geben kann, beim Namen zu nennen?«

Reuters atmete geräuschvoll aus, schüttelte dabei den Kopf.

»Nicht? Das könnte Ihnen helfen.«

»Ich glaube nicht«, seufzte Reuters und blickte auf seine Hände.

»Wieso nicht?«

»Ich weiß nicht, wie ich es sagen soll …«

»Versuchen Sie es.« Dirk war gespannt. War Reuters ihr
Mann? Hatte er Petersen erschlagen?

»Ich kann nur wiederholen, dass ich es nicht war.«

»Und Ihr Alibi?«

Reuters hob den Blick und Dirk erkannte die Verzweiflung, die darin lag. »Ich habe keines.«

*

»Oh, wir haben einen Gast«, bemerkte Lars Wolff und
blickte auf Tom, der leicht abwehrend die Hände hob.
»Ich habe meinen Freund gefahren und wollte nur ein
wenig zuschauen.«

»Zuschauer haben wir nicht so gern«, entgegnete der
Trainer schroff.

Haie runzelte die Stirn. Müsste Wolff sich nicht über
neue Interessenten freuen? Der Club warb für neue Mit-
gliedschaften, und für Lars Wolff bedeuteten Anfänger lukrative Trainerstunden. Wieso reagierte der Pro so
abweisend?

»Ja wenn das so ist …« Tom wandte sich zum Gehen,
aber Haie hielt ihn am Ärmel zurück.

»Ich habe ihn gebeten, sich meine Fortschritte anzu-
schauen. Daher möchte ich, dass er bleibt. Hat jemand
etwas dagegen?« Haie schaute in die Runde der anderen Teilnehmer, die allesamt mit den Schultern zuckten.
»Gut, dann bleibt er, zumindest bis er gesehen hat, wie
ich spiele.«

»Also, Herr Ketelsen, ich weiß nicht. Ausgerechnet heute?«

»Wieso? Es ist unser letzter Tag.«

»Das meine ich nicht. Sie haben doch gesehen, was hier los ist.«

»So schlimm kann es ja nicht sein, wenn Sie den Kurs durchführen«, beharrte Haie. »Oder haben Sie Angst, er könnte Ihre pädagogischen Fähigkeiten infrage stellen?«

»Nein, nein, also gut, wenn das für alle in Ordnung ist?« Lars Wolff blickte auf die anderen Schüler, die stumm nickten.

»Gut, dann lassen Sie uns zum Warmmachen ein paar Abschläge üben und dann gehen wir wie angekündigt auf den Kurzlochplatz.«

Die Truppe setzte sich langsam in Bewegung.

»Haie, ich will aber nicht stören«, raunte Tom ihm zu. Er sah dem Freund an, wie unangenehm ihm die Situation war.

»Tust du nicht.« Haie griff sich ein 5er-Eisen und einen Korb mit Bällen.

»Oh nein, Herr Ketelsen, Sie schlagen heute mal mit einem Driver.« Lars Wolff reichte ihm einen recht langen Schläger mit einem großen Schlägerkopf. »Und dafür nehmen Sie diese Tees.« Der Trainer ließ ihm einige längere Holzstifte in die Hand fallen.

Haie betrachtete das neue Trainingsgerät. Wieso bekam er einen anderen Schläger? Wollte Wolff ihn vorführen? Er öffnete den Mund und schloss ihn wieder. Vor Tom wollte er nicht unprofessionell wirken und versuchte daher, wissend zu nicken, bevor er mit dem langen Schläger zur Driving Range wies.

Den ersten Ball teete Haie wie gewohnt auf, indem er den längeren Holzstift einfach tiefer in den Boden rammte. Er stellte sich seitlich zum Ball, holte Schwung und … »Oh«, hörte er Tom neben sich und sah, dass der Ball lediglich einige Meter hinter die Markierung gekullert war.

»Ich muss mich erst warmschlagen«, erklärte Haie sein Missgeschick, klaubte den nächsten Ball aus dem Korb und legte ihn auf die kleine tellerartige Fläche des Stiftes. Er prüfte noch einmal seinen Stand, schwang den Schläger und …

»Halt, Herr Ketelsen, so wird das nichts!« Haie ließ den Schläger sinken. »Das ist ein Driver, da müssen Sie den Ball höher aufteen«, erklärte Lars Wolff und bückte sich. Er zog den Holzstift aus der Erde und positionierte den Golfball neu. »Und dann stellen Sie sich mal ein wenig weiter weg. Ja, so!« Der Trainer schubste Haie in die richtige Position. »Nun versuchen Sie es noch einmal.« Wolff nahm Tom ein Stück zur Seite und ging in Deckung.

Haie blickte auf den Ball, fuhr sich mit der Zunge über die Lippen, holte aus und …

»Wow«, entfuhr es Tom, der versuchte, die Flugbahn des Balls zu verfolgen, indem er mit der Hand seine Augen beschirmte.

Haie streckte die Brust heraus und grinste. »Hättest du nicht gedacht, was?« Er war selbst erstaunt über seinen fulminanten Schlag und fragte sich, warum Wolff ihm nicht schon längst diesen Schläger gegeben hatte.

»Gut«, nickte der, »gleich noch einmal.«

Haie beugte sich vor, um wieder in den Korb zu greifen, hielt aber in der Bewegung inne, als er ein Klingeln aus der Brusttasche seiner Fleecejacke hörte. Er war hin- und hergerissen. Sollte er rangehen oder den Anruf ignorieren? Immerhin schien er gerade einen guten Lauf zu haben. Und wenn es wichtig war, überlegte er. Vielleicht war etwas mit Niklas? Er drückte Tom seinen Schläger in die Hand und holte umständlich das Handy heraus. »Das ist Dirk.« Er schaute fragend zu Tom, ehe er die grüne Taste drückte, um das Gespräch anzunehmen.

»Haie, gut, dass ich dich erreiche, bist du noch auf dem Golfplatz?«

»Ja, wieso?«

»Wir kommen hier nicht weiter. Reuters macht dicht wie eine Auster. Sagt immer nur, er habe Petersen nicht umgebracht.«

»Hm, und nu?«

»Kannst du dir noch einmal diese Schränke für die Golfausrüstung anschauen? Wäre es möglich, dass jemand Reuters Schläger genommen hat? Und vielleicht …«

»Ich trainiere gerade.« Haie hatte bemerkt, wie Lars Wolff ihn argwöhnisch musterte.

»Was? Ach so, ja, aber es ist wichtig.«

»Ich schau mal, was ich machen kann«, entgegnete Haie, beendete das Gespräch und steckte das Telefon zurück in die Jackentasche. »Weiter geht's.« Er nahm Tom den Schläger aus der Hand und holte zum nächsten Schlag aus. Lars Wolff nickte zufrieden und wandte sich einer anderen Teilnehmerin zu.

»Was ist, was wollte Dirk?«

»Die kommen nicht weiter, ich soll unterstützen.«

»Jetzt?« Tom blickte ihn verwundert an.

»Ja, eigentlich schon, aber ich finde das zu auffällig. Kannst du nicht …?«

»Ich?«

Haie schaute sich um und entdeckte Lars Wolff ein paar Meter entfernt. »Die Toiletten sind gleich im Eingangsbereich, du kannst sie eigentlich nicht verfehlen«, sagte er so laut, dass der Trainer es mitbekommen musste.

Gleichzeitig schob er Tom in Richtung Clubhaus. »Schau mal, ob da jeder an die Schränke kann«, zischte er ihm zu und gab ihm einen Schubs, ehe er den nächsten Ball aus dem Körbchen holte.

Tom setzte sich widerwillig in Bewegung und verfluchte Haie innerlich. So hatte er sich seinen Vormittag nicht vorgestellt. Er hatte Haie einen Gefallen tun und ihm die zusätzliche körperliche Anstrengung der Fahrradfahrt ersparen wollen. In die Ermittlungen hatte er sich nicht einmischen wollen. Damit wollte er nichts zu tun haben.

Früher war das anders gewesen, da hatte er Haie oftmals unterstützt, aber Marlenes Tod hatte alles verändert. Er wollte sich nicht mehr mit Mord und Totschlag beschäftigen, wollte nicht daran erinnert werden, dass seine geliebte Frau Opfer eines Gewaltverbrechens geworden war. Doch das Vergessen gestaltete sich schwierig, besonders in Momenten wie diesen, da er den Eingang des Clubhauses erreichte und ihm bewusst wurde, dass einer der Golfer vermutlich ein Mörder war. Zögernd trat er in den Flur, in dem außer seiner eigenen Schritte nichts zu hören war. Als er das WC-Schild entdeckte, atmete er leicht aus. Er musste wirklich auf die Toilette.

Er war allein in dem Raum, und auch als er nach dem Händewaschen wieder den Flur betrat, herrschte nach wie vor Stille. Tom blickte sich um. Wo sollte er diese Schränke finden?

Instinktiv wählte er die richtige Tür und stand nur einen Augenblick später zwischen mehreren metallenen Boxen, die als Aufbewahrungsmöglichkeiten für Golfausrüstungen dienten. Es roch nach feuchter Erde und Gras. Tom ging eine der Reihen entlang. Die Schränke hatten lediglich Nummern, wer eine bestimmte Box suchte, musste sich gut auskennen. Gesichert waren die Türen durch kleine Schlösser. Nicht unbedingt schwer zu knacken, aber man benötigte das richtige Werkzeug. Er fragte sich, ob es dem Täter nicht egal gewesen war, wem er den Mord in die Schuhe schieben konnte. Hauptsache, der Schrank war leicht aufzubekommen. So würde er jedenfalls vorgehen, überlegte er, es sei denn, er wollte jemand ganz Bestimmten belasten. Er trat an eine Box und versuchte, durch die gestanzte Fläche der Tür ins Innere zu schauen.

»Hallo, was machen Sie da?«

Tom fuhr herum, sein Herz schlug ihm bis zum Hals. Hinter ihm stand ein bulliger Mann und blickte ihn aus zusammengekniffenen Augen an.

»Ich, ähm … wollte mir mal die Einrichtung anschauen.«

»Wir haben es nicht so gerne, wenn hier Fremde einfach so herumschnüffeln. Können Sie sich vorstellen, oder?«

Tom nickte und schluckte. »Ja, ich dachte, ich wollte … Mein Freund hat durch den Schnupperkurs Gefallen am Golf gefunden, und ich habe überlegt, sollte er sich für eine

Mitgliedschaft entscheiden, ihm vielleicht einen Schrank zu sponsern. Aber mir scheint, hier sind alle belegt.«

»Das müssen Sie im Büro klären.«

»Ja natürlich.« Tom wollte sich an dem Mann vorbeidrängen, der stellte sich ihm jedoch in den Weg.

»Sie müssen entschuldigen, aber nach den letzten Vorfällen hier im Club sind wir natürlich sehr aufmerksam.«

»Das verstehe ich. Der Mord an Petersen war sicherlich ein großer Schock für den Verein.«

»Ja, na ja.« Der Mann verlagerte sein Gewicht. »Er war halt ein Mitglied.« Er schüttelte den Kopf.

»Kannten Sie ihn gut?«

»Was heißt gut? Wie man sich in einem Verein halt so kennt. Ich verstehe nicht, warum die Polizei hier noch herumschnüffelt und nun auch noch Reuters abgeführt hat. Wie einen Schwerverbrecher, dabei ist der Fall doch geklärt.«

»Offenbar nicht.«

Der Mann trat einen Schritt auf ihn zu. »Ich denke, es war Petersens Mitarbeiter, der, der sich selbst umgebracht hat?«

Tom wich zurück und überlegte, was er darauf entgegnen sollte. Der Typ war ihm nicht gerade sympathisch, dennoch bestand die Chance, vielleicht etwas über Reuters zu erfahren. »Soweit ich gehört habe, hat er kein Geständnis abgelegt, und eine Verbindung zum Golfplatz gibt es auch nicht.«

»Na ja, Sie sehen ja selbst, wie leicht man sich hier Zugang verschaffen kann.«

Tom fühlte sich durch den Blick des anderen geradezu

aufgespießt. »Ja, deswegen könnte auch jemand anderes Petersen umgebracht haben, oder?«

»Reuters?« Der Mann lachte auf.

»Warum nicht?«

»Dazu fehlt ihm der Mumm. Der ist eher ein Kopfmensch. Allein wie der sein Golfspiel betreibt. Nee, der ist viel zu schlau, als dass die Polizei ihm auf die Schliche kommen würde. Jeder andere, aber nicht Reuters.«

»Manchmal irrt man sich aber auch. Man kann den Leuten schließlich immer nur bis vor die Stirn schauen.«

»'türlich, aber trotzdem traue ich dem Reuters keinen Mord zu. Gerade weil es die Verbindung zum Golfclub gibt. Wer ist denn so blöd und legt die Leiche dort ab, wo die Spur geradewegs zum Täter führt? Reuters ganz sicher nicht.«

»Vielleicht baut er gerade auf diese Denkweise, wäre das nicht besonders schlau?«

Der Mann kratzte sich und verschärfte seinen Blick. »Sind Sie etwa von der Polizei?«

»Nein«, beeilte sich Tom zu versichern, da er sah, wie sich der Gesichtsausdruck seines Gegenübers verfinsterte. »Wie gesagt, ich wollte mir nur mal die Schränke anschauen. Für meinen Freund.«

»Zum Büro geht es da entlang«, wies der Mann ihm den Weg und machte sich dann an einem der Schränke zu schaffen. Tom warf ihm einen letzten Blick zu, ehe er den Raum verließ.

21. KAPITEL

Dirk konnte Reuters Gezeter bis in sein Büro hören. Der verdächtige Golfer saß in der kleinen Verwahrzelle und beschwerte sich lauthals darüber, dass sie ihn ungerechtfertigterweise festhielten.

Zwar hatte der Mann nach wie vor immer wieder seine Unschuld beteuert, aber allein die Blutspuren an seinem Golfschläger und das mangelnde Alibi rechtfertigten eine vorläufige Festnahme. Für Dirk lag eindeutig ein dringender Tatverdacht vor.

Daher hatte er die Kripo in Husum informiert. Lorenz Meister hatte sich durchaus beeindruckt gezeigt und zu Dirks Erstaunen angeboten, sich um einen Haftbefehl zu kümmern. Dennoch hatte er niemanden schicken wollen, um Reuters abzuholen, obwohl es in der Niebüller Dienststelle schon seit einiger Zeit keine offizielle Verwahrzelle mehr gab.

»Solange keine U-Haft angeordnet wurde, bleibt der bei euch.«

Dirk saß an seinem Schreibtisch und trommelte mit den Fingern auf die Tischplatte. Wie lange dauerte das denn mit so einem Haftbefehl, fragte er sich und starrte auf das

Telefon. Wenn die Husumer immer in solch einem Tempo arbeiteten, war es kein Wunder, dass sie ständig überlastet waren. In der Zeit, in der die einen Fall bearbeiteten, liefen drei neue auf. Da häufte sich ganz schnell ein Berg an Arbeit an. Er schüttelte leicht den Kopf.

Zwischen das Gezeter von Reuters mischten sich Schritte im Flur. Dirk blickte auf. Hatte Meister Kollegen geschickt, ohne ihn zu benachrichtigen?

Er stand auf und stürzte zur Tür, die ihm schwungvoll entgegengestoßen wurde. Reflexartig wich er zurück. Gleich darauf sah er, wie Haie in sein Büro stürmte.

»Ach ihr seid es!«, bemerkte er, als er hinter Haie im Flur auch Tom entdeckte.

»Na, das ist ja eine Begrüßung«, scherzte Haie und stapfte ins Büro. Tom folgte ihm.

»Ich habe gedacht, es seien die Kollegen aus Husum, um Reuters abzuholen.

»Wieso, hat er gestanden?«, erkundigte Haie sich und ließ sich auf den Stuhl vor seinem Schreibtisch fallen, auf dem vor Kurzem Reuters gesessen hatte.

Dirk schüttelte den Kopf. »Aber er ist dringend tatverdächtig. Habt ihr denn etwas herausgefunden?«

»Im Golfclub sind alle sehr wachsam«, schaltete sich nun Tom ein. »Ich habe versucht, mich in den Räumen mit den Schränken umzusehen, bin aber entdeckt worden.«

»Und?«

»Hab getan, als wollte ich für Haie einen Schrank anmieten.«

Dirk krauste die Stirn. »Und das hat man dir abgekauft?«

»Glaub schon.«

»Gut.« Dirk ließ sich nun ebenfalls auf seinem Schreibtischstuhl nieder. Es war eine Sache, dass Haie sich in die Ermittlungen einbrachte, aber Tom wollte er nicht mit hineinziehen. Er wusste nur zu gut, wie sehr der Freund unter dem Verlust von Marlene gelitten hatte, und wollte nicht, dass er durch solche Aktionen immer wieder an den Anschlag erinnert wurde. Gerade in der letzten Zeit hatte Dirk den Eindruck gewonnen, Toms Schmerz sei ein wenig abgeklungen, trotzdem schätzte er ihn nicht als psychisch stabil ein. Soweit Dirk wusste, mied Tom die Konfrontation mit Tod und Gewalt, und er war überrascht, als er nun mit geröteten Wangen erzählte, was er herausgefunden hatte.

»Der Typ hat mich wegen der Anmietung eines Schrankes ins Büro geschickt, und ich hätte es zu auffällig gefunden, wenn ich da nicht nachgefragt hätte.«

»Wie hat man dort reagiert?« Dirk beugte sich vor.

»Sehr nett. Und auf meine Frage, was denn wäre, wenn mein tüffeliger Freund den Schlüssel versusen würde, habe ich erfahren, dass es einen Generalschlüssel gibt.«

Haie lachte auf.

»Doch nur, um an Informationen zu kommen«, entgegnete Tom in beschwichtigendem Ton.

»Das ist interessant. Das wusste ich gar nicht«, lobte Dirk.

»Ja, und der Mann, der mich bei den Schränken entdeckt hat, meinte nicht, dass Reuters etwas mit dem Mord zu tun habe«, fuhr Tom fort. Dirk glaubte für einen kurzen Moment einen hellen Schimmer in den Augen des Freundes erblickt zu haben. Es schien ihm, als wäre ein Funke von dem Feuer, das früher in Tom gelodert hatte, neu entfacht worden.

»Wieso nicht?«

»Er hält ihn für zu schlau.«

»Na ja.« Dirk fuhr sich mit der Hand übers Kinn und verursachte ein leicht schabendes Geräusch.

»Vielleicht war er es tatsächlich nicht«, platzte es nun aus Haie heraus. »Hast du schon mal daran gedacht, dass es eine Verwechslung gewesen sein könnte?«

»Verwechslung?«

»Ja!« Haie nickte heftig. »Was, wenn gar nicht Johannes, sondern Melf Petersen sterben sollte?«

»Da spricht meiner Ansicht nach so einiges dagegen. Die Lage der Firma, die Schulden bei den Golfkollegen, die Droh…«

»Und was ist mit dem Windrad?«, fuhr Haie dazwischen.

»Was soll damit sein?«

»War es Brandstiftung?«

»Noch habe ich keine Informationen über die Brandursache. Und, ehrlich gesagt, bin ich ganz froh darüber. Wir haben so schon alle Hände voll zu tun.«

»Ja, aber überleg doch mal: Wenn es Brandstiftung war, dann will jemand Melf schädigen und vielleicht sogar umbringen.«

»Und was wäre das Motiv? Der Brand kann schlichtweg ein Schlag gegen den Betreiber des Windparks gewesen sein. Ich habe die aufgebrachte Meute gesehen, Haie.«

»Und ich habe Melf Petersen beobachtet, wie er an der Brandstelle nach etwas gesucht hat.«

»Und was soll das gewesen sein? Ich weiß nicht. Mir erscheint es logischer, dass Johannes Petersen gezielt von Reuters ...« Das Klingeln des Telefons unterbrach ihn und er griff reflexartig zum Hörer. »Thamsen?«

»Lorenz Meister. Der Haftbefehl liegt vor. Meine Leute sind unterwegs.«

Wurde auch Zeit, dachte Dirk, während er sich für die Benachrichtigung bedankte und anschließend auflegte. Sofort prasselten Haies Argumente erneut auf ihn ein. »Stopp«, brachte er den Freund zum Schweigen. Ich danke euch für eure Mitarbeit, aber der Fall scheint gelöst.«

»Waaas?« Haie beugte sich zu ihm. »Aber ...«

»Kein Aber. Reuters kommt in U-Haft, dem Richter reichen die Beweise aus.« Er sah, wie Tom nickte und sich erhob.

»Er, er hat ja aber nicht ge... gestanden«, stammelte Haie, und Dirk erkannte, wie schwer es dem Freund fiel, von seiner Theorie, nicht Johannes, sondern Melf Petersen sei das eigentliche Opfer, loszulassen.

»Noch nicht. Aber was nicht ist, kann noch werden.«

*

Ansgar rieb sich die Augen und streckte seinen Rücken durch. Er hatte das Gefühl, seit Stunden vor dem Computer zu sitzen und liegen gebliebene Berichte zu schreiben, dabei war seit Reuters Abtransport noch nicht einmal eine Stunde vergangen.

Obwohl der Fall gelöst schien, empfand er nicht die Erleichterung, die sonst beim Abschluss eines Mordfalls

Besitz von ihm ergriff. Wahrscheinlich war er deshalb nicht nach Hause gefahren und hatte Feierabend gemacht, sondern hatte sich stattdessen auf die Schreibarbeit gestürzt. Aber er konnte sich einfach nicht konzentrieren. Die Buchstaben und Zahlen auf der Tastatur hatten ein Eigenleben entwickelt. Er hatte selten derart viele Tippfehler gemacht.

»Das bringt alles nichts«, stöhnte er, schaltete den Computer aus und nahm seine Jacke. Als er sich von Thamsen verabschieden wollte, fand er dessen Büro verwaist vor. Hat wohl auch schon Feierabend gemacht, dachte er, ehe er die Tür hinter sich zuzog und die Dienststelle verließ.

Draußen dämmerte es bereits, aber dennoch glaubte er, es läge ein Hauch von Frühling in der Luft. Kaum Wind, dafür noch munteres Vogelgezwitscher. Er holte tief Luft. Mit wenigen Schritten hatte er seinen Wagen erreicht und stieg ein. Er hätte nicht sagen können, warum, aber er fuhr nicht direkt nach Hause, sondern machte einen Umweg über das Gewerbegebiet. In Niebüll führten letztendlich beinahe alle Wege heimwärts, es war nur eine Frage, wie lange man brauchte. Am Tor der Entsorgungsfirma Hansen drosselte er das Tempo und spähte auf den Hof. Der weiße Geländewagen vom Junior stand vor dem Eingang. Ansgar stoppte seinen Wagen ein Stück die Straße entlang und beobachtete im Rückspiegel die Einfahrt. Lange musste er nicht warten, schon erschien der weiße Pkw und bog Richtung Zentrum ab.

Ansgar wendete und folgte Matthias Hansen, der zügig fuhr, ohne sich an die Geschwindigkeitsbegrenzung zu halten. Bald schon ahnte er, wohin der Verfolgte wollte, und empfand ein leicht triumphales Gefühl, als er sah, wie Matthias Hansen kurze Zeit später vor dem Café Kö anhielt.

Mal schauen, was er so vorhatte, spekulierte Ansgar und spürte in der Magengegend ein leichtes Ziehen, dessen Ursprung er nicht ausmachen konnte, aber da er heute noch nicht sonderlich viel gegessen hatte, ließ es sich vielleicht durch einen Snack im Café beseitigen. Er suchte sich ebenfalls einen Parkplatz und schlenderte ins Kö. Am Eingang blickte er sich um, er hätte gar nicht gedacht, dass das Café unter der Woche so gut besucht sein würde. Er nahm den Geruch von Zigarettenrauch wahr und rieb sich die Nase, während er sich umschaute. Matthias Hansen entdeckte er an einem Tisch weiter hinter im Lokal, allein.

Ansgar setzte sich auf einen der erhöhten Plätze am Tresen, von wo aus er Hansen gut im Blick hatte. Er fragte sich, ob er auf jemanden wartete, aber als die Bedienung an Hansens Tisch trat, schien er bereits zu bestellen.

»Und was kriegst du?«

Ansgar fuhr herum. Eine etwa dreißigjährige blonde Frau hatte sich lautlos angeschlichen. Kurz überlegte Ansgar, ob er nicht doch lieber gehen sollte, sie hatten den Täter, was wollte er hier?

»Einen Caesar Salad und eine Apfelschorle, bitte.«

Während er auf seine Bestellung wartete, schaute er immer wieder zu Matthias Hansen, bis dieser den Kopf drehte und ihn direkt anstarrte. Schnell wandte Ansgar sich ab, nahm aber im Augenwinkel wahr, wie Hansen sich erhob und in seine Richtung getrottet kam.

»Kannst du mir mal sagen, warum du mich so anglotzt?«, fragte Matthias Hansen, wobei er auf dem Hocker gegenüber Platz nahm.

Ansgar überlegte, den Vorwurf abzustreiten, sah aber

im Gesichtsausdruck seines Gegenübers, dass dieses Vorhaben zwecklos sein würde. »Ich habe mich gefragt, was Sie mit Sabine Petersen verbindet.«

»Hä, wie kommst du denn auf die?«

Ansgar hasste es, von Fremden geduzt zu werden, diese neumodische Ikea-Manie empfand er als respektlos und blieb deshalb beim Sie, nicht zuletzt, um Distanz zu wahren.

»Neulich habe ich zufällig gesehen, dass Sie sie besucht haben.«

»Und, ist das verboten?«

»Nein, aber irgendwie fand ich es seltsam, zumal ich weiß, dass Sie auf Johannes Petersen nicht gut zu sprechen waren. Was also verbindet Sie mit dessen Frau?«

Matthias Hansens Augen verengten sich, seine Stirn legte sich in Falten. Zu gerne hätte Ansgar gewusst, was der Mann gerade dachte, insbesondere als sich sein Mund zu einem breiten Grinsen verzog.

»Verbinden? Nichts. Ich hab die Alte gepoppt. Sie war leicht rumzukriegen. Mehr nicht.«

»Und dass sie die Frau Ihres Konkurrenten war, spielte keine Rolle?«

»Vielleicht, wüsste aber nicht, was dich das angeht.«

Ansgar holte seinen Dienstausweis hervor und legte ihn auf den Tisch. »Ich denke, eine Menge, immerhin ermittle ich im Mordfall von Johannes Petersen.«

Er konnte die coole Fassade seines Gegenübers förmlich bröckeln sehen. Selbst wenn Matthias Hansen gewusst hatte, wer er war, das grüne Dokument zwischen ihnen änderte einiges, nichts nur Hansens Ansprache.

»Und Sie denken, ich habe ihn umgebracht, weil ich
etwas mit seiner Frau hatte? Wäre es in diesem Fall nicht
wahrscheinlicher, Johannes hätte mich …?« Matthias Hansen bewegte seine flache Hand auf Halshöhe von rechts
nach links.

»Nicht unbedingt. Vielleicht haben Sie ein Verhältnis
mit seiner Frau angefangen, um sich zu rächen. Oder Sie
wollten Sabine Petersen auf Ihre Seite bringen und aushorchen.«

»Ha«, entfuhr es Hansen, »aushorchen? Die?«

»Wäre doch möglich.« Ansgar zog den Dienstausweis
zu sich heran und steckte ihn wieder ein.

»Nee, das ist nicht möglich, weil Sabine rein gar nichts
weiß. Die hatte keine Ahnung, was ihr Göttergatte so
trieb.«

»Aber Sie. Sie wussten darüber Bescheid, haben sich
in der Firma lauthals über Petersens unlautere Methoden beschwert.«

»Man wird ja wohl mal seine Meinung äußern dürfen.«

»Natürlich, aber es ist immer eine Frage der Art und
Weise.« Ansgar betonte jedes einzelne Wort, denn die Aus-
drucksform seines Gegenübers ließ seiner Ansicht nach
sehr zu wünschen übrig.

War Matthias Hansen wirklich solch ein schlichtes
Gemüt oder hatte er es faustdick hinter den Ohren? Er
betrachtete den Mann, der wieder ein leichtes Grinsen
aufgesetzt hatte und sich langsam erhob.

»Mein Essen kommt. Nichts für ungut. Grüßen Sie
Sabine von mir!«

22. KAPITEL

Dirk stand in der Küche und wartete darauf, dass der Kaffee durchgelaufen war. Er hatte den gestrigen Abend mit seiner Familie verbracht. Jetzt, wo der Fall gelöst war und Reuters in U-Haft saß, konnte er zeitig Feierabend machen, hatte er gedacht und zur Feier des Tages Essen vom Chinesen geholt.

Er konnte nicht sagen, ob es an der Ente süß-sauer gelegen hatte oder was der Grund gewesen war, aber er hatte kaum Schlaf finden können. Unruhig hatte er sich die ganze Nacht von einer Seite auf die andere gewälzt. Immer wieder war sein Blick zu den Leuchtziffern seines Weckers gewandert, der das Vergehen der Zeit zäh und klebrig angezeigt hatte. Wie eine Sanduhr mit feuchter Füllung. Er fühlte sich daher wie gerädert und brauchte dringend einen Kaffee, ansonsten würde er den Tag, ja nicht einmal die nächste Stunde überstehen.

»Morgen!« Dörte betrat die Küche mit einem Lächeln im Gesicht. Im Gegensatz zu ihm wirkte sie ausgeschlafen, obwohl sein Hin- und Hergewälze sicherlich ihren Schlaf gestört hatte. Sie trug den roten Seidenkimono, den er ihr zu ihrem letzten Geburtstag geschenkt hatte, und als sie näher kam, nahm er ihren Duft wahr. Dirk schloss die Augen, genoss es, wie sie ihn von hinten umarmte und sich an ihn schmiegte. Sie roch nach süßen Träumen und ein Hauch ihres blumigen Parfüms haftete an ihr. Er spürte, wie er sich entspannte, öffnete die Augen und erstarrte, als sein Blick auf die Zeitung fiel, die Dörte neben ihn auf die Arbeitsplatte der Küchenzeile gelegt hatte.

Warum musste Sönke N. sterben?

Ein heißer Blitz durchzuckte ihn, als er die Schlagzeile entdeckte. Hastig befreite er sich aus Dörtes Umarmung und griff nach dem Nordfriesland Tageblatt.

»Das gibt es ja wohl nicht«, murmelte er, nachdem er den Anreißer auf der Titelseite gelesen hatte, der auf einen Bericht inklusive Interview mit der trauernden Witwe auf Seite zwölf verwies. Ihm schwindelte. Schnell nahm er sich einen der Küchenstühle, setzte sich an den Tisch und breitete die Zeitung vor sich aus. Das Papier raschelte, während er hastig die genannte Seite aufschlug. Der Journalist des Artikels bezichtigte die Polizei eines falschen Vorgehens. Man habe einen unschuldigen Mann des Mordes verdächtigt und in den Tod getrieben, während der wahre Täter seelenruhig auf dem Stadumer Golfplatz seine Runden gedreht habe.

»Woher …?«

»Was ist denn los?« Dörte beugte sich über ihn. »Oh nein«, hörte er sie kurz darauf aufstöhnen. »Das ist wegen diesem Mann, der sich in deinem Büro umgebracht hat, oder?«

Sofort blitzten die Bilder in seiner Erinnerung wieder auf. Sönke Nissen, wie er schlaff am Fensterrahmen hing und ihn aus weit aufgerissenen Augen anstarrte. »Es war mein Fehler«, flüsterte er. Er spürte Dörtes Hand auf seinem Rücken.

»Das hast du nicht ahnen können, niemand konnte das.«

Dirk schüttelte den Kopf und stand auf. »Darum geht es nicht. Laut Vorschrift hätte ich ihn nicht allein lassen dürfen.« Prompt klingelte sein Telefon. »Nicht auch das noch«, seufzte er, als er Meisters Nummer auf dem Display erkannte.

»Was ist denn da bei euch los?«

»Wieso?«

»Haben Sie noch keine Zeitung gelesen? Das fällt alles auf uns zurück, was diese Schmierfinken da von sich gelassen haben.«

War ja klar, dass dies Meisters einzige Sorge war. Und sie war berechtigt. Schließlich war die Kripo für Kapitalverbrechen zuständig, dennoch änderte es nichts an der Tatsache, dass Sönke Nissen sich in seinem Büro erhängt hatte.

»Hat denn Reuters gestanden?«

»Nein, aber die Nacht in der U-Haft hat ihn mürbe gemacht. Er hat nun doch Angaben zu seinem Alibi gemacht. Ist wohl ein bisschen prekär.«

»Aha, warum?«

»Handelt sich um einen Callboy.«

»Callboy?«

Dirk fing Dörtes fragenden Blick auf und zuckte mit den Schultern. Er hatte wirklich keine Ahnung, was er davon halten sollte. Auf ihn hatte Reuters nicht homosexuell gewirkt. War das ein verzweifelter Versuch, seinen Kopf aus der Schlinge zu ziehen?

»Ja, meine Mitarbeiter überprüfen das gerade.«

»Und wenn sich das Alibi bestätigt?«

»Müssen wir ihn laufen lassen. Im Grunde war der Fall ohnehin abgeschlossen. Selbstmord hin oder her. Und die Zeitung von heute ist morgen alt.«

»Aber wenn Reuters es nicht war, dann …«

»Dann war es eben doch dieser Selbstmörder. Weitere Ermittlungen wird es nicht geben. Basta.«

*

Seit Niklas und Tom aus dem Haus waren, hatte Haie bereits mehrere Male versucht, Dirk zu erreichen, aber die Leitung war ständig belegt. Um sich abzulenken, hatte er sich an die Hausarbeit gemacht, aber so recht auf andere Gedanken brachten ihn das Staubsaugen und Wischen nicht.

Lag er mit seiner Theorie so falsch? War wirklich Reuters der Mörder von Johannes Petersen und hatte er ihn wegen des geschuldeten Geldes umgebracht?

Geld war immer ein starkes Motiv, aber nicht jeder wurde deshalb zum Mörder. Außerdem, was hatte Reuters davon, wenn Petersen tot war? Dann bekam er sein Geld erst recht nicht zurück. Haie schüttelte den Kopf, als er den Staubsauger ausschaltete und auf den Knopf trat, der das Kabel automatisch aufrollte. Ein zurrendes Geräusch erklang, gefolgt von einem Bang, als der Stecker auf das Gehäuse traf.

Um einen Menschen umzubringen, mussten seiner Ansicht nach schon etliche Barrieren durchbrochen werden. Reichten fünfzigtausend Euro Schulden aus? Die Mitglieder des Golfclubs mochten vielleicht speziell sein, aber er schätzte, sie würden eher einen Anwalt einschalten als einen Schuldner erschlagen. Wobei das Mordwerkzeug auf einen Täter aus ihren Reihen hinwies, vielleicht zu offensichtlich. Was aber, wenn Reuters nicht der Mörder war und Johannes Petersen auch nicht das ursprüngliche Opfer? Welches Motiv konnte es geben, um Melf Petersen umzubringen? Er seufzte, als er den Staubsauger in den Schrank stellte.

»Ich sollte mir lieber Gedanken über das Mittagessen machen«, murmelte er, als sein Blick auf die Küchenuhr fiel. »Nudeln oder Gemüserisotto?«

Er inspizierte den Inhalt des Kühlschranks und bemerkte, dass er für beide Gerichte nicht die passenden Zutaten im Haus hatte. Und auch sonst gaben die Vorräte nichts her, aus dem sich ein passables Gericht würde zaubern lassen. Er würde wohl oder übel ins Dorf radeln müssen, wenn er Niklas etwas zum Mittagessen servieren wollte.

Ein letztes Mal wählte er Dirks Nummer. Endlich ertönte das Freizeichen. Haie schluckte und wartete darauf, dass der Freund sich meldete, doch auch nach dem zehnten Läuten wurde nicht abgehoben. »Was macht der denn bloß?«, fluchte Haie leise, während er sich im Flur seine Jacke anzog und die Geldbörse einsteckte, er traute sich jedoch nicht, die Zentrale anzurufen. Die würden ihn eh nur wieder belächeln und vertrösten, urteilte er und verließ das Haus.

Das Wetter war gut, aber der Wind schneidig, bemerkte

er, als er mit dem Fahrrad die Dorfstraße bis zum Supermarkt hinunterfuhr.

Im Laden war es um diese Zeit sehr ruhig. Er schien
der einzige Kunde zu sein. Von der Tür grüßte er Helene,
die an der Kasse saß und Kleingeld in die Geldschub-
lade sortierte, dann schnappte er sich einen Einkaufskorb und steuerte auf die Obst- und Gemüseauslage
zu. Möhren, Pilze, Paprika und ein Brokkoli wanderten
der Reihe nach in seinen Korb, gefolgt von der kleins-
ten Zucchini, die er finden konnte. Er selbst mochte
dieses Gurkengemüse nicht sonderlich gern, war aber
der Meinung, dass Niklas eine ausgewogene Ernährung
brauchte. Der Junge befand sich im Wachstum, da benötigte er möglichst viele Nährstoffe. Nachdem er noch
ein paar frische Kräuter ausgewählt hatte, schlenderte er
zum Kühlfach. Wo war denn der Parmesan? Und Sahne
brauchte er auch noch.

»Na, da hat die Polizei ja wohl ganz falschgelegen. Die
arme Maren, nun steht sie als Witwe da.«

Haie fuhr herum und blitzte Helene wütend an. Er
erinnerte sich gut an die Situation vor ein paar Tagen hier
im Markt, bei der Helene Maren Nissen gegenüber nicht
ein Fitzelchen Mitleid empfunden hatte.

»Dass Sönke sich umgebracht hat, hat wahrscheinlich
andere Gründe.«

»So, meinst du?« Sie äugte ihn an.

Haie verspürte keine Lust, mit ihr weiter darüber zu
sprechen. Schnell griff er sich eine Packung geriebenen
Parmesan, einen Becher Sahne und stapfte weiter. Helene
folgte ihm wie ein Bluthund einer Spur.

»Hoffentlich bringt dieser Reuters sich nicht auch noch um.«

»Wieso?« Haie steuerte auf die Kasse zu, blieb kurz am Süßigkeitenregal stehen, um für Niklas eine Tafel Schokolade auszuwählen. Er wusste bereits jetzt, dass das Gemüserisotto für wenig Begeisterung bei dem Jungen sorgen würde, aber mit Aussicht auf Schokolade zum Nachtisch würde er dennoch davon essen.

»Könnte doch sein. Ich habe gehört, er hat bestritten, der Mörder zu sein.«

Haie spürte Helenes säuselnden Atem in seinem Nacken. Und drehte sich um. »Was glaubst du denn, wer es war?«

»Ich fand Elkes Ansatz durchaus logisch. Wenn nämlich Melf derjenige ist, der das Zeitliche segnen sollte, dann sucht die Polizei den Täter an ganz falscher Stelle.«

»Und wo muss man deiner Ansicht nach dann suchen?«

»Überleg doch mal. Melf hat in letzter Zeit ordentlich Geld mit Windrädern gemacht, und nun kommen noch diese Sonnenschilde dazu. Die Aufträge hat er bestimmt nicht erhalten, weil er ein lieber, netter Kerl ist. Der hat bestimmt einige Leute geschmiert, und nun ist ihm das auf die Füße gefallen.«

»Du meinst, er hat Schulden bei den Investoren?«

»Das oder sogar noch weiter oben. Wer verteilt denn diese Aufträge?«

»Das Land oder der Kreis?« Tom hatte ihm die Windpark-Thematik bereits öfters erläutert, aber so genau erinnerte Haie sich nicht mehr.

»Auf jeden Fall irgendwelche Politiker.« Helene nickte

ihm wohlwollend zu, so als hätte sie ihm die Welt erklärt. Haie war jedoch nicht ganz so überzeugt wie die Kaufmannsfrau.

»Aber würden die sich überhaupt für so etwas die Hände schmutzig machen?«

»Was heißt hier schmutzig machen?« Helene stemmte die Hände in die Hüften. »Die haben doch eh schon alle Dreck am Stecken!«

*

Dirk hatte den Hörer neben den Telefonapparat gelegt und sein Gesicht in seine Handflächen vergraben. »Das darf alles nicht wahr sein«, stöhnte er immer wieder vor sich hin.

»Was darf nicht wahr sein?«

Dirk blickte auf. Er hatte Ansgar Rolfs nicht in sein Büro kommen hören, ihn aber an der Stimme erkannt. »Reuters hat nun doch ein Alibi.«

»Echt?« Sein Mitarbeiter ließ sich auf den Stuhl vor seinem Schreibtisch fallen. »Von wem?« »Patrick Juhnke – ein Callboy aus Hamburg.«

»Der angebliche Freund?«

»So ähnlich«, antwortete Dirk und konnte sich nun doch ein Grinsen nicht verkneifen.

»Aber ein Alibi kann man sich in dem Milieu sicherlich erkaufen«, bewertete Ansgar den neuesten Stand der Ermittlungen.

»Denke ich auch, aber Meister sieht es anders. Er sagt, der Fall bleibt geschlossen und wir sollen uns auf unsere

Arbeit konzentrieren. Hätten schließlich mit dem Brand im Windpark genug zu tun.«

»Wieso?«

»Ach, einer der Sachverständigen hat sich gemeldet. Der Verdacht hat sich bestätigt, es handelt sich um Brandstiftung.«

»Und wir sollen den Feuerteufel ermitteln?«

»Ja.«

Mehr gab es dazu nicht zu sagen. Auch der Tatbestand einer Brandstiftung lag im Zuständigkeitsbereich der Kripo, und obwohl Meister in diesem Fall nicht verantwortlich war, hatte er Dirk dennoch angewiesen, die Ermittlungen zu übernehmen, zumindest bis die zuständigen Kollegen Zeit fanden, den Fall zu bearbeiten, denn laut Meisters Aussage steckten die Beamten bis zum Hals in Arbeit und waren natürlich, wie sie alle, total unterbesetzt.

»Wie zündet man denn überhaupt so ein Windrad an?« Ansgar schaute ihn fragend an.

»So genau weiß ich das nicht, der Sachverständige schickt noch den Bericht, hat aber etwas von Manipulation gesagt.«

»Manipulation? Wie das denn? Da muss man schon richtig Ahnung haben und schwindelfrei sein, oder?«

»Soweit ich es verstanden habe, soll es sich um einen Hackerangriff gehandelt haben, daher wurde auch vorerst der gesamte Park heruntergefahren.«

»Sind die Anlagen denn nicht gegen solche Angriffe geschützt?«

Dirk zuckte mit den Schultern.

»Und wie sollen wir den Brandstifter ermitteln? Ich meine, wir sind keine IT-Experten.«

»Ich weiß, ich denke auch, dass wir die Kripo bei den Ermittlungen in dem Fall nicht sonderlich unterstützen können. Und wie ich den Sachverständigen verstanden habe, wird es ohnehin kaum möglich sein, den Verursacher ausfindig zu machen. Die Zahl der Cybercrime-Fälle steigt seit Jahren, aber die Aufklärungsquote sinkt wohl. Wahrscheinlich hat dieser Fall auch nicht oberste Priorität, denn letztendlich geht es um einen Sachschaden eines einzelnen Betreibers, und es sind keine sensiblen Daten betroffen«, sagte Dirk. Zwar handelte es sich um ein Verbrechen, aber für ihn wog ein Mord schwerer. »Wir können uns ein wenig umhören und das war's. Dann haben wir unsere Schuldigkeit getan, denke ich.«

»Apropos umhören. Ich …« Ansgar zögerte, ehe er von seiner Begegnung mit Matthias Hansen erzählte.

»Ach.« Dirk setzte sich etwas aufrechter hin. »Also ich denke, wir sollten noch einmal mit Sabine Petersen sprechen«, schlug er vor, obwohl Lorenz Meister ihm unmissverständlich zu verstehen gegeben hatte, dass der Fall abgeschlossen war. Doch einen abschließenden Besuch bei der Witwe konnte ihnen selbst die Kripo kaum untersagen.

Keine zehn Minuten später saßen sie im Wagen und fuhren nach Klixbüll.

Sabine Petersen öffnete ihnen mit einem Lächeln im Gesicht. Auf den ersten Blick erschien Dirk die Frau aufgeräumter, doch bei genauerem Hinsehen bemerkte er die Anspannung in ihrer Körperhaltung. Ihre Bewegungen erschienen ihm ferngesteuert, wie ein Roboter führte die Witwe sie nach einer kurzen Begrüßung ins Wohnzimmer, in dem abgestandene Luft im Raum hing.

»Frau Petersen, wir sind gekommen, um Sie darüber zu informieren, dass der Fall abschlossen ist«, erklärte er ihr Erscheinen, nachdem er und Ansgar jeweils auf einem Sessel Platz genommen hatten und Sabine Petersen schwerfällig auf das Sofa gesunken war.

»Es war Reuters?«

»Nein, er hat ein Alibi.«

»Dann war es doch Sönke?«

Dirk nickte, obwohl er nicht überzeugt war. »Es sieht ganz so aus, dennoch gibt es ein paar Dinge, die noch zu klären wären.«

»Natürlich.« Sabine Petersen bewegte den Kopf mechanisch auf und ab.

»Mir ist zu Ohren gekommen, dass Sie ein Verhältnis mit Matthias Hansen hatten«, konfrontierte er sie direkt und sah, wie das Lächeln, das bisher wie eingemeißelt auf ihn gewirkt hatte, aus ihrem Gesicht fiel. »Stimmt das?«, hakte er nach.

»Also«, Sabine Petersen räusperte sich, »ich wüsste nicht, was Sie das angeht.«

»So einiges. Immerhin sind Matthias Hansen und Ihr Mann Konkurrenten gewesen.«

»Und?«

Dirk musterte die Frau und fragte sich, ob sich wirklich derart naive Denkprozesse hinter ihrer Stirn verbargen oder sie ihnen nur etwas vorspielte.

»Eine Affäre mit dem Gegenspieler Ihres Mannes ganz

ohne Hintergedanken. Kommen Sie, das wollen Sie mir nicht weismachen, oder?«

»Hören Sie«, fuhr Sabine Petersen auf, und Dirk sah, wie sich an ihrem Hals rote Flecken bildeten, »eine Frau wie ich hat Bedürfnisse. Was mein Mann konnte ...« Sie brach ab.

»Sie wussten also, was Ihr Mann so trieb?«

»Einer Ehefrau bleibt so etwas nicht verborgen.«

»Und da fiel Ihnen nichts Besseres ein, als sich mit dem Konkurrenten Ihres Mannes einzulassen?«

»Es ging um Sex, um mehr nicht.« Sabine Petersen schrie nun, und die einzelnen roten Inseln, die zwischenzeitlich von ihrem Gesicht Besitz ergriffen hatten, wurden geradezu überspült. Der Kopf der Frau glühte förmlich.

»Sind Sie sicher? Ist Ihnen nie in den Sinn gekommen, dass Matthias Hansen etwas anderes im Schilde geführt haben könnte?«

»Nein. Was soll das gewesen sein? Wir hatten lediglich unseren Spaß.« Sabine Petersen verschränkte die Arme vor der Brust, blieb aber aufrecht sitzen.

»Wäre es nicht möglich, dass er sich mit Ihnen eingelassen hat, um Ihrem Mann eins auszuwischen?«

»Nein, das glaube ich nicht.«

»Glauben ist nicht wissen«, stellte Dirk klar und sah im Augenwinkel, wie Ansgar sich in seinem Sessel vorlehnte.

»Vielleicht wollten Sie sich an Ihrem Mann rächen. Ich könnte das verstehen. Es tut weh, wenn man erfährt, dass der Partner das Geld zum Fenster hinausschleudert auf wilden Partys mit Drogen und Prostituierten, oder?«, mischte sich Ansgar Rolfs ein.

Sabine Petersen öffnete den Mund, schloss ihn wieder.

»Da ziehen einem sicherlich jede Menge Rachegedanken durch den Kopf.«

»Und wenn es so wäre?«, fauchte Sabine Petersen Ansgar an.

»Dann haben Sie vielleicht Ihren Mann umgebracht.«

23. KAPITEL

Gedankenverloren starrte Haie auf das Abwaschwasser, auf dem sich der Schaum des Spülmittels langsam auflöste und eine trübe Brühe zum Vorschein brachte.

Helenes Bemerkungen verfolgten ihn, seit er den Supermarkt verlassen hatte. Das Mittagessen hatte er wie in Trance zubereitet und auf Niklas' Gemurre über das gesunde Essen lediglich wortkarg reagiert, sodass der Junge bald die Lust an seinem Gemecker verloren, aufgegessen und sich in sein Zimmer verzogen hatte.

Hatte Helene recht und der Täter war in einem ganz anderen Umfeld zu finden? Diese Frage kreiste in einer Art Endlosschleife durch seine Gedanken.

Wenn wirklich Melf Petersen umgebracht werden sollte, war er dann nicht immer noch in Gefahr? Oder war der Mord an seinem Bruder eine Warnung, ebenso wie das brennende Windrad? Hatte Melf Petersen vielleicht nach Hinweisen, nach einer Nachricht diesbezüglich an der Brandstelle gesucht?

Haie schüttete das Wasser aus der Abwaschschüssel und trocknete sie ab. Er fragte sich, ob Petersen etwas gefunden hatte. Falls nicht …

In Windeseile räumte Haie die Schüssel in den Schrank, schnappte sich im Flur seine Jacke und blickte in Niklas' Zimmer. »Muss kurz weg!«

Die Tür zum Schuppen mit den Gartengeräten knarzte laut und der Geruch von modriger Erde schlug ihm entgegen, als er sie öffnete. Hier musste dringend mal wieder aufgeräumt werden, fuhr es ihm durch den Kopf, während er mit fahrigen Händen nach dem Klappspaten suchte, der zwischen dem Rechen und dem Besen, die an ihrer Halterung an der Wand hingen, in eine Kiste mit Blumenzwiebeln gefallen war.

Ein kurzes Ziehen stach in seinen Rücken, als er sich bückte und das Gerät aufhob. Stöhnend richtete er sich auf und holte dreimal tief Luft, ehe er in den Fahrradschuppen eilte, den Spaten auf den Gepäckträger schnallte und sich aufs Rad schwang.

Erleichtert bemerkte er, dass sich niemand in der Nähe des Windparks aufzuhalten schien. Glück gehabt, dachte er, als er das Fahrrad an einen Zaun lehnte und den Spaten nahm.

Das Areal um das abgebrannte Windrad war nach wie vor durch rot-weißes Flatterband gesichert. Haie hob den Blick. Von der Gondel war lediglich ein schwarzes Gerippe übrig geblieben, zwei verkohlte Rotorblätter hingen windschief an der Nabe, das bereits herabgefallene hatte man neben dem Sockel positioniert.

Instinktiv zog Haie den Kopf zwischen die Schultern, als er näher trat. Der Turm erstrahlte bis auf den oberen Bereich in gleißendem Weiß. Hier ließe sich gut eine Nachricht anbringen, dachte Haie und ging einmal um den Fuß herum. Aber natürlich wäre das recht auffällig, musste er feststellen. Sollten die Täter einen Hinweis für Petersen hinterlassen haben, dann sicherlich so, dass er nicht jedem sofort ins Auge stach.

Haie blickte sich um. Wo sonst wäre eine geeignete Stelle für eine derartige Botschaft? Melf Petersen hatte unweit des Sockels gegraben. Haie schritt das Gebiet in Kreisen ab und zog den Radius immer weiter, bis er eine Stelle fand, an der die Erde locker wirkte und durch einen Stein markiert war. Ob das von den Löscharbeiten kam?

Mit einer Fußbewegung kickte er den Stein zur Seite und faltete mit gekonnten Griffen den Klappspaten auseinander. Das metallene Ende fuhr zunächst leicht in den Boden.

Haie schippte ein paar Spaten voll Erde zur Seite, bis er auf einen Widerstand traf. Er rammte das Gerät erneut in die Stelle. Ein dumpfes Geräusch durchschnitt die Stille. War das Metall oder ein Stein, auf den er gestoßen war? Nein, es klang eher wie Plastik.

Haie ging in die Hocke, sein Knie knackte. Er schmiss den Spaten zur Seite und grub mit der Hand in der Erde, die sich nur schwer entfernen ließ. Seine Finger bohrten sich tiefer, dann spürte er etwas Raues, und wenig später blitzte etwas Blaues auf. Haie hielt inne und runzelte die Stirn. Was war das? Er blickte in das Loch, dann legte er die Stelle weiter frei und immer mehr blaues Plastik kam zum Vorschein. Seine Augen brannten, in seinen Ohren dröhnte sein Herzschlag. Er wischte sich über die Stirn, auf der sich Schweiß gebildet hatte. Grub tiefer und tiefer.

»Was machen Sie da?«

Haie drehte sich um. Er blinzelte. Das Gegenlicht blendete ihn, er konnte nur einen massigen, dunklen Schatten hinter sich ausmachen. Der Schweiß schoss ihm aus allen Poren, sein Puls raste. Zitternd rappelte er sich auf und stand plötzlich Melf Petersen gegenüber.

»Ich, ähm …« Seine Gedanken fuhren Achterbahn und ließen sich zu keinem Satz formen. Der drohende Blick seines Gegenübers bohrte sich in seinen Körper, lähmte ihn. Melf Petersen trat auf ihn zu und schaute in das von Haie gegrabene Loch.

»Was Sie hier machen, will ich wissen!«

Haie spürte die Gefahr, die in der Stimme lag, und wich zurück. »Da ist … Ich wollte«, stammelte er.

»Du hast hier nichts zu wollen, du hast hier nicht einmal was zu suchen. Das ist mein Land!«

Eine Fontäne an Spucketröpfchen schoss aus Petersens Mund, seine Wut traf Haie körperlich. Hektisch blickte er sich um. Weit und breit keine Menschenseele. Was sollte er tun? Fliehen war zwecklos, denn Melf Petersen wäre auf jeden Fall schneller als er, musste Haie sich eingestehen. Er schluckte. Seine Kehle glich einer Wüste.

»Ich habe Sie neulich hier graben sehen und dachte …«

»Was dachtest du? Dass du hier herumschnüffeln solltest?«

»Nein, ich …«

»Hast du jemandem davon erzählt?«

Eilig schüttelte Haie den Kopf. Besser, Petersen erfuhr nicht, dass er der Polizei von seinen Beobachtungen berichtet hatte. Wer wusste, was …? Am Gesicht seines Gegenübers konnte er nichts ablesen. Glaubte er ihm? Und selbst wenn, was würde er mit ihm machen? Er wich noch einen Schritt zurück, kam ins Straucheln, verlor das Gleichgewicht und ging zu Boden. Ein Stechen zog durch seinen Rücken. Haie stöhnte auf.

Wie eine Schildkröte auf dem Rücken liegend, erkannte er die Gefahr, konnte sich jedoch nicht bewegen. Er sah, wie Melf Petersen näher kam. Sein Schatten fiel auf ihn, dann bückte er sich und nahm den Spaten auf.

»Bitte, ich ...«, stammelte Haie, als ihm bewusst wurde, was Petersen vorhatte.

Er hörte ein Sirren, als der Spaten auf ihn zusteuerte. Ein dumpfer Schmerz ergriff seinen Körper, ein klingendes Geräusch erreichte sein Ohr, ehe der Tag zur Nacht wurde, deren Dunkelheit Haie vollends einhüllte.

*

Dirk startete den Motor und wartete, bis Ansgar sich angeschnallt hatte, ehe er Gas gab und den Wagen wendete.

»Traust du ihr den Mord zu?« Dirk spürte Ansgars Blick von der Seite, starrte aber geradeaus durch die Windschutzscheibe. Er wusste gerade selbst nicht, was er glauben sollte. Natürlich war es möglich, dass Sabine Petersen ihren Mann erschlagen hatte. Sie hatte ein Motiv gehabt und sicherlich hatte sie auch gewusst, wo ihr Gatte sich zum Tatzeitpunkt aufgehalten hatte. Zumindest wäre es ein Leichtes für sie gewesen, es herauszufinden. Und wenn nicht sie ihn umgebracht hatte, dann vielleicht ihr Liebhaber und Hauptkonkurrent von Petersen. Oder der Fall lag ganz anders, er hatte schlichtweg keine Ahnung. Außerdem waren ihnen die Hände gebunden, um weitere Ermittlungen zu führen, denn die Akte war geschlossen, und ohne Meisters Zustimmung würde er keine Unterstützung in Kiel bekommen. Die aber brauchte er, wenn er irgendjemandem den Mord an Johannes Petersen nachweisen wollte. Er seufzte laut.

»Vielleicht müssen wir uns einfach damit abfinden, dass Sönke Nissen der Täter war.« Obwohl er Ansgar nicht anschaute, wusste er, dass er die Stirn runzelte und die Augenbrauen hob. Er konnte ihn verstehen, für ihn war das Ergebnis auch nicht zufriedenstellend – nicht zuletzt wegen Nissens Selbstmord. Die Vorstellung, dass ein Mörder in der Gegend frei herumlief, machte ihn unruhig. Er war Polizist geworden, um eine sichere Welt zu schaffen. Die Menschen in seinem Zuständigkeitsbereich sollten ein friedliches Leben haben, seine Kinder ohne Angst aufwachsen können. Es war nicht das erste Mal, dass er sein Ziel nicht erreicht hatte, dass er keinen Ermittlungserfolg einfahren konnte, aber diesmal fühlte es sich frustrierender an als je zuvor.

»Lass uns um die Brandstiftung kümmern. Zumindest zur Brandstelle sollten wir noch einmal fahren. Das wird uns ablenken, und vielleicht können wir wider Erwarten in diesem Fall etwas herausfinden.«

Im Augenwinkel sah er, wie Ansgar nickte, und anstatt zur Dienststelle abzubiegen, fuhr er die Bundesstraße weiter bis nach Risum, folgte dort der Dorfstraße bis kurz hinter dem kleinen Sparmarkt, um dann den Weg in den Herrenkoog einzuschlagen. Am Horizont tauchte bald darauf der Windpark auf. Zwischen den vielen weißen

Rädern wirkte das Verkohlte wie ein Schandfleck, der die Idylle der Landschaft störte.

»Das sieht wirklich bös aus«, bemerkte er, als sie sich über den holprigen Zufahrtsweg der Brandstelle näherten.

»Ja, und noch erschreckender finde ich die Vorstellung, dass jemand aus der Ferne den Brand verursacht hat.« Ansgar schien seine Stimme wiedergefunden zu haben.

Dirk nickte. »Es macht deutlich, was alles in der digitalen Welt möglich ist. Gruselig, der Gedanke, jemand in Berlin, München oder womöglich Shanghai könnte diesen Brand ausgelöst haben. Da will man gar nicht daran denken, was so jemand noch anrichten kann.« Er stoppte den Wagen, stieg aus und blickte hinauf zu dem schwarzen Gerippe über ihnen. Ihn fröstelte und er zog den Reißverschluss seiner Jacke höher.

»Ich weiß aber nicht, was wir hier jetzt machen sollen«, hörte er Ansgar hinter sich und drehte sich um. Rolfs hatte ebenfalls den Kopf in den Nacken gelegt und schaute himmelwärts.

»Wir gehen das Gelände ab«, ordnete Dirk an, trat an das Absperrband und hob es an.

»Ist das nicht zu gefährlich?« Ansgars Blick war immer noch auf das verkohlte Windrad gerichtet.

»Wir beeilen uns.« Dirk schritt auf den Sockel zu, betrachtete das heruntergefallene Rotorblatt.

Ansgar hatte recht, es war gefährlich, hier herumzulaufen. Wenn eines der anderen Blätter sich löste … Er schluckte und ließ rasch seinen Blick umherschweifen.

»Was ist denn das?« Er wies auf eine kleine Erdanhäufung in Ansgars Nähe. »Keine Ahnung, sieht aus, als …«

Dirk beobachtete, wie Rolfs sich der Stelle näherte, und folgte ihm.

»Hier hat jemand gegraben«, stellte Ansgar fest, und augenblicklich fiel Dirk ein, was Haie ihm berichtet hatte.

»Und schau mal«, Ansgar war in die Hocke gegangen und hatte etwas Erde in dem Loch zur Seite geschoben, »sieht nach einem Kanister oder Fass aus.«

»Nichts mehr anfassen, ich ruf die Spurensicherung«, wies Dirk Ansgar an und holte sein Handy aus der Jackentasche. Kurz erklärte er den Kielern die Lage. »Sie schicken jemanden«, sagte er, nachdem er aufgelegt hatte.

»Ich frag mich nur, warum derjenige, der hier herumgebuddelt hat, aufgehört hat.« Ansgar hatte sich aufgerichtet und blickte ihn an.

»Wahrscheinlich, weil er gestört worden ist.«

»Aber von wem? Wer kommt hier vorbei? Oder meinst du, wir haben ihn aufgescheucht?«

Ansgar drehte sich einige Male um die eigene Achse, stoppte plötzlich in der Bewegung. »Da liegt auf jeden Fall ein Fahrrad.«

»Was? Wo?« Dirk fuhr herum.

»Da!« Ansgar wies auf ein Gebüsch am Rande des Geländes, wo zwischen den noch kahlen Ästen deutlich der Lenker eines Fahrrades zu erkennen war.

»Haie?« Dirk lief auf das Gebüsch zu. Hätte er sich auch denken können, dass Haie hier rumgrub, dachte er kopfschüttelnd. »Kannst rauskommen.« Er hatte das Buschwerk erreicht und betrachtete das Fahrrad, das wie achtlos ins Gebüsch geworfen wirkte. Seltsam, so würde Haie sein E-Bike nicht behandeln. »Haie?« Sein Rufen klang leiser. Er bemerkte, wie sein Shirt von der Feuchtigkeit auf seinem Rücken geradezu angesaugt wurde.

Was, wenn nicht sie Haie beim Graben überrascht hatten, sondern jemand anderes? Jemand, der hier offensichtlich etwas zu verbergen versuchte. Und dieser jemand konnte Dirks Meinung nach nur Melf Petersen sein. War er es nicht gewesen, der wie ein aufgescheuchtes Huhn während des Brandes hier aufgetaucht war und den Haie angeblich bereits vor ein paar Tagen hier hatte graben sehen?

Gut möglich also, dass Haie von Melf Petersen überrascht worden war, aber wo war der Freund? Wie hätte er von hier wegkommen sollen? Sein Blick fiel auf das E-Bike. Er spürte ein Stechen in der Herzgegend, drehte sich stürmisch um und rannte an Ansgar vorbei zum Wagen. »Komm!«

»Was ist los?« Ansgar setzte sich in Bewegung und folgte ihm. Dirk wartete nicht, bis Ansgar die Beifahrertür zugezogen hatte, sondern gab Gas, dass die Steine auf dem Weg in alle Himmelsrichtungen spritzten.

»Wo willst du hin?«

Dirk umklammerte das Lenkrad und trat das Gaspedal bis zum Anschlag durch. »Zu Melf Petersen«, stieß er zwischen zusammengepressten Lippen hervor.

24. KAPITEL

Haie hatte das Gefühl, als schwankte der Boden unter ihm. Vorsichtig hob er den Kopf von seiner Brust. Die Bewegung verursachte ein Dröhnen in seinem Schädel, als haute darin jemand permanent den Lukas. Er stöhnte und öffnete langsam die Augen. Das Schwarz wich einem dämmrigen Grau, langsam schärfte sich sein Blick, er nahm Konturen von Kisten wahr. Als er sich mit der Hand über das Gesicht fahren wollte, spürte er einen Widerstand. Er merkte, dass er an etwas in seinem Rücken gefesselt war, vermutlich mit Kabelbindern, denn etwas Raues schnitt ihm in die Handgelenke.

»Hallo?«, rief er und hörte, wie das Wort in der Enge des Raumes gefangen blieb. Die Luft erschien ihm feucht. Ein Gemisch aus brackigem Wasser und Fisch.

Wo war er? Seit wann war er hier?

»Mist«, entfuhr es ihm, und dabei bemerkte er, wie trocken sein Mund sich anfühlte. Er hatte Durst, versuchte, durch das Sammeln seiner Spucke zumindest die Mundhöhle zu befeuchten.

»Hallo?«

War jemand in der Nähe, der seine Rufe hörte? Oder würde Melf Petersen ihn hier verdursten lassen? Bei dem

Gedanken fuhr er erschrocken zusammen. Sollte er ein ähnliches Schicksal wie seine ehemalige Nachbarin erleiden?

»Hiiiiilfe!«

Mit einem scharrenden Geräusch wurde eine Tür, die Haie bisher nicht aufgefallen war, aufgeschoben und Melf Petersen tauchte im Türrahmen auf. Sein massiger Körper füllte die Öffnung beinahe komplett aus.

»Was schreist du hier so rum?« Er trat näher, und Haie musste den Kopf in den Nacken legen, um zu ihm aufsehen zu können.

»Bitte, ich brauche Wasser«, flehte Haie.

Petersen nickte, verschwand, um kurz darauf mit einer Wasserflasche zurückzukehren. Haie hörte es zischen, dann spürte er die gläserne Flaschenöffnung an seinem Mund. Er schluckte, schluckte, verschluckte sich und prustete.

»Mensch«, Petersen wich zurück, »kannst du nicht aufpassen?«

»Entschuldigung«, murmelte Haie zwischen zwei Hustern und sah, wie Petersen sich zum Gehen wandte.

»Was hast du mit mir vor?«

Petersen drehte sich zu ihm und schaute schweigend auf ihn hinunter. Haie glaubte Unsicherheit in dem Blick seines Gegenübers zu erkennen.

»Ja, was habe ich mit dir vor?«

»Bitte, ich habe nichts gesehen, ich weiß nicht ...«

Petersen hob die Hand und Haie verstummte. »Nichts gesehen, ach ja?«

Haie schüttelte den Kopf, was den Schmerz erneut entfachte.

»Was hattest du da rumzuschnüffeln?«

»Ich, ich …« Ein Stöhnen entfuhr ihm.

»Ich, ich …«, äffte Petersen ihn nach. »Selbst schuld, wenn du deine Nase in Angelegenheiten steckst, die dich nichts angehen. Dir ist doch wohl klar, dass ich dich nicht einfach gehen lassen kann.«

Haie riss die Augen auf. Petersen wollte ihn doch wohl nicht …?

»Bitte, ich kann schweigen wie ein Grab.«

»Ha«, stieß Petersen hervor. »Also hast du doch etwas gesehen. Und weil das so ist«, Petersen beugte sich zu ihm, »bleibt mir nichts anderes übrig, als …« Melf Petersen formte seine Hand zu einer Pistole und tippte mit dem vermeintlichen Lauf an Haies Stirn.

»Was?«, keuchte Haie. »Du willst mich umbringen?«

»Auf einen mehr oder weniger kommt es nicht an. Ich lass mir nicht kaputt machen, was ich mir mühsam aufgebaut habe. Nicht von Johannes, nicht von dir oder sonst jemandem.« Er richtete sich auf. »Bevor ich mich aber um dich kümmere, habe ich Wichtigeres zu erledigen.« Petersen wandte sich um und ging zurück zur Tür.

»Und was?«

»Hoffnungsloser Fall«, hörte Haie Petersen murmeln, als der den Raum verließ und die Tür hinter sich zuzog.

*

Mit quietschenden Reifen kam der Wagen auf dem Hof zum Stehen. Dirk stieß die Fahrertür auf, sprang aus dem Auto und sprintete zum Hauseingang. Er klopfte und klingelte gleichzeitig. »Herr Petersen, machen Sie auf!«

»Ich glaube, der ist nicht da!« Ansgar stand mitten auf dem Hof. »Jedenfalls ist sein Wagen weg, und auch sonst wirkt hier alles verlassen.«

»Verdammt!«, stieß Dirk aus und überlegte fieberhaft, wo Petersen stecken konnte. »Gibt es weitere Hallen?«

»Keine Ahnung.«

»Wo könnte er Haie hingebracht haben?«

»Wieso Haie, ich verstehe nicht …«

Erst jetzt wurde Dirk bewusst, dass er seine Gedanken mit Ansgar nicht geteilt hatte. »Ich glaube, Haie hat etwas herausgefunden und Petersen hat ihn in seiner Gewalt. Komm«, er lief an Ansgar vorbei zum Stallgebäude, schob das Tor ein Stück weit auf und schlüpfte hinein.

»Haie? Haaaie!« Sein Rufen echote in den Weiten der Halle.

»Ich suche hier, du schaust da drüben«, wies er Ansgar an und zwängte sich durch die erste Reihe der gelagerten Solarpanels. Jedes Mal, wenn er ein Schild umrundete, spannten sich seine Muskeln zum Zerreißen und erschlafften augenblicklich, wenn er die Leere zwischen den Modulen ausmachte. Gefangen in diesem Wechsel, durchstreifte er keuchend eine Hälfte der Halle, bis er am Eingang wieder auf Ansgar stieß.

»Er ist nicht hier!« Dirk erschrak, als er die Panik in seiner Stimme hörte. Er hatte das Gefühl, keine Luft mehr zu bekommen, nestelte am Kragen seiner Jacke und stürzte hinaus ins Freie. Gierig sog er die frische Luft in seine Lungen, spürte gleichzeitig Übelkeit in sich aufsteigen. Reflexartig beugte er sich vornüber, fing sich aber, als er Ansgars Hand auf seinem Rücken ausmachte.

»Geht's?«

Dirk richtete sich langsam auf und blinzelte. In einiger Entfernung sah er etwas Silbernes näher kommen. »Schnell!« Er griff Ansgar am Arm und zerrte ihn zurück zum Wagen.

»Da!« Ansgar deutete auf einen Durchgang zwischen Halle und Wohngebäude. Dirk gab Gas und steuerte auf die Stelle zu. Er war sich nicht sicher, ob das Auto nicht zu breit für die schmale Durchfahrt war, aber ihm blieb keine Zeit zu zögern. Er krallte sich ans Lenkrad, hielt die Luft an und starrte geradeaus. Der Wagen preschte haarscharf an den beiden Gebäudeseiten vorbei, und Dirk atmete auf, als der schmale Gang endete und sie wie aus dem Schlund eines Wals wieder ins Freie gespien wurden.

»Meinst du, er hat uns gesehen?«, fragte Dirk, während er den Wagen neben die Rückwand der Halle rollen ließ.

Ansgar zuckte mit den Schultern. »Mit etwas Glück nicht.«

Dirk öffnete leise seine Tür und stieg aus. Er schlich zu der Lücke zwischen den Gebäuden und schielte um die Ecke. Gerade in diesem Augenblick ging Melf Petersen am anderen Ende des Durchgangs vorbei. Dirk hielt die Luft an, doch glücklicherweise schaute Petersen nicht zur Seite. Dirk folgte Petersen auf der Rückseite des Wohnhauses und duckte sich. Durch die Fenster würde er schnell zu entdecken sein. Er kauerte sich unter das vordere Fenster und lauschte. Nichts. Er streckte sich etwas und spähte durch die Scheibe, hinter der sich die Küche befand. Im Durchgang zu einem der vorderen Zimmer stand Melf Petersen und griff gerade nach etwas, das an der Wand zu hängen schien. Dirk zuckte zusammen, als Petersen sich in seine Richtung bewegte, und ließ sich reflexartig auf die Knie fallen. Nur wenig später hörte er das Schlagen der Haustür, richtete sich auf und schaute zu Ansgar, der am anderen Ende der Rückseite aus seiner spähenden Position zurückwich. Beinahe zeitgleich wummerte ein Dieselmotor im Hof, und als Dirk den Durchgang wieder erreichte, konnte er Melf Petersen mit einem Traktor vom Hof fahren sehen. Wo will der denn nun hin, wunderte er sich und lief zum Wagen. Ansgar kam ihm aus der gegenüberliegenden Richtung entgegen.

»Meinst du wirklich, der hat deinen Freund irgendwo versteckt? Sieht für mich eher aus, als würde der zur Feldarbeit rausfahren.«

»Fragt sich nur, zu welcher«, knurrte Dirk und quetschte sich hinter das Lenkrad. Soweit ich weiß, hat der sämtliches Land verpachtet – entweder an die Windpark- oder die Solaranlagenbetreiber.« Er wartete kurz, ehe er den Motor startete. Melf Petersen sollte mit dem Traktor etwas Vorsprung gewinnen. Zu dicht durften sie ihm nicht folgen, ansonsten bestand die Gefahr, dass Petersen sie entdeckte und nicht zu Haies Versteck führen würde. Unweigerlich musste Dirk schlucken und schmeckte die Bitterkeit der Angst. Was, wenn Haie bereits tot war?

Mit zitternder Hand legte er den Gang ein, trat aufs Gas und lenkte den Wagen um das Gebäude herum zurück auf den Hof. Der Traktor war in der Ferne kaum noch zu erkennen. Es erstaunte Dirk, wie schnell Melf Petersen unterwegs war. Damit hatte er nicht gerechnet. Trotzdem wurde ihm sofort klar, wohin Petersen unterwegs war, als er wenige Minuten später aus sicherer Entfernung beobachtete, wie der Traktor von der Herrenkoogstraße abbog.

»Der fährt zum Windpark«, sprach Ansgar Dirks Vermutung aus.

Auf der Zufahrtsstraße hinter einem kleinen Knick stoppte Dirk den Wagen. »Wollen erst mal schauen, was der vorhat«, murmelte er und stieg aus. Er sah, wie Melf Petersen mit seinem Traktor dicht an das verbrannte Windrad heranfuhr und anhielt.

»Was macht der da?« Ansgar war ebenfalls ausgestiegen und legte, um eine bessere Sicht zu erhalten, seine Hand schirmend über die Stirn.

»Spuren beseitigen«, entgegnete Dirk, dem klar geworden war, was Melf Petersen im Schilde führte. Irgendetwas befand sich auf dem Grund und Boden, den er an den Windparkbetreiber verpachtet hatte, und nun, da durch den Brand der Rückbau der Anlage bevorstand, wollte er beseitigen, was nicht entdeckt werden sollte. Worum es sich dabei handelte, darüber konnte er nur spekulieren.

»Vielleicht hat er irgendwelche Altlasten verklappt.«

»Vom Hof? Was sollte das sein?« Ansgar runzelte die Stirn.

»Nicht vom Hof, sondern aus der Firma seines Bruders.«

»Was?«

»Klar, das würde zumindest erklären, warum die beiden in letzter Zeit kein gutes Verhältnis miteinander hatten, und auch, warum die Firma von Johannes Petersen nicht mehr so gut lief.«

»Ich denke, der hat einfach zu viel Geld hinausgeblasen auf seinen Bunga-Bunga-Partys?«

»Ja sicher, aber die hat er nicht erst seit gestern veranstaltet. Dem sind die Aufträge weggebrochen, und zwar die lukrativen. Die, bei denen es um die Entsorgung von Problemstoffen geht. Hast du mal alte Farbe oder Lacke zum Wertstoffhof gebracht? Da zahlst du bis zu dreißig Euro für nur einen Liter.«

»Aber Wandfarbe wird Petersen kaum auf seinem Acker vergraben haben.«

Dirk schüttelte den Kopf. »Lassen wir ihn doch erst einmal machen, dann werden wir sehen, was er in den Tiefen seines Bodens versteckt hält.«

Sie starrten beide eine Weile schweigend in Richtung des Windrads, wo Melf Petersen zwischen Anhänger und etwa halber Strecke zum Sockel hin und her lief.

»Meinst du, er hat etwas mit dem Tod seines Bruders zu tun?«, fragte Ansgar nach einer Weile in die Stille.

»Halte ich sogar für sehr wahrscheinlich.«

»Wieso?«

»Na ja, nehmen wir mal an, die beiden haben früher gemeinsame Sache gemacht. Irgendwann hat Melf Petersen aber herausgefunden, wie er noch mehr Kapital aus seinem Land schlagen kann, und zwar auf legale Weise. Vermutlich ist er von den Betreibern des Windparks angesprochen worden. Klar, dass er dann keine Altlasten mehr verklappen konnte.«

»Und an den Deals mit den Windrädern hat nur er und nicht wie vorher auch sein Bruder verdient«, ergänzte Ansgar, dem Dirks Ansatz offensichtlich einleuchtend erschien. »Aber wieso sollte Melf Johannes umgebracht haben? Wäre es andersherum nicht logischer gewesen?«, hinterfragte er die Theorie.

Am Windrad kletterte Petersen derweil auf den Anhänger und fuhr eine Art Hebevorrichtung aus.

»Keine Ahnung, aber das werden wir herausfinden«, entgegnete Dirk mit fester Stimme und drehte sich um. Der Wind hatte Motorengeräusche an sein Ohr getragen. »Die sind aber schnell«, bemerkte er, als er den Kastenwagen der Kollegen aus Kiel erkannte. Er wandte sich wieder zu Melf Petersen, der auf dem Anhänger stand und in ihre Richtung blickte. »Mist«, entfuhr es Dirk, »der hat uns entdeckt.«

»Und nun?«

»Nehmen wir ihn eben gleich mit.«

*

Haie musste so dringend, dass er seinem Harndrang nachgab. Er spürte, wie der Stoff seiner Hose sich erwärmte, und stieß vor Erleichterung einen tiefen Seufzer aus. Die Nässe fraß sich weit in den Stoff und er wusste, dass das angenehme Gefühl nur kurz anhalten würde. Nicht lange und es würde einer kalten, unangenehmen Feuchtigkeit weichen.

Er hatte keine Ahnung, wie viele Stunden er nun schon hier saß. Warum hatte er auch niemandem gesagt, was er vorhatte und wo er hinwollte? Selbst wenn Tom und Niklas ihn bereits vermissten, woher sollten sie wissen, wo sie nach ihm suchen sollten?

Und Dirk? Hätte er doch nur auf den Freund gehört. Wieso hatte er sich zu diesem Alleingang hinreißen lassen, warum konnte er sich selbst nicht bremsen? Es war doch klar gewesen, dass es gefährlich werden konnte, in diesem Fall zu ermitteln, schließlich hatten sie es mit einem Mörder zu tun.

Er zerrte an seiner Fessel. Irgendwo hatte er mal gelesen, dass man einen Kabelbinder lösen konnte, indem man die Schlinge so fest wie möglich zog und sie dann auseinanderriss oder durch ein Schlagen der gefesselten Hände auf Bauch oder Hintern zum Zerreißen bringen konnte. Wirklich vorstellen konnte Haie sich das nicht, trotzdem probierte er, das Ende der Schlaufe hinter seinem Rücken zu fassen zu bekommen. Vergebens. Er war einfach zu ungelenkig. Hektisch blickte er sich um, bemüht, im schummrigen Licht etwas in seiner Nähe zu entdecken, das er erreichen konnte. Eine Glasscherbe oder ein scharfes Metallstück würden vielleicht ausreichen. Wenn er es zu sich heranziehen und hinter seinen Rücken bringen würde, könnte er die Fessel aufschneiden. Doch da war nichts – außer der Wasserflasche, die Melf Petersen außerhalb seiner Reichweite abgestellt hatte. Haie schluckte und bemerkte, wie rau sich sein Hals bereits wieder anfühlte. Wie lange würde er ohne Wasser durchhalten? Zwei, drei Tage? Oder würde Melf Petersen vorher zurückkehren und ihn wie angekündigt umbringen? Bei diesem Gedanken lief es Haie eiskalt den Rücken hinunter.

»Hiiiilfe!« Er versuchte, irgendetwas außer seinem Ruf auszumachen, doch in seinen Ohren rauschte das Blut, oder war es etwas anderes? Stöhnend ruckelte er hin und her, bis er etwas aufrechter saß. Einatmen, ausatmen, einatmen. Er musste seinen Atem beruhigen, sonst würde er nichts außer seinem eigenen Gekeuche hören. Einatmen, ausatmen. Haie spitzte die Ohren. Einatmen.

War das Wasser? Klang das Geräusch nicht wie leichte Wellen, die an ein Ufer schlugen? Er schüttelte sich. Er begann bereits zu halluzinieren, dachte er und sackte in sich zusammen.

Er war müde, so schrecklich müde. Sein Kopf schmerzte, das Schlucken schmerzte, seine Hände schmerzten. Allein und verlassen im Nirgendwo. Sollte er so sterben? Ganz allein? Davor hatte er sich immer gefürchtet.

Wie froh war er gewesen – nach der Trennung von Elke –, einen Freund gefunden zu haben.

Einen wahren Freund, der ihn auffing, ja aufnahm. Sie hatten Höhen und Tiefen durchgestanden, kannten einander in- und auswendig, vertrauten sich, liebten sich. Tom und Niklas waren seine Familie, und er hatte immer gedacht, wenn er einmal sterben würde, wären sie bei ihm. Die Vorstellung, von dieser Welt zu gehen, ohne sich von ihnen verabschieden zu können, stach wie ein Dolch in sein Herz. Er seufzte. An seiner Wange spürte er die erste Träne, dann noch eine und noch eine. Ein wahrer Strom aus Angst und Verzweiflung bahnte sich aus seinem Innersten seinen Weg hinaus an die Oberfläche. Haies Körper bebte, schüttelte sich unkontrolliert, und als sein Weinen endlich nach einer schier endlosen Ewigkeit erstarb, schlief Haie begleitet von einem sanften Plätschern vor Erschöpfung ein.

25. KAPITEL

»Herr Petersen, ich frage Sie noch einmal. Wo ist Haie Ketelsen?«

Melf Petersen saß auf dem Stuhl vor Dirks Schreibtisch, die Arme vor der Brust verschränkt, und schüttelte den Kopf.

»Ich kann nur wiederholen. Ich weiß es nicht.«

»Das glaube ich Ihnen nicht.« Dirk konnte seine Wut kaum zügeln. Seitdem sie Melf Petersen festgenommen und auf die Dienststelle gebracht hatten, waren etliche Stunden vergangen, doch egal, womit Dirk Petersen konfrontierte, immer wieder beteuerte er seine Unschuld.

Von dieser war Dirk schon lange nicht mehr überzeugt. Die Kieler Kollegen hatten auf dem Gelände des Windparks etliche Fässer mit bisher unbekanntem Inhalt gefunden. Ersten Einschätzungen zufolge handelte es sich laut Spurensicherung um Giftmüll. Der Leiter des Teams tippte auf Rückstände aus der Stahlhärtung. Das Salz in den Fässern könnte Natriumcyanid enthalten, hatte er gemeint, das sich mit der Kohlensäure in der Luft zu Blausäuregas verband.

Als Dirk Melf Petersen mit dem Fund konfrontiert hatte, war dessen Unschuldsmiene kurz verrutscht. Schnell hatte er sie jedoch zurechtgerückt und behauptet, von alldem nichts zu wissen.

»Ich habe das Land seit Längerem verpachtet. Was weiß ich, was diese Windradbetreiber da vergraben haben.«

»Herr Petersen, sehen Sie doch ein. Sie kommen aus der Nummer nicht mehr raus. Wir haben Sie dabei erwischt, wie Sie die Fässer bergen wollten. Sie wussten Bescheid über den Giftmüll auf Ihrem Grund und Boden. Es wäre besser für Sie, mit uns zu kooperieren und uns zu sagen, wo Sie Haie Ketelsen versteckt halten.«

»Was hätte ich davon?«

Dirk fixierte Petersen. War der Verdächtige im Begriff einzuknicken? Wenn ja, was konnte er ihm anbieten? Die Verklappung des Giftmülls und der Mord an Johannes Petersen wogen schwer. Die Staatsanwaltschaft würde sich sicherlich nicht auf einen Deal einlassen. Aber musste er das Petersen wirklich auf die Nase binden?

»Ich könnte das klären, wenn Sie wollen.«

Melf Petersen blickte ihn skeptisch an, nickte vorsichtig.

»Gut, einen Moment bitte.«

Dirk stand auf, öffnete die Bürotür und rief einen Mitarbeiter. Er würde Petersen keine Minute unbeobachtet lassen. Als sich die Tür hinter ihm schloss, atmete er auf. Er brauchte erst einmal einen Kaffee. In der Gemeinschaftsküche traf er Ansgar.

»Hat er gestanden?«

Dirk schüttelte den Kopf. »Ich habe ihm angeboten, mit dem Staatsanwalt über eine Straferleichterung zu sprechen, wenn er geständig ist.«

»Und?«

»Ja, wie sehen Sie das denn, Herr Lehmann? Können wir dem Verdächtigen einen Deal anbieten?« Dirk grinste und erkannte an Ansgars Gesicht, dass dieser sein Spiel verstand.

»Also, wenn Herr Petersen gesteht, soll er dafür auch seine gerechte Strafe bekommen.«

»Gut, danke.« Dirk zwinkerte Ansgar zu, griff nach der Kanne und goss sich eine Tasse ein. Mit dem Becher in der Hand und dem aromatischen Duft des Kaffees in der Nase ging er zurück in sein Büro.

»So, Herr Petersen, alles klar. Der Staatsanwalt ist einverstanden, wenn Sie uns alles erzählen. Und er meint alles – auch den Mord an Ihrem Bruder.«

Melf Petersen schoss erschrocken auf. Das Entsetzen stand ihm ins Gesicht geschrieben. Dirk sah ihm an, dass Petersen nicht geahnt hatte, dass sie ihm auch dieses Verbrechen anlasten würden.

»Also?«

Petersen sackte leicht zusammen und nickte. »Gut, ich gestehe, dass ich Giftmüll auf meinen Feldern deponiert habe. Mein Bruder hatte die Idee. Es war ein lukrativer Deal für ihn, und er hat mir einen großzügigen Anteil für die Entsorgung bezahlt.« Melf Petersen schluckte, blickte auf Dirks Tasse, ehe er weitersprach. »Ich möchte betonen, dass mir klar war, welch Schaden das Vorgehen für die Umwelt bedeutete. Ich habe mich nur ungern von meinem Bruder überreden lassen, aber ich brauchte das Geld, da ich in den Hof investiert hatte und es in den letzten Jahren nicht gut lief.«

Dirk nickte und trank dabei einen Schluck Kaffee.

»Gerade weil ich Landwirt bin, wollte ich aussteigen und war froh, als das Pachtangebot des Windparkbetreibers kam. Da habe ich sofort zugesagt und aufgehört, den Giftmüll meines Bruders zu entsorgen.«

»Und wie hat der darauf reagiert?«

»Wie soll er reagiert haben? Sauer war er, fuchsteufelswild ist er geworden, vor allem auch weil ich wollte, dass er die Fässer zurücknimmt.«

»Das hat er aber nicht gemacht, oder?«

»Nein.« Melf Petersen entfuhr ein Seufzer. »Hätte er doch nur, dann wäre das alles nicht passiert.«

Dirk musterte sein Gegenüber. War es wirklich Bedauern, was Petersen empfand, oder spielte er ihm etwas vor?

»Warum ist man denn beim Bau der Windräder nicht auf den Giftmüll gestoßen?«

»Weil ich vor Baubeginn alle Fässer herausgeholt und in meiner Scheune gelagert habe. Erst als die Arbeiten abgeschlossen waren, habe ich sie wieder vergraben.«

»Warum?«

»Was hätte ich denn machen sollen? Johannes hat sich geweigert, mir zu helfen.«

Immerhin hat er es in den Fässern belassen und das Pulver nicht irgendwo untergepflügt, dachte Dirk. »Und anschließend? Was ist danach passiert?«

»Erst einmal nichts.«

»Nichts?«

Petersen blickte ihn mit festem Blick an. »Der Deal mit der Straferleichterung steht?«

»Aber sicher, wie gesagt, ich habe gefragt«, beeilte Dirk sich zu versichern. Vielleicht etwas zu schnell und zu betont, ärgerte er sich über sich selbst.

Petersen kniff die Augen zusammen und musterte ihn, aber das Ergebnis seiner Betrachtungen fiel positiv aus. Dirk atmete innerlich auf, als Melf Petersen weitersprach.

»Eine Zeit lang herrschte Funkstille zwischen uns, aber irgendwann fing Johannes an, mir zu drohen. Er hat gesagt, wenn ich nicht mehr mitmache, würde er mich halt auffliegen lassen. Ich glaube, er hat in ziemlichen finanziellen Schwierigkeiten gesteckt, brauchte das Geld.«

»Und Sie?«

»Ich habe ihm gesagt, dass ich da nicht mehr mitmache. Ich hätte ohnehin nicht mehr für ihn entsorgen können, denn inzwischen hatte ich so gut wie alle meine Felder verpachtet.«

»Haben Sie ihm diese seltsamen Mails unter dem Namen Daniel Düsentrieb geschrieben?«

Petersen nickte. »Hat aber nichts gebracht, Johannes ist immer aggressiver mir gegenüber geworden.«

»Wie hat sich das geäußert? Hat Ihr Bruder gewusst, dass die Nachrichten von Ihnen stammten?«

Melf Petersen zuckte mit den Schultern. »Wahrscheinlich. Er hat mir jedenfalls eine Mail mit einer Pressemitteilung geschickt, die er am nächsten Tag versenden wollte.«

»Und da haben Sie rotgesehen?«

»Sie müssen mir glauben, ich bin an dem Abend nur in den Golfclub gefahren, um mit ihm zu reden.«

»Woher wussten Sie, wo Sie ihn finden konnten?«

»Sabine hat mir erzählt, dass Johannes seit dem Nachmittag auf dem Golfplatz sei.«

»Und da haben Sie ihn auch angetroffen?«

»Ja, er saß zusammen mit Reuters im Restaurant. Die beiden haben ziemlich laut gestritten. Es ging um Geld, so viel habe ich mitbekommen.«

»Was ist dann passiert?« Dirk spürte, wie sein Blutdruck stieg. Sollte er durch seine Lüge Petersen wirklich zu einem Geständnis bringen? Oder würde Melf Petersen jetzt behaupten, er sei wieder gegangen oder womöglich sogar entdeckt worden?

»Reuters ist dann irgendwann einfach abgerauscht, und mein Bruder ist aufgestanden und wollte seine Golfsachen verstauen. Jedenfalls ist er zu seinem Schrank und ich bin ihm gefolgt. Ich hab versucht, mit ihm zu reden, ihm klarzumachen, dass er genauso tief drinhänge in der Sache mit den Giftfässern und dass er, wenn er die Mail abschicke, seinen Betrieb zumachen könne.«

»Wie hat Ihr Bruder reagiert?«

»Er hat gelacht.« Petersen senkte den Blick.

»Und das hat Sie wütend gemacht«, stellte Dirk fest und sah, wie sein Gegenüber den Kopf hob. Das Gesicht war gerötet, Schweiß perlte aus etlichen Poren und Wut blitzte in Petersens Augen.

»Und wie«, presste Petersen hervor. »Ich war nicht mehr Herr meiner Sinne. Da stand nebenan ein Schrank halb offen und einer der Schläger stach mir direkt ins Auge. Ich habe nicht nachgedacht, ich habe danach gegriffen und einfach zugeschlagen.«

Dirk atmete geräuschvoll aus. Er hatte gar nicht gemerkt, dass er die Luft angehalten hatte. Nun wich die Anspannung aus seinem Körper, baute sich mit einem einzigen Gedanken jedoch blitzartig wieder auf.

»Und wo halten Sie Haie Ketelsen versteckt?«

Petersen legte den Kopf schief und sah ihn an. »Das verrate ich Ihnen, wenn Sie mir die Zusage über die vereinbarte Straferleichterung schriftlich vorlegen.«

26. KAPITEL

Ansgar drückte den Hörer fest an sein Ohr und horchte auf das Freizeichen. Vor wenigen Minuten war Thamsen in sein Büro geprescht. »Wo könnte Petersen Haie Ketelsen versteckt halten?«, hatte er mit gequältem Gesichtsausdruck gefragt.

Der Plan seines Chefs war nur bis zu einem gewissen Punkt aufgegangen. Melf Petersen hatte seinen letzten Trumpf im Ärmel behalten. Thamsen hatte zwar den Staatsanwalt um Mithilfe gebeten, der hatte aber zu Recht gefragt, wozu er eine Strafmilderung ausstellen solle, wenn der Täter bereits gestanden habe. Thamsen hatte Ansgar erklärt, dass er versucht habe, die Dringlichkeit zu begründen.

»Weil er einen Mann in seiner Gewalt hat!«, hatte er im Verlauf des Telefonats wiedergegeben, doch Kurt Lehmann wollte daraufhin wissen, ob sie denn überhaupt schon nach Haie Ketelsen gesucht hätten. Nein, hatte Thamsen eingestehen müssen und vom Staatsanwalt die Anweisung erhalten, sich zunächst auf die Suche zu machen. Erst wenn diese erfolglos bliebe, wolle er sich Gedanken über einen Deal mit dem Täter machen, hatte Kurt Lehmann bestimmt und aufgelegt.

Gemeinsam hatten sie fieberhaft überlegt, wo Petersen Thamsens Freund versteckt halten könnte oder wen sie dazu befragen könnten.

»Sabine Petersen?«

»Ansgar Rolfs, Polizei Niebüll. Frau Petersen, ich …«

»Wollen Sie mir wieder unterstellen, ich hätte meinen Mann umgebracht?«, zischte es ihm um die Ohren.

»Nein, es ist … Ihr Schwager …«

»Was ist mit Melf?«

»Er hat Ihren Mann getötet.«

»O Gott, nein!« Es folgte ein Poltern, dann herrschte Stille.

»Frau Petersen? Hallo?« Ansgar begann zu schwitzen. Was war da am anderen Ende der Leitung geschehen? »Haaallooo …?« Er hörte ein Rascheln.

»Das ist furchtbar, ich kann das nicht …«

»Frau Petersen, wir brauchen Ihre Hilfe, bitte! Ihr Schwager hat einen Mann in seiner Gewalt, und wir wissen nicht, wo er ihn gefangen hält.«

»Und da fragen Sie mich? Ich …« Ein Schluchzer ertönte.

»Bitte, Sie müssen sich zusammenreißen. Wo könnte Ihr Schwager jemanden verstecken? Denken Sie nach.«

»Ich weiß es nicht. Ich weiß es doch nicht.« Pure Verzweiflung drang aus dem Hörer.

»Gibt es einen Ort, vielleicht …?«

»Die Angelhütte.«

»Angelhütte?«, hakte Ansgar sofort nach. Sein Herz schlug ihm bis zum Hals. Wieder hörte er Geraschel.

»Wo ist die? Wo befindet sich diese Hütte? Bitte, Frau Petersen?«

Ansgar verspürte ein Knacken in seinen Ohren, gefolgt von einem dumpfen Druck. Er fühlte sich wie beim Sinkflug in einem Passagierflugzeug und schluckte mehrmals hintereinander. Trotzdem hörte er Sabine Petersens Antwort wie durch Watte: »Am Bottschlotter See.«

Dirk hatte das Gefühl, noch nie zuvor derart schnell zum Auto gesprintet zu sein. Als er den Rückwärtsgang einlegte, sprang Ansgar keuchend auf den Beifahrersitz, griff sofort nach dem mobilen Blaulicht und warf es während Dirks rasantem Wendemanöver förmlich aufs Dach.

»Bitte, bitte«, flehte Dirk immer wieder innerlich, »lass es ihm gut gehen.« Er bog auf die B 5 ein und gab Vollgas. Die weißen Streifen auf dem Asphalt schnellten nur so unter ihnen durch, die rote Ampel in Lindholm hielt ihn nicht auf. Mit unvermindertem Tempo bog er in die Dorfstraße ein.

Ansgar saß stumm neben ihm, den Blick geradeaus gerichtet, klammerte er sich mit der Hand an den Haltegriff über dem Seitenfenster. Hinter dem Supermarkt raste Dirk in den Herrenkoog hinaus. Er trat das Gaspedal bis zum Anschlag durch, überquerte die Lecker Au und den Bongsieler Kanal und steuerte auf den Holländerdeich zu.

»Da hinten muss es sein«, rief Ansgar und wies mit der Hand nach vorn.

Mit quietschenden Reifen brachte Dirk den Wagen zum Stehen, stieß die Tür auf und schoss aus dem Fahrersitz hoch. Erst jetzt merkte er, dass er sich nicht angeschnallt hatte. Hektisch blickte er sich um. Das Blaulicht flackerte in der Abenddämmerung.

»Wo, wo ist es?«, schrie er.

»Es muss hier sein, Sabine Petersen hat es genau so beschrieben«, erklärte Ansgar, aber Dirk hörte die Unsicherheit in seiner Stimme.

»Haie!«, begann er zu rufen. »Haaaaaieeee!« Die Stille schmerzte in seinen Ohren, als sein Ruf verklang.

»O mein Gott«, entfuhr es ihm. Was hatte Petersen mit Haie gemacht? Hatte er ihn etwa auch …? Sein Herz wummerte zum Zerspringen. Schweiß rann ihm am ganzen Körper herab. »Haie!«

»Pscht«, erklang plötzlich Ansgars Stimme und Dirk verstummte. Er hörte nichts außer sein eigenes Keuchen, schluckte, spürte Tränen in die Augen steigen, schluckte wieder.

»Hiilfe!«

»Hörst du das?« Ansgar lief los Richtung See. Mit stolpernden Schritten folgte Dirk ihm. Je weiter er lief, umso deutlicher vernahm er den Hilferuf. Haie!

Er achtete nicht auf seine Schritte, jagte weiter in die Richtung, aus der der Hilferuf zu kommen schien. Das Schilf lichtete sich, er atmete auf. Vor ihnen stand eine kleine, dunkle Holzhütte.

»Da!«, rief Ansgar neben ihm unnötigerweise, denn Dirk stürmte bereits auf den Eingang zu, seine Hand schnellte zur Tür. Verschlossen. Drinnen war es mittlerweile ruhig. Er keuchte, drehte sich um die eigene Achse, suchte nach etwas, womit er die Tür öffnen konnte.

»Verdammt!« Da war nichts.

»Zur Seite!«, hörte er hinter sich einen Schrei und trat instinktiv nach links, sah Ansgar mit hoher Geschwindigkeit sich gegen die Tür werfen. Es gab einen dumpfen Aufschlag, Holz splitterte, aber die Hütte blieb verschlossen. Dirk rannte ebenfalls ein Stück zurück, nahm Anlauf und schrie: »Weg da!« Mit seinem vollen Körpergewicht schleuderte er sich gegen die Tür. Schmerz durchfuhr seine rechte Seite, er stöhnte, verlor das Gleichgewicht und fiel zu Boden. Ein Krachen ertönte, und als er sich aufrappelte, erkannte er, dass die Tür offen stand.

»Haie?«

Im schummrigen Licht entdeckte er ihn zusammengesunken in einer Ecke kauern. »Haie!«

Nur ein, zwei Schritte und er kniete sich neben den Freund, der regungslos dasaß. Mit Panik in der Stimme rief er über die Schulter: »Wir brauchen einen Notarzt!«

Vorsichtig streckte er die Hand aus und legte sie unter Haies Kinn, hob seinen Kopf an. Der Freund stöhnte, versuchte, den Mund zu einem Grinsen zu verziehen, was ein wenig fratzenhaft wirkte.

»Habt ihr den Mistkerl?«

Dirk nickte. »Komm, steh auf.«

»Geht nicht.«

»Wieso, was hat er …?«

»Bin gefesselt.«

Dirk warf einen Blick hinter Haies Rücken. »Schnell, ein Messer«, wies er Ansgar an, der ihm kurz darauf ein Schlüsselbund reichte, an dem ein kleines Taschenmesser baumelte. Besser als nichts, dachte Dirk und machte sich an den Kabelbindern zu schaffen.

Es dauerte eine Weile, bis das Plastik unter Haies Gestöhne durchtrennt war.

»Komm.« Er reichte Haie die Hand und zog ihn auf die Beine. Der Freund schwankte gegen seine Brust. Impulsiv schlang Dirk die Arme um ihn. »Ich bin so froh, so froh«, flüsterte er und spürte, wie eine warme Welle ihn mitriss. Ein Schluchzer bahnte sich seinen Weg aus den Tiefen seiner Kehle, der Raum um ihn herum begann sich zu drehen. Dirk verstärkte die Umarmung, suchte Halt, indem er gleichzeitig selbst welchen gab. Er wollte den Freund nie wieder loslassen, doch Haie löste sich aus der Umklammerung.

»Du erdrückst mich noch.«

»Besser, als erschlagen zu werden«, konterte Dirk. Er stellte erleichtert fest, dass sich Haies Grinsen in gewohnter Manier über dessen Gesicht ausbreitete, und unweigerlich strebten seine Mundwinkel himmelwärts.

27. KAPITEL

Der Himmel erstreckte sich wie ein blaues Tuch über Nordfriesland, die Luft war erfüllt von den Gerüchen und Geräuschen des Frühlings, der den Winter endgültig vertrieben hatte. »Oh, so sportlich heute?« Dörte beobachtete von der Küchentür aus, wie Dirk seine Laufweste überzog.

»Ich treffe mich doch mit Haie auf dem Golfplatz«, erklärte er und begann zu lächeln, als er Dörte die Augenbrauen heben sah, wie wirklich nur sie es beherrschte.

»Na dann, viel Spaß!«

Er griff nach dem Autoschlüssel, küsste Dörte zum Abschied und verließ das Haus. Die Sonne verlieh der Welt einen freundlichen Anstrich.

Dirk hatte das Gefühl, als nähme er seine Umwelt seit jenen bangen Augenblicken vor gut zwei Wochen deutlich bewusster wahr. Hellgrüne Wiesen, auf denen erste Lämmer sprangen, lachende Menschen auf der Straße, knospende Bäume, die den Weg zum Golfplatz säumten.

Er parkte und entdeckte Toms Wagen. Von den Freunden jedoch keine Spur. Dirk stieg aus und ging hinüber zum Clubhaus. Auf Bahn neun, die seitlich zum Gebäude lag, hörte er ein lautes »Fore« und machte in der Nähe einige Leute aus, die in Deckung gingen.

Golfer lebten gefährlich, dachte er und musste schmunzeln. Als er um die Ecke des Clubhauses bog, erblickte er Haie mit Niklas auf dem Puttinggrün stehen. Wie ein Professioneller gab er dem Jungen Anweisungen und machte selbst ein paar Schwünge.

Dirk tastete in der Innentasche seiner Weste nach dem Umschlag, mit dem er sich bei Haie bedanken wollte. Für seine Freundschaft und auch für seine Mithilfe bei der Aufklärung des Falls. Wenngleich er von Haies Alleingang nicht begeistert gewesen war und obwohl sich an Tagen wie diesen die angstvollen Erinnerungen manchmal in sein Herz schlichen, wusste er doch, er würde den Freund nicht ändern können, und das war auch gut so.

»Gut Holz«, rief er Haie absichtlich den Keglergruß zu, als er neben Tom ans Grün trat, und erntete dafür einen entrüsteten Blick des Freundes.

»›Gut Holz‹ sagen die Kegler – Golfer wünschen sich ein gutes Spiel.«

»Ach so.« Dirk musste sich ein Grienen verkneifen, als Tom ihn in die Seite stieß.

»Wann startest du denn zu deiner ersten Runde?«

»Nun«, Haie klaubte den Ball vom Rasen auf und kam näher, »also, ja …«

»Auf den Platz darf Onkel Haie gar nicht«, stichelte Niklas. »Er hat gar keine Platzreife. Das ist halt nur etwas für reiche Leute.«

Zumindest für solche, die so taten, dachte Dirk und musste an Johannes Petersen denken.

Wenn er eins bei den Ermittlungen in diesem Fall gelernt hatte, dann, dass Geld im Leben einiger Leute eine zu große Rolle spielte. Manche hatten keins und brachten sich deshalb um, andere griffen zu unlauteren Methoden, um an welches zu kommen, wieder andere scheffelten ein Vermögen und gerieten dadurch ins Visier von Neidern. Geld konnte tödlich sein, egal, ob man zu wenig oder zu viel davon besaß.

Dirk holte den Umschlag aus seiner Tasche.

»Weißt du, Arnold Palmer hat mal gesagt, Golf erfordere mehr mentale Stärke, mehr Konzentration und mehr Entschlossenheit als jeder andere Sport. Ich denke daher, das ist genau das Richtige für dich!« Er reichte Haie das Kuvert.

»Was ist das?«

»Mach es auf.«

Haie öffnete den Umschlag, zog eine Karte heraus, las und blickte auf.

»Das ist, ich soll … Platzreife? Aber da brauche ich ein Handicap, ich weiß nicht …« Dirk hatte plötzlich den Eindruck, als wäre sein Geschenk vielleicht doch nicht so eine gute Idee gewesen. »Sieh es als Dankeschön. Du hast es dir verdient, mal auf andere Gedanken zu kommen.«

Haie studierte erneut den Gutschein, hob den Kopf und Dirk verspürte Erleichterung, als er sah, wie sich ein Strahlen über das Gesicht des Freundes ausbreitete.

»Das ist eine sehr gute Idee, denn beim Golf geht es nicht um Leben und Tod – es geht um mehr.« Haie drehte sich zu Niklas, legte seinen Arm um dessen Schulter. »Komm, denn wie sagte Ben Hogan schon? Der wichtigste Schlag beim Golf ist der nächste.«

DANKESCHÖN

Ein besonderer Dank geht an Jens Stadelmann, der meinen Mann und mich für den Golfsport begeistert hat und ohne den dieser Krimi nicht geschrieben worden wäre. Während zahlreicher Golfrunden entstand die Idee für diesen Krimi, den ich auf dem Golfplatz in Stadum angesiedelt habe.

Daher geht ein großes Dankeschön an den Golf Club Hof Berg, der sich bereit erklärt hat, für die Mordermittlungen als Schauplatz zur Verfügung zu stehen. Speziell danken möchte ich Christian P. Andresen und Jonas Janke, die mich bei meinen Recherchen mit Rat und Tat unterstützt haben.

Ein Dankeschön geht an meinen Lektor Sven Lang, der auch diesem Krimi den letzten Schliff verliehen hat, und an meine Familie und Freunde, die mich oftmals mit Thamsen & Co. teilen müssen. Danke, dass ihr trotzdem immer für mich da seid!

Danken möchte ich erneut den Risum-Lindholmern, die meinen Figuren ein Zuhause geben und meine Mordfantasien in ihrem Dorf schon so lange ertragen. Herzlichen Dank!

Nicht zuletzt aber danke ich all jenen, die meine Bücher kaufen und lesen und mir so meinen Traum vom Schreiben ermöglichen. Vielen Dank!

Kommissare Thamsen, Meissner und Co. ermitteln:

1. Fall: Deichgrab
ISBN 978-3-89977-688-1

2. Fall: Nordmord
ISBN 978-3-8392-0182-4

3. Fall: Friesenrache
ISBN 978-3-89977-792-5

4. Fall: Todeswatt
ISBN 978-3-8392-1058-1

5. Fall: Nordfeuer
ISBN 978-3-89977-664-5

6. Fall: Friesenkinder
ISBN 978-3-89977-705-5

7. Fall: Friesenlüge
ISBN 978-3-89977-731-4

8. Fall: Friesenschrei
ISBN 978-3-89977-755-0

9. Fall: Friesenmilch
ISBN 978-3-89977-795-6

10. Fall: Friesennebel
ISBN 978-3-8392-1049-9

11. Fall: Friesengroll
ISBN 978-3-8392-1114-4

12. Fall: Friesengift
ISBN 978-3-8392-1247-9

13. Fall: Friesenstolz
ISBN 978-3-8392-2572-1

14. Fall: Friesentod
ISBN 978-3-8392-2824-1

15. Fall: Friesen-dämmerung
ISBN 978-3-8392-0353-8

weitere:

Solomord
ISBN 978-3-8392-1385-8

Kommissare Nielsen und Boateng ermitteln:

1. Fall: Knochentanz
ISBN 978-3-8392-1515-9

2. Fall: Kofferfund
ISBN 978-3-8392-1663-7

3. Fall: Kilometer 151
ISBN 978-3-8392-1858-7

4. Fall: Die Tote von Blankenese
ISBN 978-3-8392-2470-0

GMEINER SPANNUNG

WWW.GMEINER-VERLAG.DE
Wir machen's spannend